禁忌《きんき》の子

We were born

『第三十四回鮎川哲也賞受賞作』

山口未桜

Mio Yamaguchi

東京創元社

目次

受賞の言葉

山口未桜

午前四時。当時一歳だった娘の泣き声で目を覚ましました。眠い目を擦《こす》った瞬間――思いついた物語の骨格が、十七万字の小説になり、一年に及ぶ改稿を経て今回、受賞に至りました。

医学の道に進むために一度は諦めた、小説を書いて生きていくという夢を、出産を契機に、私は再び追い始めました。十六年のブランクはありましたが、医師として働きながら培《つちか》った経験が、今の私の創作を支えています。

本作は二〇二三年のリアルに立脚した、命を巡る医療×本格ミステリです。ある社会問題を扱いながら、論理の糸が辿り着いた先には大きな驚きが待っている――はず。

最後になりましたが、どうしても世に出したかった本作を選んで下さった東京創元社の皆さま及び選考委員の先生方に厚く御礼申し上げます。面白い物語を送り出せるよう、日日研鑽に励みたいと思いますので、皆さま、今後ともどうぞよろしくお願いいたします。

主な登場人物

武田航《たけだわたる》……………………兵庫市民病院救急科医師
武田絵里香《えりか》……………………航の妻
武田美由紀《みゆき》……………………航の母。故人
武田浩司《こうじ》……………………航の父。故人

〈兵庫市民病院〉
城崎響介《きのさききょうすけ》……………………消化器内科医師
立花梨花《たちばなりか》……………………消化器内科専攻医
春田芽衣《はるためい》……………………研修医
小宮山尚美《こみやまなおみ》……………………救命センター看護師

〈生島《いくしま》リプロクリニック〉

生島京子《きょうこ》……………理事長。産婦人科医師
ジェイムズ・サカモト……産婦人科医師。京子の夫
生島蒼平《そうへい》……………現院長。産婦人科医師
緑川愛《みどりかわあい》……………産婦人科医師。航とは大学の同級生
山田鈴音《やまだすずね》……………産婦人科医師
黒田稔《くろだみのる》……………放射線技師
金山綾乃《かなやまあやの》……………看護師
赤坂圭一《あかさかけいいち》……………培養《ばいよう》室長
黄信一《こうしんいち》……………総務部主任
キュウキュウ十二……謎の死体

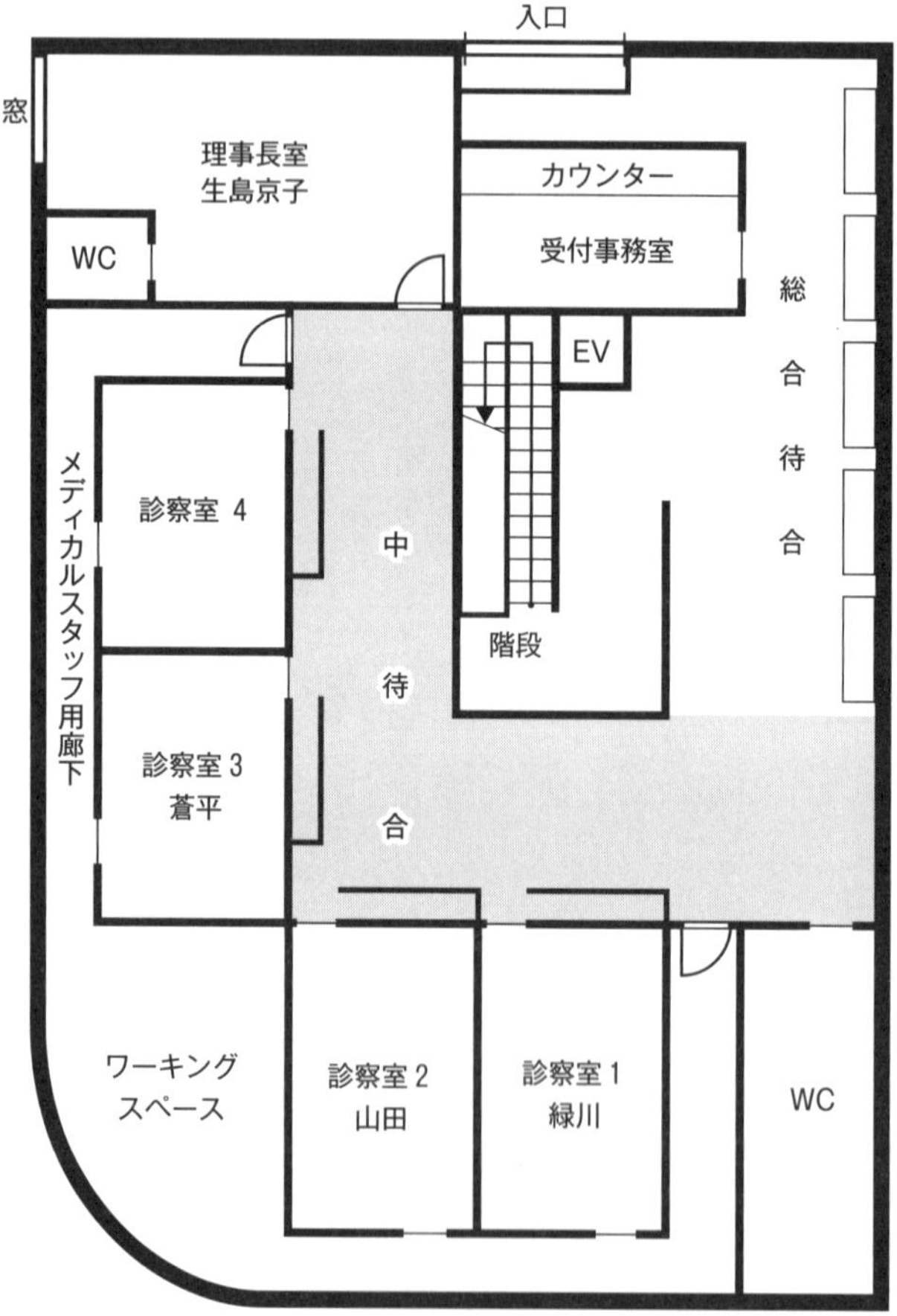

生島リプロクリニック平面図

禁忌の子

第一章　発　端

二〇二三年四月十七日、午後八時十五分。ホットラインが鳴った。

「はい、こちら兵庫市民病院救急科の武田《たけだ》です」

「こちら、鳴宮浜《なるみやはま》救急。CPA（心肺停止）患者の搬送受け入れをお願いします」

電話の向こう側からピーピー鳴り響くAEDの音が聞こえる。

「了解。当院は受け入れ可能。状況は？」

「鳴宮浜沖で海面に浮いているところを、散歩していたカップルが発見。水難救助隊と協力して引き上げるも、心肺停止状態。推定三十代男性。身元不明。バイスタンダー（救急現場発見者）なし、初期波形はエーシストール（心静止）。波形変化なし」

望み薄だな。それはすぐに救命すれば助かるかもしれない、溺水《できすい》したばかりの人間ではない。沈んでから時間が経った、ただの溺死体だ。賭けてもいい。

一応制度上は、基準を満たしていれば医師がいなくても救命救急士で死亡と判断できることになっている。だが、何年か前に、生きている人を誤って死体と判断してしまった事件が報道されて以来、よほどのことがなければ救急隊は病院搬送を行うようになった。よほど、というのは腐乱死体だとか、首が無いとか、そのレベルの遺体だ。

あくまでも事務的に応対して、武田航《わたる》は到着予定時刻を聞いた。八時半。鳴宮浜は病院に近い。あと十分ほどで到着するとのことだった。

二日酔いの頭をすっきりさせるため、医局を出る前にポカリスエットを景気づけに一気飲みし、ついでに邪道だが鎮痛薬、ロキソプロフェンも内服しておく。いくら四年ぶりの同窓会とはいえ、失敗だったな、と反省した。忌々《いまいま》しいコロナ禍になってから、家族以外の友人と食事する機会は激減している。昨日の同窓会も病院の方針を守り、四人で開催されたささやかなものだ。久しぶりだからと、ついつい羽目《はめ》を外しすぎてしまった。

学校の教室より少し広いくらいの初療室では、ストレッチャーが三台と、端に電子カルテを載せた机が蛍光灯に照らされている。入室するとすぐに、中央の作業台で日誌を書いている夜勤看護師の小宮山《こみやま》が目に入ったので、すかさず声をかける。

「ＣＰＡが来るで。あと十分」

「オッケー、まかせとき」

ベテランの小宮山は親指を立ててみせ、てきぱきと点滴や挿管《そうかん》キットなどを準備し始めた。恰幅《かっぷく》のいい身体は、青いビニール製のガウンがはち切れそうなほどだ。

「どんな人なん？」

「若い男らしい」

「あら」

「やけど、たぶん時間たってる、ただの溺死体や。バイスタンダーなし。救命は望み薄」

「まぁまぁそう腐らんと。研修医の春田《はるた》ちゃん、呼んどくね」

と言いながら、彼女はすでにＰＨＳを手に取っている。

「お、春田だけか？」

「せやで。今日から一年目さんも、晴れて一人研修医当直デビュー」

思わず苦笑が漏れた。春田になんの落ち度もないのだが、救急医と、つい二週間前に学生から医者にクラスチェンジしたばかりの研修医の二人で三次救急の当直をやらないといけないとは。毎度のことだが、まるでお守りだ。

すらりとした長身、まとめた明るい茶髪にごてごてとヘアアクセサリーをつけた春田はかなり目立つ。今月から救急科を回っていて——研修医は数か月ごとに各科をローテーションしていろいろな知識を身につける必要があるのだ——、派手な見た目に少し警戒しながら教えたが、意外と真面目で動ける印象ではあった。

「よろしくおねがいしまーす」

相変わらずの感じで、ピンバッジを多量に装着したクロックスをぱたぱた鳴らしながら春田が登場した頃、遠くでサイレンの音が聞こえた。

「CPAや。着替えるぞ」

言いながら自分の分と、春田の分のN95マスクを手に取り、一つ渡してやった。世間はコロナがいよいよ五類になるらしい、ということで浮かれモードだが、ウィルスそのものが変わるわけでもない。院内発症でもない、どこの誰かもわからない患者の蘇生は完全防護でやる必要があった。あとで患者のコロナ感染が発覚して、自分が「濃厚接触」扱いになったら洒落《しゃれ》にならないからだ。

N95につけかえようと不織布マスクを外したところ、春田がくすりと笑った。

「どうしたんや?」

「先生のマスク外した顔、そういえば今、初めて見ました」

「思いのほかイケメンでびっくりしたやろ」

春田が吹き出す。悪かったな。これは自虐《じぎやく》ネタの類《たぐい》だ。でも確かに彼女の言う通り、人の顔の全体像はついぞ見ていない気がする。今後どう変わっていくのかはまだわからないが、まったく、文字通り息苦しい時代になったものだ。

青い防護ガウンを着ながら春田はぱちぱちと電子カルテのキーボードを操作し、やってくる患者のカルテ画面を立ち上げた。

画面には「キュウキュウ十二」と表示されている。身元不明の患者はみんなこうやって、適当に番号で名前を割り振られる。大概は後で身元がわかるものだが、いつまで経ってもわからないことも時折あった。

サイレンの音が出し抜けに止み、代わりに病院到着のアラート音が鳴り始めた。

——仕事の時間だ。行くで、と武田は後ろに春田と小宮山看護師を従えて、救急車を迎え入れる外扉のフットスイッチを蹴った。

救命センターは半地下にある。外は暗く、扉を開けた瞬間、吹きおろしてくる春の風が、目元に冷たかった。湿気で空気が重い。雨が近いのだろうか。

徐行してきた救急車が、ぴったり三人の眼前で静止する。

するとすぐに救急車後方の扉が開き、二人の救急救命士に挟まれるようにして、ストレッチャーが飛び出してきた。救命士の一人は心臓マッサージを絶え間なく継続している。

「いち、に、さん、し、ご……」

もう一人は頭側だ。どうやらラリンゲルチューブの挿入に成功したらしく、慣れた手つきでバッグバルブを揉《も》んでいた。
一、二、三、という掛け声に合わせて救急車のストレッチャーから初療室のストレッチャーに乗せ換える。例の『患者』は全裸だった。

一見して体に大きな外傷は無く、水に浸《つ》かっていたわりに、若い体はあまり傷んでいなかったので、救急隊が望み薄と知りつつ死亡確認をせず、病院搬送した理由もわかる気がした。水流に揉まれていたからか、死後硬直も出ていなそうだ。

「搬送時の経過は」

申し送りを受けようと、壮年の救急隊隊長に視線を投げるなり、彼の眼が見開かれた。

「どうかしました？」

「あ、いえ……」

「最終波形は？」

「……エーシストールです」

隊長がやたらと額の汗を袖口《そでぐち》で拭《ぬぐ》いながら言う。

「まぁ、ええんですけど。あいにく、うち、人数足りてないんで。しばらく救命手伝って頂けますか？　毎度のことですみませんが」

「もちろん。やります、やります」

言い訳するように首をぶるんぶるん振って、救急隊の隊長は首肯した。

「小宮山さん、ラクトリンゲル全開で。アドレナリン一アンプル投与、タイムキープもよろしく」

「アイアイサー」

小宮山が親指を立ててみせる。

「じゃ、挿管といきますか。春田、やってええで」

「わたしですか⁉」

「俺が介助したるから」

到着から二分が経った。

「パルスチェック」

救急隊が心臓マッサージを中断するのに合わせ、心電図の波形を確認する。

エーシストール。モニターはゼロを示し、波形は微動だにせず一直線だ。

心停止から五分経過すると、救命は極めて困難と言われている。予想通り、死亡してから時間が経っていそうだ、と思った。

波形を見て救急隊が心臓マッサージを再開する。

挿管チューブに入れた金属製のスタイレットの感触を確かめながら、春田にキュウキュウ十二の頭側に立つように促《うなが》した。飄々《ひょうひょう》とした印象の彼女も緊張は隠しきれない様子で、右手で神妙に救急隊から受け取ったバッグバルブを揉みながら、ぎこちなく左手で喉頭鏡《こうとうきょう》を構えている。バッグの陰になって、患者の顔は見えなかった。

「大丈夫やから。落ち着いて教えた通りに」

「はい」

「まず、ラリンゴ、抜くで。三、二、一……」

カフを注射器で抜く。喉頭に挿入されたごついチューブを口から引き出した。ごぶっ、と音がして、潮水がだらりと開けられた口元から吹き出る。

同時に男の顔が露わになった。

「いやあああ！」

春田が悲鳴を上げた。手にしていた喉頭鏡を取り落として、派手な音が初療室に響く。

ぴくりとも動けなかった。

キュウキュウ十二の顔を、知っている。

毎朝鏡を見るたびに見飽きた顔。

もうちょっとイケメンなら良かったのに、と何度も思ってきた顔。

浅黒い肌。一重瞼《ひとえまぶた》に、角ばった顎。太めの眉。鼻根のしっかりした高い鼻。

今年三十三になる、ちょっと疲れた顔。


キュウキュウ十二は、俺に瓜二つだった。


そこからのことはあまり記憶に無い。とりあえず機械的に春田と代わって自分そっくりの男に挿管し、蘇生に反応しないのを確かめて早々に死亡確認を行った。

頭が痺《しび》れるように重く、痛い。救急隊が去り、閉まりゆく外扉を見つめたまま立ち尽くしていたところ、ぽん、と肩を叩かれた。

「……大丈夫？」

小宮山の気遣いが染みる。

「ありがとう。あいにく、大丈夫ではないんやけど……春田は？」

「会議室で休んでもらってる」

春田は気分不良を起こしたらしい。無理もなかった。医師になってたった二週間ほどでこんな目にあったのだから。

「ご兄弟……ではないんよね？」

「俺は一人っ子やし、こんな奴、見たこともない」

「けったいな話やね。人間、そっくりさんが世界に三人はいる、というけど……。こんなこと言っていいのかわからんけど、そっくりそのままセンセやないの。似てる、ってレベルを超えてるわ」

小宮山が人の良さそうな丸顔の眉間に皺《しわ》を寄せる。ふう、と息をつき、二人同時に、吸い寄せられるように初療室の奥へ目をやった。

ストレッチャーの上には、例の遺体がある。五メートルほどの距離があるが、磯《いそ》の香りに混じって、死体独特の生臭い臭いがこちらまで漂ってきた。目をやるなり不快感が込み上げたので、思わず視線を逸《そ》らす。それは小宮山も同じだったようで、

「……とりあえず、顔に布でもかけとく？」

と、言いながら彼女も遺体から目を背《そむ》けた。背けた先で二人目が合って、小宮山は無意識にか、さりげなくまた視線を脇にやった。初療室に今いるのは、二人の同じ見た目の男、死者と生者、それに小宮山だけだ。流石《さすが》に居心地が悪いのだろう。

「……せやな。やけどその前に、全身ＣＴ（断層撮影）を撮っとこか」

病院の方針にもよるが、簡易的な剖検《ぼうけん》代わりに、救急室でオートプシー・イメージング、つまり死体のＣＴを撮るのは救急医の仕事の一つだ。原因不明の突然死の場合、「死亡診断書」ではなく、「死体検案書」を作成することになる。ＣＴは警察に情報提供する際の参考資料の一つだった。

小宮山と二人で遺体を乗せたストレッチャーを運び、ＣＴ検査台に乗せ換える。濡れた短い黒

髪はワカメのように土気色の額に張り付いて、潮の臭いを漂わせていた。

軽快な音と共に遺体のスキャンが終了したので、武田は構築された画像を見るため、カルテを覗き込んでマウスを転がした。

まず目を引いたのは肺だった。両肺ともに真っ白。溺水と、死後時間経過の影響だろう。大動脈解離、消化管穿孔《せんこう》など、致命的になりうる所見は胸腹部ＣＴには示されていない。

頭部を確認する。

お、と思わず目を留めた。

後頭部に皮下血腫があり、頭蓋にひびが入っている。死後時間経過の影響で脳溝《のうこう》は殆《ほとん》ど消失しているが、大脳の表面に三日月状に広がる血腫を確認できた。外傷による急性硬膜下血腫だ。

一気にきな臭くなってきた。

「溺死、か。はたまた、殴られて海に捨てられた、か」

一人呟《つぶや》いてみる。

警察の対応は俺がやるから、と断ると、小宮山は奥のナースステーションへ引っ込み、初療室に静寂が訪れた。

どかっ、と音を立ててカルテの前のキャスター椅子に座る。椅子が少し軋《きし》んだ。

目の前でふっと暗くなった電子カルテのスクリーンに、自分の姿がぼんやりと映る。グレーのスクラブの上に鎮座する、疲れ切った顔はやっぱりあの遺体にそっくりだった。

遺体のことは気になるが、一人で布を取り除ける勇気はなかった。ラリンゲルチューブを抜いた瞬間、目が合ったのだ……キュウキュウ十二と。角膜が溶けてどろりと濁った瞳が、一瞬自分を睨《にら》むように見えた。……ああ、思い出すだに、背筋が寒くなる。

それにしても、俺そっくりのあいつは、いったい何者なんだ？

三十分後に警察はやってきた。いつものように事務的に遺体を検分し、写真に収めていく。流れ始めた日常に少し救われた気持ちになりながら、後ろ手を組み、うっそりと武田は見守っていた。よく見ると、似ているのは顔だけではなかった。百七十八センチ、七十四キロ。自分の身長体重だ。見た限り、おそらく全く同じだろう。筋肉質ないかり肩。手の大きさ。足の長さ。体格もそっくりだ。クローン人間とはこんな感じかもしれない。

背部の確認のために捜査員が遺体をひっくり返したとき、尻にびっしりと毛が生えているのが見えた。

不意に、妻、絵里香《えりか》とつきあって、初めて愛しあったとき、

――体の毛は薄いのに、おしりにだけ毛が生えてるんだね。

と、腕の中で身体をくねらせて、彼女がくすくす笑ったのを思い出す。

――悪いな。

――ん？　ぜんぜん。ありありのあり。

そう言って絵里香はもう一度笑ったが、今は全く笑える状況ではなかった。なんで、よりによって目の前の死体と、尻毛までそっくりでなきゃならんのだ。

顔にかけてあった布を取りのけた時、捜査員がぎょっとしたのが後ろからでもわかったが、動揺を抑えたのは流石だった。

「お身内の方ですか？」

遠慮がちに聞いてくるのに、違います、と答える。身元の手掛かりになるものは何一つ持たず、全裸で海に浮いていたことを伝えるとあからさまに残念そうな顔になった。

ＣＴ画像や採血結果などを示す電子カルテ画面も全て写真に収め、捜査員が引き上げる頃にはもう一時前になっていた。

「頭部外傷もありますし、念のため事件、事故、両面から捜査を進めたいと思います。場合によってはまた追加でお話を伺うかもしれませんので、ご容赦ください」

「遺体は剖検に？」

「今のところはそのつもりです」

自分が解剖される光景を思わず想像してしまい、胃がせりあがるような不快感と吐き気が込み上げてきた。できるだけ考えないように頭のスイッチを切り替え、警察の論理で自らを無理やりに納得させる。

解剖は仕方ないのかもしれないが、遺体は、できれば大事に扱って、弔《とむら》ってやってほしいな、と願わずにはいられない。自分に瓜二つだから、というわけでもないが、そこそこ若いはずだ。家族はいたんだろうか。探しているなら、可哀想だ。早く身元がわかって、遺体が帰れたらいい。

「あの、お気付きやと思いますけど。あまりにそこの遺体と僕が似てるんで、気になって。もし身元がわかったら、ちょっと詳しく教えてもらえませんか」

捜査員はふっと表情を緩めた。

「勿論《もちろん》、義務ですから、身元がわかれば病院にはお知らせしますよ。ただ、それ以上となると、個人情報保護の観点から難しいかと」

「わかってます。……まぁ、あの、身元がわかるのを祈ってます」

「ええ。もちろん、僕もです」

捜査員は敬礼すると、車にキュウキュウ十二を乗せて帰っていった。普段そこまですることは

始めていたらしい。遠くで雷が鳴るのが聞こえた。上げると、タイヤが水しぶきを上げて、雨の中を走り去っていくのが見えた。いつの間にか降り殆どないのだが、外扉を開け、去ってゆく車を頭を下げて見送る。長い間頭を下げていた。顔を

結局警察が帰ったあとも、朝まで殆ど眠れなかった。外来は落ち着いていたから、眠れなかったのは精神的な問題に違いない。どんなベッドでも横になれば一瞬で眠れるのが自慢だったはずが、目をつぶると遺体の顔が脳裏に浮かんで、どうにも駄目だった。

無性に絵里香の顔が見たい。妊娠中の彼女に『夫と瓜二つの死体』のような不吉な話をして心労を与えたくはないが、顔さえ見れば、昨日からどこか硬直したままの感情がほどけて、少し楽になれるような気がする。

八時半のカンファレンスで申し送りを行い、自分で診《み》ている集中治療室症例の指示を出し、病棟回診を済ませ、帰宅できる態勢を昼前に整えたところでＰＨＳが鳴った。

「よかった、センセ、まだ帰ってなくて」

小宮山だ。

「小宮山さんこそ、夜勤明けにこの時間までおるの、珍しいやん」

「寝不足で仕事が捗《はかど》らんくて、残業の山や」

電話の向こうで欠伸をしてみせる小宮山の姿が目に浮かぶ。

「昨日の話、なんも思い浮かばへんなりに、ちょっと思いついたんやけど……」ここで思わせぶりに小宮山は声をひそめた。「城崎《きのさき》先生に相談してみたらどうやろか」

「きのさきぃ？」

思わず素《す》っ頓狂《とんきょう》な声を出すと、小宮山は慌てたように、

「あ、先生は去年うちに来たところやから知らんか。消化器内科における、べらぼうに男前の先生や」

と説明を入れた。

知らん、わけではない。むしろ、その反対だ。苗字と外見の形容から浮かぶ人物はいたが、あえてそのことには触れず話の続きを促した。

「城崎先生は三年ほど前からこの病院にいてはるんやけど、トラブルを相談したら、すぐに解決してくれるって評判で。こないだ、救急から入院した患者さんの現金が財布から消えて大問題になった時も、あっという間に解決してくれて、助かったところや」

「なるほど。ちなみに……その城崎って医者の下の名前はわかるか？」

ちょっと待ってや、と向こうで内線表を開いているのか、ページをめくる音がする。

「あった。城崎。城崎響介《きょうすけ》。きょう、は『響く』の響」

ビンゴ。

何だかんだここは四百床ある病院だから、科が違う、会ったことのない医者ならいくらでもいる。図らずも、気付いていなかっただけで、まさか同じ病院に勤めていたとは。

城崎響介。脳裏に忘れられない思い出を刻みつけた、中学の同級生に違いなかった。医療従事者の世間は狭いから、同級生に出くわすのはよくあることだが、こんな日になんて巡りあわせだろう。

もうすぐ初療室に大量吐血の患者が運ばれてきて、城崎は専攻医（二年間の初期研修を終え、専門研修プログラムを受けている医師）と共にその患者の対応にあたるらしい。

「明けに働かせて悪いけど、手伝いついでに相談してみ」という小宮山の言葉に、

――どっちが目的かわからへんな。

と武田は苦笑したが、手伝いを了承して救命センターに舞い戻ることにした。手を動かしているほうが、精神衛生上いいかもしれない。仕事が増えて感謝することなんて普段はないのだが、今日ばかりは別だ。ぴしゃりと頬を叩いて、いったん頭を救急モードに切り替える。

初療室に足を踏み入れるなり、『城崎』らしい男を探したが、それらしい人影はなく、代わりに小柄な女医と目が合った。見慣れないから、彼女が消化器内科の専攻医なのだろう。春田とはうってかわり、大人しく真面目そうな印象で、ポニーテールに結んだダークブラウンの髪が、華奢《きゃしゃ》な肩の上で揺れている。

コロナ対応の陰圧にした区画に、彼女の背丈よりも大きいような内視鏡のトロリーを引いて持ち込もうとしていたので思わず手伝うと、女医はぴょこりと頭を下げた。

「ありがとうございます」

女医は消化器内科四年目の立花《たちばな》です、と名乗った。黒目がちの、大きな瞳が印象的だ。こちらも名乗ったあと、水を向ける。

「城崎……先生は？」

「ああ、先生ならすぐいらっしゃると思います」

立花が応じたところで、救急車の到着を告げるブザーが鳴った。

「蟹山正憲《かにやままさのり》、四十八歳男性。アルコール性肝硬変の既往あり。本日二回吐血し、朦朧《もうろう》としてきたため救急要請。十一時半、現着時、血圧七十五／五十。脈拍、百二十」

ストレッチャーを初療室内に運び込みながら、救急隊員がきびきびと状況を説明する。

病歴だけで容易に状況は想像がついた。アルコール性肝硬変による食道静脈瘤破裂と、出血性ショック。猶予《ゆうよ》はなかった。

「輸血は」

「オーダーしてます」

「よし。俺がバイタルは見たるから、先生は内視鏡の準備」

はい、と立花が駆け出していく。

血まみれのストレッチャーを押して、内視鏡機械の隣にセットする。静脈路を素早く確保し、看護師に手渡されたＲＣＣ（赤血球濃厚液）を繋ぎつつ、ＦＦＰ（新鮮凍結血漿）を溶かすように指示した。赤い血液がビニル管を通って患者の体内に注ぎこまれ始める。

患者のモニターに気を取られていたその時、すぐ後ろで、人の気配がした。

「——お待たせ」

背後から聞こえたのは、懐かしい声だった。少年の頃より少し低くなっているが、澄んだ声質と独特の存在感は変わっていない。——ああ、間違いない。あいつだ。城崎だ。

向こうはこちらの存在に気付かなかったらしく、城崎はすぐ横を通り過ぎ、内視鏡に手をかける立花の傍《そば》に立った。彼もガウンにマスク姿で、だからか、百八十センチを超えるだろう長身に、切れ長の目とダークグレーの瞳が余計に目立つ。

緊急止血術が始まった。

立花が内視鏡を口腔《こうくう》から挿入した瞬間、蟹山がうめいて、大量の血を口から吐き出した。内視鏡を挿入している分、押し出される力が強く働き、血が水鉄砲のように一メートルの距離まで飛ぶ。もろに鮮血を浴びて、立花のガウンが紅《あか》く染まった。

モニターには深紅の世界が映し出されていた。どこを見ても真っ赤で、進む道さえ判然としない。食道に出血点があるのだろうが、水でいくら洗っても、どこからかあふれてくる血液に埋もれて、視野は紅いままだ。立花がガウンの肩で額の汗を拭うのが見えた。

しばらくの間息をするのも忘れるような時間が流れ、やがて、彼女は硬い声で言った。

「先生……出血点がわかりません」

城崎はマスクの下で、微笑《ほほえ》んだかのようにすら見えた。

影のようにさらりと前に出て、長身の彼が立花から内視鏡の操縦桿《そうじゅうかん》を受け取った途端、はっきりと視野が変わったのがわかった。立花が唾をごくりと飲みこむ音がする。

そういえば、こいつはいつだってこうだったな、と朧《おぼろ》げに武田は思い出した。およそ、何に対しても隙がない。血が大量にガウンに飛び散っても、城崎は一瞥《いちべつ》もくれなかった。そうだった。彼には感情が乱れる、という概念が存在しないのだ。

「ここだ」

粘り強く観察を続け、やがて城崎の長い指が示したモニター上には、青く膨《ふく》れたミミズのような静脈瘤から、噴水のように血を吐き出している、小さな穴があった。

「切歯《せっし》より三十五センチ、七時方向」

ゴム製のEVLリングを内視鏡に装着する。城崎が吸引をかけると、血を吹き出す穴が粘膜ごと内視鏡に取り付けたフードの中に吸い込まれてきた。目の前で爆《は》ぜる出血。

「撃って」

立花が指示と同時にシリンジを押してリングを発射する。

穴を中央にとらえ、粘膜にリングががっちりと嚙みついた。ゆでダコのように盛り上がる、真っ赤な粘膜の頂点に穴が開いている。――血が止まった。

「やった」

小さな声で歓声を上げると、声が立花と重なって、思わず二人顔を見合わせる。件《くだん》の城崎はというと……感情の波は読み取れず、瞳はどこまでも穏やかだった。


止血を成功させた城崎を、奢《おご》るから、と強引に食堂へ誘った。キュウキュウ十二について相談するせっかくの大チャンスを、逃すわけにはいかない。最初怪訝《けげん》そうな顔をした旧友も、幸いすぐにこちらを思い出し、首尾よく十七年ぶりの中学同窓会と相成った。

多くの病院には、患者用の食事場所と別に、職員用の病院食堂が設《もう》けられている。いわゆる学食に構造が似ており、だだっ広いスペースの入り口に食券販売機が置いてあって、好きなメニューのチケットを購入してカウンターで受け取るシステムだ。

「まぁ、奢る、言うといてなんなんやけど……さっきの後によぉそのチョイスするな」

城崎の盆の上に載せられた、ナスとベーコンのトマトソースパスタをまじまじと眺め、思わず呆れ声を出す。スープはミネストローネ。先ほどの血まみれの光景を思い出さざるを得ない赤々しさだ。

「相手が君だからね」

城崎がくつくつと笑う。その意味を、武田は知っていた。

彼は、擬態する必要がない、と言っているのだ。

自分のほうは和風ラーメンを注文した。醤油《しょうゆ》の香気が鼻腔《びくう》をくすぐる。最近昼食にはこればかり食べている気がする。たかが病院食堂と侮《あなど》るなかれ、通年メニューながらなかなかに美味《うま》い。

食欲が湧かないかと思っていたが、いざいつも通りのメニューを見たら腹が減ってきて、腹の虫がぐうと鳴いた。

おのおの皿を載せた盆を運び、窓際の二人席に陣取る。目の前に腰かけた城崎が、着用したケーシィ白衣の詰襟《つめえり》のボタンを外して、ふう、と息をついた。白く長い首は詰襟を着ていても上に十二分の余白があって、羨ましい限りだ。

ピークタイムを過ぎた食堂は空《す》いていたが、それにも理由がある。いたるところに貼られたラミネート加工の張り紙には仕方ないこととはいえ、いつもげんなりさせられた。

『マスク会食にご協力ください』。

「じゃ、まずは品行方正に黙食といきますか」

箸を割りながら言うと、城崎は肩をすくめて笑い、マスクを外した。

——変わってへんな。

旧友の顔は中学時代から比べると遙かに男らしさを増していたものの、まだ少年の面影を残している。

透明感のある白皙《はくせき》の肌に、切れ長の瞳。色は黒に近いダークグレーだ。精巧な彫刻《ちょうこく》のようにすっと通った高い鼻梁《びりょう》に、形のよい赤い唇。ミディアムに揃えたダークブラウンの髪。

十人いれば十人が振り返るだろう。小宮山は『男前』と評したが、男の目から見ても、その評価が控えめに思えるほどの整った美貌《びぼう》だった。

むしろ、異世界の住人のような。

そう思ってしまうのは強烈な思い出があるからかもしれない。黙々とパスタをフォークで丸めはじめた城崎に目を遣りながら、いつのまにか心は遠い少年の日にあった。

記憶を手繰り、まず思い浮かんだのは教室の光景だった。

十九年前の夏。そうだ、中学二年生の時のこと。野球部の練習を終え、帰ろうとした矢先に忘れ物に気付いて、一人教室へ向かった。

朧げだった情景が、徐々に脳内で鮮明になってくる。

照り付ける太陽が西に落ちて、練習中耐えがたかった暑さは少し和らいでいた。教室の扉を開けた瞬間、涼しい風が顔に吹き付け、
カナカナカナ……

ヒグラシの大合唱が耳を打って、武田は一瞬立ちすくんだ。

「ごめん、うるさいよね」

慌てた台詞《せりふ》と同時にぱしり、と窓を閉める音がして、蝉の声が遠のく。逆光に閉口しながら目を凝らすと、窓の傍にぽつりと一人、セーラー服の少女が佇《たたず》んでいた。

水島千沙《みずしまちさ》だ。学年一、と評判の美少女と、夕暮れの教室で二人きり。速まる鼓動を落ち着かせ、

「ぜんぜん気にせんでええよ」と答えながら、自分の机へ向かう。目的の教科書を手にして顔を上げても、まだ水島は窓の傍に立っていた。怪訝そうなこちらの表情を目に留めたのか、「ほら、あそこ」と言って、彼女は窓の向こうを指さした。

「鳶《とび》が飛んでる」

確かに小さな黒い点のようなものが、遠い夕空を高くぐるぐると旋回している。

見入っていると、隣で小さく、いいなぁ、と呟く声が聞こえた気がした。僅《わず》かに影の差した水島の表情は、普段の明るい人気者のイメージとは離れていて、思わず二度見したところ、ガラガ

ラと音を立てて教室の扉が開いた。

「響くん」

ぱっと少女の顔色が明るくなる。

「――お待たせ」

城崎は白シャツのボタンを緩め、恐ろしく整った容貌に西日を浴び、そこに立っていた。目の前を水島が横切って城崎に駆け寄り、腕を取った。城崎がほんの少しこちらを向いて会釈する。水島が絡めた腕の逆の後ろ手で、小さく手を振ってみせる。あっけに取られて見守る目の前で、二人が教室を出ていく。

それが、生きている水島を見た、最後になった。

土日を挟んで、月曜の一限は一向に始まらなかった。ざわめく教室の中、ぽつんと水島の席だけが空席で、

――夏風邪でも引いたんかな。

と思っていた。明るい彼女がいないと、教室の輝度が少し落ちるようでいけない。

三十分が過ぎたころ、ハンカチで目を押さえながら女教師が教室に入ってきた。ただならぬ様子に、教室はしんと静まりかえる。

「……水島さんが、先ほど亡くなりました」

ようやくそれだけを絞り出すように言うと、教師ははらはらと涙をこぼした。

登校途中、水島は交差点で曲がるトラックに巻き込まれた。即死だったそうだ。

思考は凍り付いたように動きを止めていた。中学生だった自分にとって死は縁遠いものだった。今日が来て、当たり前のように楽しかったり、悲しかったりする明日が来る。明日はもっと楽し

ければいい、未来はずっと続いていく……。そんな子供じみた幻想が音を立てて崩れ落ちたのは、確か、あの瞬間だったと思う。

うわぁぁん、と、静けさを破るように、水島の親友だった少女が机に突っ伏して泣き始めた。教室内を連鎖していく泣き声にはっとして、城崎のことを思いだす。横目でちらりと様子を窺《うかが》ったが、美貌の少年の目には涙はなく、何かを考えているように見えた。

臨時休校になった。

事故に気をつけて真っ直ぐ家に帰るように、と念を押され、クラスの生徒たちは二人、三人と連れ立って、ぱらぱらと教室を出て行った。

何人かに誘われたが、とても誰かと帰宅する気にはなれなかった。用もないのに野球部の部室に寄ってから校門を出て、二十メートルほど前を行く人影に気付く。

城崎だ。

どうしよう、声をかけようか。

少し悩んだが、今更呼び止めるのもなんだかわざとらしい気がした。すぐに、道が分かれて見えなくなるだろう。

ところが、二人の家は極めて近かったのだ。誤算だった。道を曲がっても曲がっても、城崎の後ろ姿はずっと見え続けていて、図らずも、つけているような格好になる。

中学からかなり離れ、ある交差点を曲がったときだった。

目を疑った。

城崎は、すぐ先の雑貨屋で漫画雑誌を立ち読みしていた。そして、立ち読みが終わるなり店の奥に声をかけ、コカ・コーラを一瓶買い、栓を開けるよう頼んだ。

コーラを瓶からぐいっと飲み干す。汗が整った顔を通り過ぎ、白い喉元を滴《したた》り落ちた。表情はまるで、暑いなぁ、今日の昼食は何かなぁ、と考えているかのようで、水島への哀惜《あいせき》の念はただの一片も無いことを、はっきりと肌で感じ取った。

立ち尽くしていたところ、城崎が不意にこちらを見た。しまった、という僅かな感情が瞳に浮かび、瞬く間に城崎の表情は沈痛な面持ちに戻った。変化があまりに速く、鮮やかだったので、今見た光景が幻だったんじゃないか、と錯覚しそうにさえなる。

「城崎、お前……ほんとは、優しくなんかないんやろ。水島さんが死んでしもたのに、悲しくないんやろ」

心の奥底から湧き出るような怒りに突き動かされて、思わず詰め寄った。

「なんや、言いたいことあるなら言うてみぃ」

「……まぁ、見られちゃしょうがないか」

城崎は少し微笑み、場所を変えよう、と言って近くの公園へと誘ってきた。うだるような暑さだった。蟬の声がジィジィと喧《かまびす》しい。

白シャツの学生服姿の城崎は、ブランコに腰かけた。古びたブランコは木漏れ日の下で美しい少年を乗せ、揺れるたびにキィキィと軋む音を立てる。

不思議と公園に子供の姿はなく、二人きりの異世界のような空間で、城崎は口を開いた。

「感情に体温があるとすれば、僕は変温動物じゃなくて、恒温動物なんだ。低めの体温でずっと一定してる」

「感情が無いんか」

「違うよ。僕だって、悲しくなるし、怒ったりもする。面白い漫画を読んだら、楽しい気分になる。水島さんが死んだって聞いて、もちろんすごく悲しかったよ。だけど、僕の感情の動きは一瞬なんだ。一瞬だけ動いて、すぐに消えてしまう。永遠の凪みたいに」

「すぐ忘れる、っちゅうんか」

「忘れる、というか、掻き消える。だから、僕には感情に振り回される意義がわからない。だって、どれだけ悲しもうが水島さんが帰ってくるわけじゃない。トラックの運転手に怒っても無意味だ。だから、明日以降どうするか、彼女の死を受けて今後どうするかのほうがよっぽど大事だと僕は思う。でも、そうじゃなくて、感情に長々と振り回される人が殆どなのも僕は知ってるから、見た目は合わせるように気をつけてる」

微笑《びしょう》さえ湛《たた》えながら、なんでもないことのように城崎は淡々と話す。

言葉に詰まった。確かに、悲しんだところで何かが解決するわけではないんだろう。時間の無駄と言われればそうなのかもしれない。でも、その合理性は何か無機質な気がして……違和感をどう言語化すればいいのかわからなかった。あまりにも特異な感覚を持つ人物を目の前にして、怒りも、悲しみも、いつのまにか消え去っている。人ならざる何かを見るような気持ちで、武田は城崎をまじまじと見た。

「感情に振り回されなかったら、世界はクリアに見える。僕は、こういう性格に生まれついて、なんだかんだで随分と得をしてきた気がするんだ」

目の前でブランコを一つ漕ぎ、城崎は艶然《えんぜん》と笑った。

その日から、城崎との間に奇妙な友誼《ゆうぎ》が結ばれた。友情、と言うより、秘密を共有する者同士としての共犯関係に近いものかもしれない。何故か、城崎の秘密について他人に話そうとは思わなかった。いずれにせよ、二人が中学を卒業し、別の高校に進学するまで友情は続いた……。

「結婚したんだね。おめでとう」

声にはっとして現実に引き戻される。いつの間にか城崎はパスタを食べ終わり、マスク姿でこちらを覗き込んでいた。慌てて麺の最後の一口を啜《すす》り、マスクを着用する。

咀嚼《そしゃく》しながらありがと、四年前に、と応じたところで、違和感に気付いた。

「どうしてそう思ったんや？　そんなこと一言も言ってへんし、指輪もつけてないのに」

「左手の薬指が右手より明らかに細い。当直だから、家に指輪を置いてきたのかと思った」

「離婚したかもしれへんやないか」

意地悪く反論を試みたが、城崎はそれはないね、と言って微笑む。

「ほら、そこにある君のスマホのロック画面。水上コテージから撮った風景だ。ハネムーンのメッカ、モルディブだね。人は写ってないけど、よく見たらアメニティも二組ある。世知辛い職業柄、たぶん渡航制限がかかる二〇一九年以前の写真だ。離婚してたなら、とっくに替えてるでしょ、普通」

やっぱり食えないやつだ、と思わず唸《うな》った。

「で？」

「ん？」

「本題は何？　旧交を温めるためなら、マスク会食必須の病院食堂に誘う、というのは少し不自然だ。僕と今、急いで話したい理由があるんじゃないかな。例えば、この当直中におきた、トラブルとかね」

図星なのだが、素直に認めるのも悔しい。

「まるで探偵やな」

「僕はただの医者だよ」

城崎は平然としたものだ。

だがそもそも、城崎の言う通り、相談するために誘ったのだ。ぐるりと周りを見渡したが、『黙食食堂』は不人気で、近くに人影は全くない。深く息を吸いこんで、武田は覚悟を決めた。

「実は……」

昨日の出来事をできるだけ整理して、順を追って話す。ところどころ質問を挟み、相槌《あいづち》を打ちながら城崎は話を聞いていた。手慣れたその様子は、本職の探偵やカウンセラーも顔負けだ。

「兄弟や親戚で、該当しそうな人物は知る限りではいないんだね」

「ああ」

「尻毛の件も。顔は整形で変えられたとしても、尻に植毛するのは無理筋だ」

旧友は形の良い顎に指を当て、ゆっくりとなぞった。その姿は実に絵になる。

「武田君は、僕に相談して、何を知りたいと思ってるの？」

「そりゃあまぁ……キュウキュウ十二の正体やな。どこのどいつかがわからんかったら、怖くって、枕を高くして眠られへん」

「それはなかなか難しいね。基本的に、誰なのか調べるのは警察の仕事だ」

「だよなぁ」

「でも、君が安心して眠る手伝いくらいはできるかもしれない」

思わず瞬《まばた》きをした。「どういう意味や」

「そもそも武田君は、具体的に何を怖いと思ってるかわかる？」

具体的に？　そう言われると何を怖がっているのか、よく分からなかった。

「怖い、っていうのは非常に抽象的な概念なんだ。例えば、『夜に幽霊が出ると言われているトイレに行くのが怖い』という話だったとする。これが醸《かも》し出す怖さは、何個かに分解できる。一つ目は、夜、つまり暗闇が怖い、という本能。これは視覚が昼ほど働かないところから来る恐れに根差している。二つ目は、幽霊への恐れ。人間誰しも死を恐れている。漠然とした不安が幽霊のような非科学的な妄想を生み出すんだ。三つ目は、トイレそのものへの怖さ。これは、穴が開いた物体に座ることへの不安や、穴から何か出てくるのではないか、という狩猟時代の本能に根差している」

「……よぉお前、そんなことまで考えるな」

「まぁ、人の感情を研究して今まで生きてきてるからね。合わせるために」

城崎がうそぶいてみせる。

「だから、さっきの話も、何故、怖く感じるのかを分解して考えればいいんだ」

話が見えてきた。

「分解、って言うても、なかなか難しいな」

「例えば、今回の遺体が、『A市に住んでる山田さん三十歳。たまたまそっくりさんでした。足を滑らせて海に落ちました』ってところまで判明したら、怖いと感じるかな？」

「そうか、確かにそれやったら怖くないな。えらい偶然やったな、って思うだけで」

「そう。だから、君の怖さの原因は突き詰めると二つなんだ」

ゆっくりと、城崎が目の前で白く長い指を立てる。

「一つ。キュウキュウ十二が、自分と関連している人物ではないか、ということ」

もう一本、城崎は指を立てた。

「二つ。キュウキュウ十二が、殺されたんじゃないか。その場合、自分も狙われる可能性があるんじゃないか、ということ」

口をぽかんと開けて、武田は指摘を聞いていた。自分を蝕《むしば》んでいたわけのわからない恐怖が、急速に焦点を結んでいく。感情に振り回されないと世界がクリアに見える、と言う意味が少し理解できた。

「お前に言われて改めて考えると、確かにそうかもしれへん。あの遺体の顔を見た時、胸騒ぎがしたんや。なんや、開けたらあかん箱を開けてしもたような、そんな気がして」

「パンドラの箱、か。人間の持つ勘、ってやつは、大概は非科学的だけど、案外馬鹿にできないと僕は思っててね。無自覚な閃《ひらめ》きが論理を超越して正しい結論を出すことがある」

城崎がほんの少しだけ目を細める。一風変わった奴ではあるが、彼に頼むしかあるまい、という気持ちに既になっていた。

「正直言って、この件は俺だけの手には余る。良かったら謎を解くのに、ちょっと力を貸してくれへんか」

恐る恐る頼んだが、いいよ、と彼があまりにあっさり承諾したので拍子抜けした。

「えらい即答やな」

「謎は論理で解かれるために存在する。不思議な事象をそのまま放置するのは、どうにも居心地が悪くて、できない性分なんだ」

十九年前のように、城崎は艶然と笑ってみせた。

「まずは、警察の司法解剖や捜査を待ちたいね。捜査で解決されれば、万々歳だ。差し当たって君が簡単にできるのは、親族や戸籍を確認することくらいかな」

「結婚したときに戸籍謄本《こせきとうほん》は取り寄せてる。もちろん生き別れの双子の弟なんかおらへん」

そこまで言ったが、やはり気になる思いは止められなかった。

「でも、いっぺん、やってみるわ」

「それがいいと思うよ。それに、僕の勘が正しければ、もし、身元がこのままわからなかった場合、必ず警察はもう一度やってくるはずだ。もう少し情報が欲しい」

友人はどうやら、この件に著《いちじる》しく興味を持ったらしかった。

城崎と別れ、病院を退勤するなり、雨上がりの道をロードバイクでかっ飛ばした。水溜まりを越えるたびにタイヤの下で水しぶきが飛び、足先を濡らす。ジップパーカーを着ているが、顔に当たる風は少し冷たい。市役所に向かう前に、どうしても訪れたい場所があった――鳴宮浜。自転車を飛ばせば、十五分もあれば着くはずだ。追弔《ついちょう》、というのも妙な気がするが、瓜二つの人物が生を終えた場所を知りたかった。

鳴宮市は阪神間にある南北に広い市で、大阪にも神戸にもアクセスが良いため人口は五十万人を数えた。南は芦屋《あしや》市と尼崎《あまがさき》市に挟まれるほか、東西に広い神戸市とも北東で接していて、接線の辺りに有名な有馬《ありま》温泉がある。市内は北から南にかけて緩やかな下り坂を形成し、南側は海に面しているから、兵庫市民病院の高層階からは海原《うなばら》がよく見えた。

病院からさらに南下していく。少し走ると昨日、いや一昨日同窓会があった『白鳥クラシックス』を横に通り過ぎた。店を過ぎるとほどなく建物が途絶え、突然視界が開ける――海だ。目の前に短い橋があり、渡るとすぐ向こうが人工島、鳴宮浜だった。

鳴宮浜は直径一キロメートルほどの小さな人工島で、西は芦屋浜、東は甲子園《こうしえん》浜と呼ばれる同じく人工島と橋で接続している。元々ヨットハーバーがあるのは知っていたが、意外と釣りの穴場らしく、沖へ一キロほど続く長い防波堤では釣り人の姿を数名見かけた。釣りのスポットだから、もちろん柵も街灯も無い。

ここで、キュウキュウ十二は死んだのか。事故か……もしくは、殺されて捨てられた。

海原から照り返す日光が眩《まぶ》しく、流れてくる磯の香りは、昨日の死体をまざまざと思い起こさせた。よく考えたら、芦屋浜にも甲子園浜にも近いのだから、そもそも鳴宮浜沖でキュウキュウ十二が発見されたからと言って、犯行現場がここことは限らないはずだ。

神妙な気持ちで手を合わせ、非業の死を遂げた瓜二つの何者かに祈りを捧げると、武田はいったんの現場検証を終えた。

続いて市役所へ急ぐ。遡《さかのぼ》って戸籍を確認したが、少なくとも戸籍上は自分に兄弟がいた形跡は微塵《みじん》もなかった。父親に腹違いの隠し子がいた、という可能性はないか？……いや、腹違いの兄弟なら、流石にもう少し見た目に差ができるか。両親はともに一人っ子で、双子どころか従兄《いと》弟《こ》すら存在しなかった。

調べ物を終えて市役所を出たのは六時前で、まだ明るいが太陽は西にあった。左から日差しを浴びながら、行きは下った緩やかな坂を、中腰で漕ぎながら登る。

自宅は病院からさらに北上した、阪急沿線の閑静な住宅街に位置していた。両親が亡くなって、譲り受けた代々の土地と家を改装したのだ。

一階のビルトインガレージの中にロードバイクを停め、玄関で靴を脱いでいると、妻、絵里香がぱたぱたと音を立てて階段を降りてきた。

「お帰り。今日は遅かったね」

艶《つや》のある、長い黒髪。はっきりとした二重に、少し薄めの唇。絵里香のきめ細かく、透き通るように白い肌は、今年三十歳を迎えるようにはとても見えない。救命センターで出会って、一目惚れしたときのままだ。夕食の準備をしていたのか、明るい橙色のエプロンが次第に目立ってきた胸と腹の膨らみを隠していた。

一気に日常が息を吹き返し、張り詰めていた体の芯がとろけそうになる。座り込みそうになった自分をごまかすように、絵里香を引き寄せ、そのままキスをした。

ちょっと、いきなりどうしたの、と驚く絵里香の唇を、もう一度唇で塞ぎ、今度は舌をねじ込んだ。そのまま背に手を這《は》わせる。優しく撫でて、さりげなく胸に手を持っていった。妊娠前より大きく、張りがある乳房だった。先端に触れた瞬間、ぴくんと絵里香が反応するのがわかった。

「……もう。赤ちゃんが、びっくりしたらどうするの」

「あ、悪い。大丈夫かな?」

と、言いながら慌てて手を離すと、潤んだ瞳を向けて絵里香は微笑んだ。

「……もう安定期だから、つけたら問題ないとは思うけど」

誘うような、甘えるような声だった。

「嫌やったり、しんどかったら言うてや。無理はさせたないから」

大丈夫、と絵里香は笑った。

「実のところ、わたしもそういう気分だったの」

それからは、重なるようにもつれ合って、二人で薄闇の中ベッドの上に寝転んだ。服を脱いだ時、一瞬昨日の死体の幻を見たが、打ち消すように絵里香を抱きしめた。少しばかり、お腹に隠れているもう一人に気を遣いながら。直に触れ合う肌は温かくて、滑らかで、柔らかくて、母なる海、という言葉を思い出した。海の中に包み込まれたまま、突き上げてくる興奮に全てを忘れた。

恋人同士の頃のように、夜遅くなってから起きだして、すっかり冷めてしまったハンバーグを温めなおして二人でつまむ。空腹は最良のスパイス。とんでもなく美味かった。

他愛もない話をしてから、順番にシャワーを浴びて、パジャマに着替える。今度は、高校生みたいに手を繋いでベッドに横になった。

あっという間に眠りに落ちる。翌朝、ふと、カーテンから差し込む朝日で目が覚めた。室内はまだ暗く、隣で絵里香は眠っている。起き抜けに自分の目の端がほんの少し濡れていることに気付いて驚いた。

朧げな夢の記憶を辿るなかで一つだけ思い出したのは、亡き母、美由紀《みゆき》の台詞だった。

——かんじんなことは、目に見えないんだよ。

母が好きだった『星の王子さま』の一節だ。

薄闇の中でまなじりを拭った手をじっと見ながら、息をつく。——俺には、いったい何が見えていないというのだろう？

城崎の推測は正しかった。

「武田先生、警察の方が先生と話したい、と受付までいらっしゃっています」と病院の総合案内から電話があったのは、九日後の木曜日、午後二時過ぎのことだ。

警察？　と聞き返すと、待ってください、事務長に替わります、と交換手がいったん引き下がった。受話器の向こうでやり取りがあり、少し経ってから今度は落ち着いた男の声に替わる。

「鳴宮警察の方が来られています。先週、武田先生に診て頂いた患者さんのことでお話を伺いたい、とのことで。ＩＤは……失礼、身元不明で、初療室でお亡くなりになった方のことですね。カルテではキュウキュウ十二、と表示されてる」

「話、って具体的に何か言ってはるかな？」

「捜査の一環で、としか。あ、先生の手が空《あ》くまで、お待ちします、とも言うてました」

十分後、総合受付の前に立った武田を、事務長はまさに事務的に案内した。通されたのは北向きの窓にブラインドが下ろされた、四畳半ほどの小部屋だ。ドアを開けるなり、捜査員ががちゃりと音を立て、パイプ椅子を蹴って立ち上がった。

「鳴宮署から来ました、警部補の後藤《ごとう》あゆみです。よろしくお願いします」

灰色のパンツスーツを着た三十代くらいの女性がきびきびと挨拶《あいさつ》する。きちんと整えられた黒髪のショートカット。肩幅があり、一重瞼できりりと引きしまった顔立ちは精悍《せいかん》といってよく、頼もしい印象だ。強面《こわもて》の男性ではないことに、いい意味で驚く。

部屋の中央には灰色の事務机がでんと置かれており、後藤は机を挟んで奥側に起立していた。後藤に改めて着席を促しながら、自分も向かいのパイプ椅子に腰を据える。

「今日はどんなご用件でしょうか」

「先日先生に死亡確認して頂いたご遺体の身元が、いまだに不明なままなんです。指紋を照合しても、前科はないようで。何とか身元を明らかにしたいと思っているのですが」

「手掛かりがない。そこで、あの遺体にそっくりの人物を思い出した」

「……ええ。署内ではいろいろな意見が出ましたが、まとめるとそういうことになります」

後藤は手帳を広げ、中に目を落としながら言った。ちらりと見えた袖口には洒落た黒いカフスボタンが光っている。

「剖検で何かわかったんですか?」

「先生は主治医ですから、お伝えしますね。彼の死因は溺死。死亡推定時刻は、四月十六日の午後八時から四月十七日の午前二時ごろ。冷たい水中に長くいたので、死亡時刻を絞るのは難しいそうです。後頭部の打撲痕《だぼくこん》からは生体反応が検出されましたから、先生のお見立て通り、彼は生前に急性硬膜下血腫を発症し、ほぼ意識不明のまま溺死したと思われます」

窓のすぐ傍を、車が通りすぎる音がした。ごくりと唾を飲み込む。

「つまり、殴られて海に捨てられた」

「それが、そうとも言い切れません。重要なポイントになる、とこちらも考えて調べたのですが、海に落ちるときに頭をぶつけたものとしても矛盾はない、という診断です」

思わず腕を組んだ。事件か、事故かの解明すら難しいかもしれない。

「また、体内から微量のアルコールが検出されています。剖検所見によると、彼はアルコール性肝障害を患っていたようですが、それが原因で意識混濁や死に至るほどのものではありませんでした」

「いずれにせよ、少なくとも酔っぱらったまま、海に落ちたってことですね」

「ええ。ですから、二つのシナリオを想定して動いています。一つ目は、酔った彼が、殴られた後に服と身分証明書を奪われ、溺死させられたパターン。二つ目は、彼が、酔いに任せて服を脱ぎ、春先の海に飛び込んで、頭を打ち溺水して死亡したパターン。ちなみに、署では圧倒的に二つ目のシナリオが優勢なので、今回の捜査も早々に打ち切られる可能性があります」

残念そうな口調が気にかかった。

「後藤さんは彼が殺された、と？」

「できるだけフラットに物を見るように心がけています」

刑事としてね、と言い添える彼女は、プロフェッショナルとして好感が持てた。

「今のところ、彼の身元を示すものは何一つ出てきていませんし、少なくとも県内には条件に合う人物の行方不明者届の提出もありません。警察のホームページの『身元不明死者情報』に詳細を載せ、適宜全国の行方不明者届を確認しながら、様子を見ている状況です。ただ、個人的には……大変失礼なんですが、先生と、彼の顔がそっくりだった、ということがどうしても引っかかって。何か少しでも、心当たりはありませんか」

「実は僕の方でも気になったので、戸籍を確認してみたんですよ。でも、それらしい人物はいませんでした。両親も他界していて、話の聞きようがないんです」

そうですか、と後藤は冷静に頷《うなず》いてみせたが、トーンがやや沈んでいる。

「まさかとは思いますが、キュウキュウ十二に、整形の痕《あと》なんかは……」

「ありませんでした」

「防犯カメラに何か映っていたりとかは」

挽回《ばんかい》すべく、ミステリードラマで得た知識を披露したが、

「先生。日本は、島国なんです。残念なことに」

とやんわりと諭《さと》された。海岸線全体にカメラが付いているわけがないだろう、画像を元に殺人か事故かを判断するのは無理だ、と言いたいらしい。そりゃそうか。

恥ずかしさをごまかすように頭を掻きながら、「コロナで人探しも大変ですね」とねぎらうと、これには、「みんなマスク姿ですからねぇ」と後藤も同調してくれた。

「もう一つ伺わないといけないことがありまして。……先生の四月十六日の行動をお聞かせ願えますか？」

「僕のですか？　疑われるようなことなんて、してないですよ」

「あ、いえ。先生を疑っているわけではないんです。ただ、今後捜査を進めていくにあたって、どうしても、先生と彼を区別するために先生の行動の詳細が必要なんですよ」

話が読めた。どうやら、そっくりすぎるため、どちらがどちらかをきちんと警察は把握する必要があるらしい。これも今日の訪問の大きな目的なのだろう。

「四月十六日は日曜でしたから、夕方までは家でゆっくり過ごして、七時から大学の同級生との同窓会に出席していました。同窓会、言うても参加者は四人だけですけど。場所は、『白鳥クラシックス』。この病院から、ぶらぶらと南下したところです」

「そこなら、わたしも行ったことがあります。いいお店ですが、わりと、海岸にも近いですね」

後藤の一言に、今になってぞっとした。そうか。飲み会の帰りにあの遺体の男と、はち合わせしていた可能性すらあるのか。

「一応、一緒にお食事されていた方々の名前を教えて頂けますか」

「みんなK大学医学部野球部の同期なんです。まず、堀田保志《ほったやすし》。こいつは兵庫北病院で整形外科医をやってます。佐川真一《さがわしんいち》。東播磨《ひがしはりま》病院の外科医です。あとは、伊藤愛《いとうあい》。彼女は元々、野球部のマネージャーだったんです。結婚して、今は緑川《みどりかわ》愛、って名前になってて。彼女は産婦人科医で……」

ここまで言って、はたと思い出した。

「そういえば、緑川はつい一昨年まで、阪神中央病院の産婦人科で働いてたんですが、出産育児をきっかけに辞めた、って言ってましたね。今は、大阪のどこかのクリニックで働いてるはずです。名前は忘れてしまいましたが」

「いえ、ありがとうございます。それだけわかれば十分です」

女性刑事は手帳に情報を書き込んでいく。

そういえば、緑川が今回の同窓会を企画したのだった。

——鳴宮浜の近くに、美味しい日本酒を出す店があるらしいんよ。コロナも多少落ち着いてきたし、みんなで会うなら、せっかくやしそこでやらへん？

ぼんやりとそんな会話を思い出したが、刑事には伝えなかった。別に聞かれてもいないのにあえて言う必要はないだろう。

「あ、あと先生。自宅から、『白鳥クラシックス』まではどうやって行きましたか」

「普段、僕はロードバイクで病院まで通勤してるんですが、飲むのがわかってたもんで、行きは自宅から歩いて行って、帰りは妻に車で迎えに来てもらいました。十一時過ぎだったかな」

「車種と、車のナンバーも念のために教えて頂けませんか」

「シルバーのプリウス。ナンバーは……」

貯めたなけなしの金で研修医二年目の時に買ったプリウスに乗って、もう七年になる。すっかり古くなったが、愛着があってなかなか乗り換えようという気になれなかった。

最後に二、三の質問に答えると、後藤は満足したように手帳を閉じた。「長い間お時間を取らせて申し訳ありませんでした。本日のところは以上です」

会釈して部屋を出ようとすると、後藤が、あ、これを……とメモを渡してきた。走り書きで電話番号とメールアドレス、後藤のフルネームが書いてある。

「万が一何かわかったり、思いつくことがあった場合は、遠慮なく連絡してください」

メモを財布にしまうと、もう一度真剣な眼差しに応えて頷き、今度こそ本当に、武田は部屋を出た。


城崎は約束の午後五時半から十五分遅れて、病院食堂に現れた。営業を終了した食堂は薄暗いが人影は無く、話をするにはもってこいだ。

「遅れてごめん。お見送りに行ってたものだから」

城崎が詫《わ》びながら椅子を引いて着席する。患者が亡くなったとき、ご遺体を乗せて病院から去っていく寝台車を頭を下げて見送ることを、『お見送り』と病院では呼んでいた。

「大変やったな。何の病気やったんや？」

「ほら、こないだ止血した蟹山さん。彼はそもそもアルコール依存症で、アルコール性肝硬変の終末期。止血できても、どっちみち肝不全で助からない可能性が高かったんだ」

いつも通り、一切表情を変えずに城崎は語った。

ふと、キュウキュウ十二のことを思う。彼もアルコール性肝障害だった、と確か後藤は言っていた。俺に瓜二つの男は、どんな人生を送ってきたんだろうか。

気を取り直し、九日間で分かったことと後藤との会話をまとめて城崎に伝える。

「つまり、事件か事故かも不明なばかりか、身元についても全然判明していない、さらにどちらかというと事故として捜査は打ち切られそうになっている、ってことか」

城崎はダークブラウンの髪を、無意識にか指でもてあそんでいる。

「まぁ、身も蓋もない言い方をすると、そうなるわな」

「なら、あとは武田君がどうしたいかだね」

「聞き込みや現場調査に行く、とかか？」

「それは警察の仕事だ、ってこないだ言ったでしょ。僕らが調べるべきことは、君が、キュウキュウ十二と関連があるのかどうか、その一点だ」と、城崎は言い置いて、

「あ、まぁ、過激で良ければ、直接的にキュウキュウ十二の身元を調べる方法もあるにはあるけど」と続けた。

「一応聞いとこかな」

「『友人が、兵庫で行方不明になったこの人を探してます。お知り合いの方は連絡ください』みたいな投稿と写真を、ＳＮＳに載せてインフルエンサーに拡散してもらう。もちろん、使うのは君の写真。武田君の知り合いからの連絡と、カスみたいな娯楽目的の情報が殆どだろうけど、その中にキュウキュウ十二の知り合いからの連絡も交じるはずだ」

名案かも、と一瞬膝を打ちかけたが、首を振ってその考えを頭から追い出す。

「いくらなんでも、自分の写真を全世界にそんな形でバラまくのはいい気持ちせえへん。それに、万が一、投稿をキュウキュウ十二のご遺族の方が見たら。不謹慎《ふきんしん》すぎて洒落にならへんし、ご遺族が可哀想すぎる」

「君ならそう言うだろうと思ってた。だから過激な方法だ、って言ったんだ」

友人は人が悪そうに、くつくつと笑った。

「じゃあどうする」

「警察の手法は、状況証拠や証言を集めて結論を導き出す、いわば帰納的な手法といえる。僕らはその方法ではかなわない。だから、背理法を使う」

久しぶりに聞いた言葉だった。

「背理法、って懐かしいな。高校数学以来やないか」

「まさに。どんなやり方をするか、覚えてる？」

「俺を試してるんか？　えっと、『ある命題Aが真であることを証明するために、まずAが偽であると仮定する。仮定した偽を証明する過程で、矛盾が生じた場合、逆に命題Aが真であることが示される』。こんな話やったな」

「大正解」

城崎は楽しそうだ。教師の前に座った生徒のような気分だった。

「まず、今回の証明すべき命題は何になる？」

「そうか。命題は、『キュウキュウ十二と俺との間に、隠された関係はない』や」

「ご名答。じゃあ、『偽』は？」

導き出される結論に気付き、深く息を吸い込む。

「『キュウキュウ十二と、俺との間に、隠された関係がある』」

「その通り。だから、僕らは偽を証明するために、キュウキュウ十二じゃなくて、君の身辺を調べていけばいいんだ」

戸籍を確認しろ、と言われたのはこのためだったのか。確かに、キュウキュウ十二の身元を追うより、自分のルーツについて探るほうが遙かに簡単そうだ。

「自分ごととなると、なかなかこんなことも思いつかんもんなんやな。とはいっても、もう戸籍については確認済みや。ほかに何ができる？」

「そうだね、一番穏便なところから調査を始めようか」

「穏便なところ?」

「もう一つ、もっと重要な情報が眠ってる資料が、おそらく君の家には残されてるはずだ」

長い指を城崎は立てた。

「い、い、母子手帳だよ」

第二章　連　　鎖

絵里香の許可をとって、翌日の仕事上がりに、城崎と家で会う約束をとりつけた。

急患などで忙しければ延期する予定だったが、幸い平和な一日に恵まれた。車で向かうという城崎と病院で一度別れ、玄関のベルが鳴ったのが六時過ぎだから、彼の勤務体制を考えればこれは奇跡的といっていい。

彼の愛車、黒い中古のBMWを停め、ガレージ側の入り口から城崎は入ってきた。薄手の茶色ニットに黒のテーパードパンツを合わせていて、私服も様になっている。

「いいね、これ。雨の日でも濡れなくて快適だ」

「せやろ。リフォームの時にこだわったんや。普段入れてるのが古いプリウス一台、ってのが残念なところやけどな」

軽口を叩いているところに、絵里香がひょこりと顔を出す。

城崎はいかにも爽やかに挨拶《あいさつ》すると、持参した紙袋から出して、有名店の焼き菓子の詰め合わせを絵里香に手渡した。よくわからないが、マナーとしても適切なんだろうし、妊婦にも配慮している。こういうところまで、いちいちそつがない男だ。

改めて玄関から程近い、一階の一室に友人を案内する。亡くなった母、美由紀の寝室。この部屋は唯一リフォームの手が入っておらず、母が死んだときのままだ。ここに手を入れたら、母の痕跡《こんせき》が全てこの世から消えてしまう気がして、改装する気になれなかった。

部屋に入った瞬間、ツン、と古い畳と樟脳《しょうのう》の匂いがする。ど真ん中に置いてあった介護用ベッドとポータブルトイレ、携帯用酸素濃縮器などは流石《さすが》に返却したが、購入した折り畳み式の車椅子や歩行器、ポールにハンガーを取り付けて自作した点滴台なんかはそのまま残してあり、ぽつねんと薄暗い部屋の蛍光灯に照らされていた。

「これ。櫛《くし》が、まだ残ってるね。カーラー付きのドライヤーも」

鏡台の上を城崎が手で指し示す。手にはいつのまにか白い手袋がはめられていて、さながら刑事の現場検証のようだ。

「なかなか捨てる気になれんくて」

「当然だと思うよ。ざっと見る限り、この部屋は殆《ほとん》ど、お母さんが生きていた時のままで保存されているように思う。しかも、かなり保存状態がいい」

「絵里香のおかげなんや」

城崎は相槌《あいづち》を打ちながら、今度は衣装簞笥《だんす》に目を向ける。「開けてもいい?」

問いに頷《うなず》き終わらないうちに、遠慮なく友人は引き出しを開け放し、顔をしかめた。

「服ばかりだ」

ごく散文的な感想を口にしてくる。

「衣装簞笥なんやから当然やろ。母親は、わりと物は整理するほうやったと思う。何か他の物をしまってるイメージはないな」

「なるほど。武田君は、生まれてからずっとここに住んでるわけじゃないよね?」

「ここは元々祖父母の家で、亡くなってから越してきたんや。それまでは、父親の勤務先近くのマンションを転々としとった。中学の時はお前んちの近くに住んでたやろ?」

「それなら、一番母子手帳がある可能性が高いのは押し入れの中だ。引っ越しに備えて、君の服やアルバムと一緒にしまってるんじゃないかな。段ボールに詰めたままで」

助言に従い押入れを開けると、果たして中にはラベリングされた段ボール箱が整然と積み上げられていた。一つ一つ確認し、最後に見つけた『アルバム、その他』と書いた箱を引っ張り出す。ガムテープを剝《は》がし、蓋を開けると中には互い違いに重ねられたアルバムがぎっしりと詰められていた。底の方のアルバムを調べるにつれて、写る家族の年齢が若返っていく。

幼稚園の運動会で男児がポーズを決めている。肩を抱いているのは若き日の両親だ。色白で線の細い母、美由紀と、彫《ほ》りの深い顔立ちに無精ひげを生やした父、浩司《こうじ》。二人とも今はこの世にいない。

父、浩司は外科医だったが、ちょうど武田が医学部を卒業する直前、手術室で死んだ。急性大動脈解離。患者の手術を終え、閉創《へいそう》！　と叫んだきり、そのまま倒れた、という。嘘のような伝説を残して、定年間近だった父は突然いなくなってしまった。

「なかなか可愛いやないか。幼少のみぎりの俺やな」

かつての自分を指しながら言ってみたが、城崎の反応はなく、写真を凝視している。

「なんや。どうしたんや？」

「あんまり、ご両親と似てないんだね、武田君」

顔を上げた彼は真顔だった。

「じゃあ聞くけど、お前のその性格は誰に似たんや？」

「両親はこんなんじゃないよ。僕のオリジナル」

「なら、俺の顔が多少似てなくてもええやろ。オリジナルや」

城崎が黙ったので、うまく切りかえしてやった、と少しだけ溜飲を下げる。

確かに、両親のどちらにも似ていない、と指摘されたことがなかったわけではない。だが祖父母は、父、浩司の小さい頃にそっくりや、とかなんとか会うたびに言っては可愛がってくれていたので、特に気にしたことはなかった。

気を取り直してアルバムをめくっていたところ、急に袖《そで》を引かれた。「なんや」

「なんや、じゃないよ。見つかった」

目の前で、城崎は母子手帳をゆらゆらと振った。

手帳を開いて、まず目に入るのは出生届出済証明欄だ。二人で記載に問題がないことを確認しつつ、ページを繰ると、『出産の状態』を記す箇所に行き当たった。

「これや。ここを見れば、双生児出産かどうかはわかるはずや」

妊娠期間、妊娠三十九週六日。

娩出《べんしゅつ》日時、一九九〇年十月二十二日、午前八時五十九分。

分娩経過、頭位。分娩方法、経膣分娩《けいちつぶんべん》。

分娩所要時間、十二時間九分。出血量、二三五ミリリットル。輸血、無し。

性別、男。単胎。

単胎！　続く体重やら、身長やらの記載については殆ど目にも入らなかった。自らを取り上げた産婦人科医が、単胎分娩、すなわち一人だけで子宮の中に入り、母、美由紀の胎内から生まれ出てきたと証明しているのだ。これを欺《あざむ》くことなんてできやしない。安堵が全身を走り抜け、逆にほっとするあまり、手が震えた。

「わざわざ来てもらって、悪かったな。母子手帳、ってのは盲点やったけど、おかげで他人の空似やった、ってことが証明できたみたいや。ほんま良かった」

城崎は少し考えていたが、やがて「そうだね」と頷いた。

「もう遅いけど、出前でよければ奢《おご》るで。お礼は日を改めて、またさせてもらうから。ピザでも、寿司でも。お好み焼きなんかもある。なんでも、好きなの言うてくれ」

「気を遣わなくていいのに」

「まぁ、遠慮せんと」

「ありがとう。なら、ピザにしようかな」

返答を聞くなり、行きつけの店舗に電話をかけ始める。メニューの希望を聞こう、と振り向いた視線の先で、城崎がいったんは床に置いた母子手帳を再び拾い上げるのが見えた。

「どうかしたんか」

急いで注文を終わらせ、恐る恐る城崎に話しかけてみる。

「ごめん、少し引っ掛かったことを思いだして」

指で母子手帳を示しながら彼は答えた。『妊娠中の経過』を記載した箇所だ。

診察月日、妊娠週数、子宮底長、腹囲、体重、血圧、浮腫《ふしゅ》、尿蛋白《たんぱく》、尿糖の有無。さらに、胎児の心拍数、胎動の有無を記載する欄が続く。

妊娠中期は大体四週間ごとの診察、後期に入ってからはほぼ毎週の診察記録が載っていた。特に異常と感じる記載はない。

「これがどないしたんや。正常な経過やと思うけど」

「経過は正常だと思う。違和感があったのは、別のところ」

城崎の白く長い指が、ページの右端を軽やかに叩く。

施設名、又は担当者名、との記載の下に週ごとの担当医と施設が印鑑を押している。

最初の一行。診察月日、一九九〇年三月十一日。妊娠週数、十二週一日。

担当医、生島《いくしま》。施設名、生島病院。

生島病院、の名前が出てくるのはその一行のみだった。

次の診察、十六週以降はずっと阪野《さかの》、という医師と阪神中央病院が担当を続けている。

「そんなに変か？　お産で通うクリニックを変えるのは、よくある話ちゃうか」

「おかしくはないと思うよ。ただ、タイミングと理由が気になっただけ」

「タイミング？」

「そう。これが、何らかの問題がある妊娠だったなら、十六週で病院を変える理由がわかるんだ。阪神中央病院みたいに、ＮＩＣＵ（新生児特定集中治療室）がある病院に紹介する意義が十分あるから。逆に、最後に阪神中央病院に紹介するのでもわかる。里帰り出産もよくある話だし、分娩を扱ってないクリニック、ってこともありえるから。でも、十二週まで通っておきながら、妊娠中期に入ったところの十六週でわざわざ病院を変える意味が、いまいちよくわからない」

「そんなの、いくらでも理由は思いつくやろ。担当医と揉《も》めた、とか、引っ越ししたとか。考えすぎや」

否定はしてみたが、言われると気にはかかる。だが城崎のほうも問題提起はしたものの、説明のつく妙案は思いつかなかったらしい。会話がいったん途切れたので、頭ではなく手を動かすことにした。めぼしいものだけは残して、後は全て元あったところにしまっていく。あらかた片付いたところで、ピザの到着を示すベルが鳴った。

和室に別れを告げてリビングのドアを開けるなり、柔らかい暖色光に包まれ、焼き立てのピザの香りが鼻腔《びくう》を刺激した。ダイニングに目を向けると、絵里香が膨《ふく》らんできた腹を揺らしながらアイランドキッチンに立ち、黒光りする大理石のカウンターの上に皿やグラスを並べ始めていたので、慌てて手伝いに行く。

「もう。ピザ取るんなら、一声くらいかけてくれたらよかったのに」

「ごめんごめん、うっかりしてて」

壁掛け時計を見ると、いつの間にやら夜九時を過ぎている。

「ほんまにごめん、こんなに遅なるとは思ってなかったんや。お腹空《す》いたやろ」

「お腹が張ってて、そんなに食欲無いから平気。でもピザなら食べられるかも」

失点続きだったので、多少なりともほっとした。

「で？　探し物は見つかったの？」

と重ねて絵里香が聞いてくる。視線の先には、リビングに置いた黒い布張りのソファに一人腰かけて、何かしら考え込みながら母子手帳を眺めている城崎がいた。

「まぁ、一応。たぶん、一件落着……やと思う」

ふうん、と絵里香が呟《つぶや》く。まったく、これで落着してくれればいいのだが。

ほどなくして食卓の準備が整ったので、席について三人は乾杯した。

「十七年ぶりの再会に」

めいめいがピザに手を伸ばすと、同じマルゲリータのピースに向かった手と手がぶつかった。目が合ってふふ、と絵里香が微笑《ほほえ》む。潔く諦めて別のピザに狙いを定めながら、ふと思いついて城崎に水を向けた。

「そういえば小宮山さんに、病棟での盗難事件を解決した、って聞いたんやけど、一体どんな話やったんや」

「あぁ、大した話じゃないよ」

「聞きたい聞きたい」

　ピザを頬張った絵里香が身を乗り出す。城崎は案外、まんざらでもなさそうに口を開いた。

「この間、少し認知症の入ったおじいさんが夜間に緊急入院することになった。一夜明け、朝になってそのおじいさんが『財布の中の三万円を取られた』と言って怒りだしたんだ」

「物取られ妄想か？」

　認知症の症状の一つに、物取られ妄想、というものがある。実際には何も取られていないのに、物が見つからないと「誰かに取られた」と思い込むのだ。周りを敵に回すし、本人には全く悪意がないぶん始末が悪い。

「それが違うんだ。看護師も最初はそう思って聞き流そうとした。でも、よくよく確認すると話はそう簡単じゃないことがわかってきた」

　看護師がなだめながら、念のために前日付き添っていた娘に電話すると、その娘が「確かに父の財布に三万円を入れた」と言いだしたのだ。

　今はコロナで面会制限があるからと、患者が初療室から病棟に車椅子で移動する直前、廊下で三万円をカバンの中の財布に押し込んだのだという。慌てて看護師も財布の中身を確認したが、小銭ばかりで、確かに三万円は影も形も見当たらなかった。

「財布はどこにあったんや」

「患者の部屋の鍵つき引き出しの中。病棟の看護師が所持品のカバンから取り出して、引き出しに入れて鍵をかけ、ホルダーつきの鍵はおじいさんの手首につけておいた。夜だしエレベーターはナースステーションの前にしかないから、外部の怪しい人間がおじいさんの部屋に向かわなかったことははっきりしていた」

「うわぁ、大変」

ピザを飲みこんだ絵里香が顔をしかめる。救急病棟に勤めていたから、他人事ではないのだろう。「その、財布を取り出した看護師さんが盗んだ、ってことですか？」

「それに、車椅子で移動させた看護師にも機会があるんちゃうかな」

絵里香の推理に付け加えてみる。

鍵がかかった引き出しの中の財布から金を取ることは難しいから、盗むなら財布を引き出しに入れるまでだ。となると、それができたのはほぼ、二人に絞られる。

「家族も患者もカンカンだった。看護師が犯人で、しらばっくれているんだろう、ってね。だけど、移動させた救命センターの看護師も、財布を引き出しに入れた病棟看護師も、全く心当たりはないし、財布を開けてもいない、という。困って僕に相談が来た、ってわけだ」

確かにそれはちょっとしたミステリだ。

「どっちかの看護師が嘘をついてたんか？」

「いや、登場人物は誰も嘘をついてはいないよ」

「同室の患者が盗んだ」

「それが、みんな寝たきりだった」

不思議なこともあるものだ。三万円はどこに消えたというのだろう。

「ギブアップ！」と先に絵里香が音《ね》をあげた。「わからないや。答えが聞きたいです」

「俺もギブや。結局どうなったんや？」

城崎は微笑んだ。

「僕が三万円を無事見つけて、一件落着したよ」

結局、三万円はあったのか！

「どこで見つけたんや？」

「おじいさんの、カバンの底だ。長財布の中にそのまま、三万円は残されていた。

そもそも、財布が二つあったんだ。カードやお札も入れられる折りたたみ式の小銭入れと、普通の長財布。おじいさんは認知症でどちらに三万円を入れてもらったのかを勘違いしていたし、看護師もカバンの上のほうに入っていた小銭入れを財布と誤認して引き出しに入れた。娘も面会に来れなくて実物を確認できないから、『財布に入れた』と証言する。

誤解が誤解を生んで、不思議な状況が生まれたんだ。誰も悪くない。ただ、それだけの話だったんだよ」

答えを聞いてしまえば馬鹿馬鹿しいような話だった。一瞬おいて絵里香が吹き出す。

「幽霊の正体見たり枯《か》れ尾花《おばな》。聞いてしまえば、なんてことない、単純な話だったんですね」

城崎は絵里香に向き直って、長い指を一本、ぴんと立てた。

「確かに他愛無い話なんですが、得られる教訓が一つあります。

導き出される結論がおかしい時は、前提条件そのものを疑ってみる必要がある、ということ。今回の場合は、『財布が一つだけだ』という思い込みがあったから、こんな単純な真相にみんな気付けなかった」

そのまま立てた指をこめかみに当てる。

「先入観は目を曇らせます。感情を排して、起きている事象をそのままに捉えると、違った世界が見えることがあるんです」

気障《きざ》な仕草がいちいち絵になる男だ。なまじ絵になるから、絵里香も感じいったように、ふうん、とため息をもらして、それが少し悔しかった。

「探し物ってそれですか？　航くんの母子手帳？」

話が一段落したところで、絵里香が切り出した。どうせ、聞きたくて聞きたくてうずうずしていたのだろう。城崎の代わりに答えてみせる。

「そうや」

「今更、なんでそんなのが必要なの」

「そりゃあ、今後の妊娠経過がどうなるんか、父親として勉強しようって思ったからや」

「ネットでも調べられるのに？　わざわざ？　城崎先生まで家捜しに駆り出して？」

まずい。全く信用されていない。

答えあぐねる姿を見かねてか、城崎がしれっと話題を変えた。

「絵里香さんは、生島病院ってご存じですか？　調べてみたんですけど、今はそんな病院ないみたいで」

いきなり出てきた病院名に、へ、と絵里香が狐につままれたような顔をする。「生島病院ですか。うーん……」

しばらく考え込んでいたが、あっ、と彼女は声を上げた。

「それって、もしかして流れからすると、産婦人科の話ですか？」

城崎が頷く。

「なら、わかるかもしれないです」

ちょっと待っていてくださいね、と言いながら絵里香は席を立ち、スマートフォン片手に戻ってきた。

「やっぱり。ここだと思います」

薄ピンクのネイルが画面を示す。

『生島リプロクリニック』

「リプロクリニック？……て、なんや？」

「リプロ、っていうのは、リプロダクションの略。生島リプロクリニックは、関西では老舗で、たぶん一番有名な不妊治療専門のクリニックよ」

絵里香が知っていたことに少しだけ胸が騒ぎ、耳元に口を寄せた。

「よく知ってたな」

「まぁね。わたしももう三十だし……ほら、四年近く、子供、できなかったでしょ」

曖昧《あいまい》に微笑みながら、絵里香が耳元でささやき返してくる。

「……そうか。気楽に構えてて、悪かったな」

「謝らなくていいのよ。お義母さんのこともあったし、まぁ、言えば航くんは絶対真剣に考えてくれるの、わたしだってわかってたから。それで十分」

ひそひそ話しながら横目で窺《うかが》うと、城崎はスマートフォンに指を滑らせていた。

「確かに、ここに生島リプロクリニックに改名、って書いてありますね」

『一九七八年、世界初の体外受精児であるルイーズ・ブラウンさんがイギリスで生まれます。これは、不妊に悩む全世界の夫婦の希望の光となりました。

体外受精胚《はい》移植の開発者である生理学者ロバート・G・エドワーズ博士と、産婦人科医のパトリック・ステプトー先生のうち、残念ながらステプトー先生は一九八八年にご逝去《せいきょ》されましたが、エドワーズ博士は二〇一〇年にノーベル生理学・医学賞を受賞されておられます。当院の名誉理事長である生島京子《きょうこ》は、一九七九年にO大学を首席で卒業後、イギリスに留学し、エドワーズ博士の下で研究と治療経験を重ねました。

一九八七年、生島京子は同僚のジェイムズ・サカモトと共に日本へ帰国。翌年の八月、この大阪の地に不妊治療専門病院として、二人で生島病院を開院いたしました。

以降、当院は関西の不妊治療において、中心的な役割を果たし続けてきました。二〇〇二年、『生島リプロクリニック』と改名。二〇一三年、全面改装し、リニューアルオープン。最先端の技術と屈指の成功率を誇る当院は、今後も治療に真摯に向き合って参ります』

城崎から携帯を渡されて読み終え、武田は唸《うな》った。

間違いない。生島病院は、この生島リプロクリニックだ。だとすると、十六週で阪神中央病院に移っている理由も理解できる。治療して妊娠に成功し、安定期に入るのを確認してから、生島──おそらく生島京子その人──が阪神中央病院に紹介状を書いたのか。

「生島リプロクリニックが、どうかしたんですか？」

絵里香が何かを感じ取ったのか、心配そうに聞いてくる。

「なんでもないって」

「もう！　二人でこそこそ、秘密にしちゃって」

一瞬、全て絵里香に話してしまおうかな、と思った。彼女は賢いし、三人で話し合うほうがいい知恵が出てくるかもしれない。三人寄ればなんとやら、と言うし。

だが、寸前でやっぱりやめておこう、と考え直す。自分のルーツを穏便に調べているだけ、とはいえ、少なくとも一人、死者が出ているのだ。事故か事件かはわからないが、できるだけ、心配をかけたくない。

まぁまぁ、となだめていると、諦めたのか絵里香は食器をまとめて流しに持っていき始めた。城崎と話す絶好のチャンスだ。

「うちの親も、生島病院で不妊治療を受けてた、って考えざるを得ないな。こうなると」

「間違いないだろうね」

「今回の件と、何か関係があるんやろか」

漠然とした不安が具体的な形を取り始めている。両親からは一度たりともそんな話は聞いたことがなかったのも、嫌な予感を増幅させた。確かに子供にはあえて伝えない類《たぐい》の話かもしれないが。

「わからない。いろいろ、思い過ごしならいいんだけど……。で、どうする？」

「どうする、って何を」

「生島リプロクリニックだよ。これぱっかりは、ここにいてもわからないから。現地に行って、可能なら、生島京子理事長にアプローチしてみる？」

ホームページを確認すると、クリニックは月曜から土曜の午前診は九時から十二時、午後診は三時から七時までらしい。年末年始を除き、休日は日曜と祝日のみ。『今年のゴールデンウィークは祝日の土曜も営業します』と赤文字で注意書きが載っていた。クリニックもなかなか大変だ。

「明日は幸い、俺は当直日やないし、クリニックは営業してるみたいや」

「僕も空《あ》いてる。決まりだね」

こっそりと集合時間を決める。生島リプロクリニックに偵察に行く算段はかくして整い、二人で皿洗いに参戦し、ピザパーティーはお開きとなった。


生島リプロクリニックは大阪市福島《ふくしま》区に位置していた。ＪＲ東西線海老江《えびえ》駅から徒歩八分、とある。四月二十九日、午前十時半。二人は海老江駅で待ち合わせて、下町情緒の残る商店街を歩き始めた。曇ってはいたが日差しは温かく、歩くのには心地よい。

去る二十七日に、五月八日からコロナが「五類」に移行することが正式決定し、ますます世間は浮かれムードだ。ゴールデンウィークの初日を迎えた駅は人でごった返していたが、逆に商店街の人通りは少なかった。

「なんや、こんなところに洒落《しやれ》たクリニックがあるイメージはなかったな」

「大通りに面してないから、意外と入りやすくていいのかもしれない」

話しながら歩くうちに、白亜の建物に到着した。三階建て高級レストランのような白い石造りの外壁に、金字のロゴで『IKUSHIMA Reproduction Clinic』と刻印されている。周りの建物は良くも悪くもレトロで『昭和』を感じさせる雰囲気だから、威風堂々たる佇《たたず》まいはことさらに目立った。

外壁に調和した白い自動ドアの小窓から、柔らかな間接照明に照らされる、ホテルのエントランスのようなしつらえのフロント、いや、受付が見える。

「高級ホテルというか、レストランというか。いや、これがほんまに病院なんやなぁ。女性受けはすごく良さそうやけど」

いざ中に入ると、涼しい風が吹き抜け、柑橘《かんきつ》系の爽やかな香りに全身が包まれた。まるで新婚旅行の時に泊まったリゾートホテルのようだ。「お帰りなさいませ」と声をかけられるのでは、と錯覚しそうになるが、流石にそんなことはなかった。

正面の受付には整った顔立ちの二人の女性と、一人の男性が並んでいる。一瞬、男性事務員に睨《にら》まれた気がしたが、目が合うやいなや、慌てて向こうの方から会釈してきた。

男性は鬢《びん》に一筋の白髪が交じっているから、四十過ぎくらいだろう。エキゾチックで中国映画のアクション俳優にいそうな顔立ちの、ハンサムな男だった。

髪型は清潔感のあるツーブロック。引き締まった体軀《たいく》を白シャツとグレーのベストに包み、赤いネクタイを締めて、名札には『総務部主任　黄信一《こうしんいち》』と記載されている。中国系なのだろう。受付台には、小さな金字で、『Available in English and Chinese』と表示されていた。高級ホテルの印象にぴったりで、いかにも国際色豊かだ。流行《はや》りのメディカルツーリズムを意識しているのかもしれない。

城崎は俯《うつむ》き、何事か考えているようだった。様子を窺おうとした矢先、すっと前に出て、ハンサムな総務部主任に彼は話しかけた。

「どうかなさいましたか？」

白い歯を見せ、完璧な日本語で黄が応じる。

「友人が、生島京子理事長と約束しておりまして。付き添いが必要、って先日言われたそうで……。だから、今日は僕も一緒に来たんです。取り次いでもらえませんか？」

城崎がこちらを指さしながらにこやかに言った。

何だって？

思わず目が点になる。こいつ、言うに事欠いて、初めて来た病院で何を言い出すんだ。

おい、お前ちょっと待てよ、と言いかけた瞬間、黄は得心したような表情を浮かべて頷き、手招きすると耳元に顔を寄せてきた。

「タカハシユウイチさまですね。そういうことでしたら、理事長に確認いたします」

ささやくなり踵《きびす》を返し、中待合の奥へ消えていく黄の背中を呆然と見送る。

タカハシユウイチ？

誰だ、それ。少なくとも、俺じゃない。誰かだ。

では、誰なのか？

キユウキユウ十二だ。それ以外、考えられない。

ぽん、と肩を叩かれて我に返る。城崎が親指を立てて、総合待合の方を指し示した。

「ここは目立ちすぎる。少し離れよう」

ベンチに二人腰を下ろし、まずは息を整える。冷静を装おうとしたが、発した声は僅《わず》かに震えていた。

「……初球ホームランやな」

「僕も驚いてる」

「俺は驚いてる、なんて次元を超えてる。城崎お前……どんな魔法を使ったんや」

難しい顔をした友人がふっと息を吐いた。

「黄さんの反応が、初対面の人に対するものに見えなかった。だから、ちょっと鎌をかけてみたんだけど……まさか、ここまでドンピシャで当たるとはね」

「せやな」

もはや、キュウキュウ十二が自分と全く無関係であるとは考えにくかった。たまたま俺にそっくりの人間がこのクリニックでもう一人生まれた？　そう考える方が不自然だろう。奈落に足を取られるような不安が急速に増大していく。

母さん。三十三年前、ここで何があったんだ？　秘密を、どうして俺に話さないまま、向こうへ行ってしまったんだ……。

「……キュウキュウ十二の、身元がわかったことは朗報やな」

長い沈黙の末、城崎に対してはなるべく平静を装って、それだけを言った。

「身元、か。そういう簡単な話ならいいんだけど」

城崎は慎重な態度を崩さない。

「タカハシユウイチ、って名前なんやろ」

「そうかな。そもそも、タカハシユウイチ、って名前が本名かどうかすら不明だ。もっと言うと、タカハシユウイチがキュウキュウ十二であるかどうかさえ、まだはっきりとはわからない。今推測できる、唯一の事実は二点だ」

形のいい顎を城崎がつまむ。

「君に極めて似た人物が、最近、おそらく複数回このクリニックを訪れていて、理事長と接触している。また、その人物は、タカハシユウイチと名乗っていた」

「……確かに。なるほど、そうなるんか」

ふっと息をついた。城崎の論理的な指摘を聞いて、少し心が落ち着く。いろいろなことが極めてグレーではあるが、まだ何かの結論が出たわけではなさそうだ。

タカハシユウイチも、この待合室に座っていたのだろうか。

改めて、周りを見渡してみる。総合待合は、ホテルや空港のラウンジのような落ち着いた雰囲気だった。かなり広い室内に、一方向を向いて、モダンな黒地のソファが等間隔に並べてあり、腰かけると点在するモニターが目に入るようになっている。良くできたもので、院内はマスク着用必須だし、モニターで呼び出されるのも番号、診察室も番号表示だから、プライバシーを誰にも知られずに済むようだ。

しばらく待つと、厳しい表情を浮かべた黄が、こちらへ早足で歩み寄ってきた。視線と身振りで手招きするのに合わせて、ソファから立ち上がる。

「京子理事長は、あなたと約束した覚えはないとおっしゃっています。四月の頭には、話がついていたはずで、付き添いをお願いした、という事実もないと」

話がついた、だって？……で、何の話だ？　四月頭、というと、キュウキュウ十二の遺体があがる少し前じゃないか。まさか、彼の死に関係が……いや、そういう言い方をする、ということは、生島京子自身はタカハシユウイチが既に死んでいることを知らないのか？

黄が眉を寄せて城崎を下から睨みつける。城崎はいつも通り、何を考えているのかいまいちよくわからない、微笑《びしょう》を湛《たた》えたままだ。

「どういうことなのか、説明していただけますか」

これはどう考えてもヤバい。

イケメン同士、喧嘩せんと仲良くしぃや、とか何とか言おうかとも思ったが、冗談が通じる雰囲気でもなかった。叩きだされる、と覚悟した瞬間、

「あーっ！　武《たけ》くんやないの。こんなところで何してるんよ」

と、聞き覚えのある大きな声が後ろから響いて、思わず振り返った。

パーマをかけた茶髪のボブに、小ぶりのピアス。小柄だが出るところは出て、くびれるところはくびれた豊満な肢体をモスグリーンのスクラブに包み、上に白衣を羽織っている。目が覚めるような美女、というわけではないが、愛嬌があり、可愛らしい容貌《ようぼう》の女性。

緑川愛。

つい先日、飲み会で会ったばかりの、K大学医学部野球部の元マネージャーだった。

「緑川こそ、どうしてこんなとこにおるんや」

「何言うてるのん。わたし、こないだ、二年前からここで働いてるって言うたやないの」

「そうやったっけ」

「言うた、言うた。もう、武くん、飲みすぎやわ」

緑川が朗らかに笑った。笑うとぱっちりとメイクした瞳が優しげに細くなり、チャーミングだ。確か二浪したというから、二つ年上で今年三十五歳のはずだったが、三十を過ぎているようにはまるで見えない。流石、K大野球部の元アイドル。

「……武くん、ですか？」

緑川とのやり取りを見て、毒気を抜かれた体《てい》の黄がぼそりと言った。何が何やら理解が追い付かない、といった感じだ。

「武田航くん。わたしの大学の時の同級生で、友達です。救急医なんよ」

緑川の紹介に、あ、どうも、と慌てて笑顔を作り、頭を下げる。

「彼は？」

黄はどうも城崎が気に入らないらしい。敵意を隠そうともせずに、城崎を睨みつけた。

「あ……彼は……」緑川が口ごもったので、

「先ほどはすみません。彼は城崎といって、僕の同僚の医師です。理事長に取り次いで頂きたいあまりに、ちょっと強引な真似を。ごめんなさい」

慌てて引き取って謝る。

「誤解されるような言い方をしてしまいまして、申し訳ありませんでした」

城崎も神妙な表情を作って頭を下げた。どうせなんとも思っていないのだろうが。

「……いえ、こちらも早とちりをしてしまいまして。失礼いたしました」

少し黙した後、ふっ、と息を吐き出して、ようやく黄は矛《ほこ》を収めた。

会釈して踵を返すなり、武田は緑川と城崎を総合待合の方へ引っ張っていった。

「ありがとう。マジで助かった。まさに救世主。女神さまや」

「あの黄さんをあそこまで怒らせる、って相当やで。彼、何をしはったんよ」

俺の出生の秘密を、生島京子理事長が知っている可能性がある、だなんてメロドラマめいた話、信じてもらえるんだろうか。いや、まぁ、いくら学生時代の古い友人だからといって、こんなことをいろいろな人に話すのは気がひける。

「まぁ、要約すると、ちょっと嘘ついて、無理やり京子理事長に会おうとしたんや」

「へぇ。優しげな顔して、なかなか大胆なことしはるんやねぇ」

緑川は妙な方向に感心したらしかった。

「黄さんも、普段はええ人なんですけど。すみませんでした」

「いいえ。さっきの一件、どう考えても悪いのは僕なので。本当にありがとうございました。黄さんにまた、よろしくお伝えくださ い」

城崎が微笑んで緑川に会釈する。緑川も美形に頭を下げられて、悪い気はしなかったらしい。

少しだけ頬を染めたように見えた。くそっ。俺には絶対にそんな態度取らないくせに。これだから顔がいい男は。

「あの、わたし、あとほんの少しだけ外来残ってるんですけど、一時間後なら、いろいろお話ししたり、院内をご案内したり、可能なら理事長に取り次いだりもできると思います。それまで、良ければ少し外で待っていていただけませんか？　ちょうどうちの目の前に『マゼンタ』って喫茶店があるんです。外観より中は綺麗だし、コーヒーもクラブハウスサンドも絶品の、穴場ですよ」

城崎と二人顔を見合わせ、願ったり叶ったりの申し出に、一も二もなく、乗ることにした。やっぱり、勝利の女神は、卒業から八年が経っても微笑んでくれるようだ。

クリニックの正面には緑川が言った通り、古ぼけた喫茶店があった。外壁の漆喰《しっくい》も汚れ、ガラスドアもお世辞にも綺麗には見えないので、プラスチック製の道置き看板を二度確認したが、確かに『マゼンタ』と書いてある。

緑川の弁を信じて、ガラス戸を押すと、カランコロンとベルが響き、「いらっしゃいませ」と奥から声がした。同時に、トーストとバターの香ばしい匂いが鼻腔を刺激する。

おお、と中に入って初めて『穴場』の意味がわかった。外観からはわからないほど中は広く、薄暗く見えるが、それは窓ガラスにステンドグラス風の装飾が施されているからだった。机や椅子も全てアールヌーヴォー調に統一されていて、曲線的で優美。いかにも『インスタ映え』しそうだ。ところどころに配されたランプシェードもセンスがよく、落ち着いた店内にアクセントを添えていた。外観のせいでこの店はかなり損をしているに違いない。店内には人がまばらだが、競馬新聞片手に時間を潰すいかにも常連の男性陣に加えて若い女性客もいて、クリニックの患者かな、と想像する。

お好きな席に、というので窓際の席に着くと、城崎が手を挙げて年配の店員を呼び止め、二つ、アイスコーヒーを注文した。

絶品というクラブハウスサンドに舌鼓を打ちたいところだが、なんせ気になることが多すぎる。店員が視界から消えるなり、同行者に話しかけた。

「タカハシユウイチは何の目的で、生島京子理事長に会いに行ったんやろう。キュウキュウ十二とタカハシが同一人物やったらやけど——会って、『話がついた』すぐ後に死んでるのも闇が深すぎるで」

「そうだね」

「殺されたんやろか」

言いながら気付いてぞっとした。今、俺たちがやっていることは、まるでタカハシの行動の再現じゃないか。

「それはまだわからない。ただ、事故だとしてもまず間違いなく、何か裏があるはずだ」

「裏ってなんやろう。自分の出生の秘密を知ってしまった、とかか？」

「ありえなくもない」

内心、否定して欲しかったのだが、さらりと肯定されてしまった。

「とりあえず、あちらさんの情報収集といくか」

想像していても埒《らち》が明かないので、生島リプロクリニックでかき集めてきた冊子を机の上に広げてみた。クリニックの宣伝のための院内広報誌だ。

「京子理事長の写真と経歴が載ってるね」

ページをめくり、城崎が小さな声で呟いた。視線の先には一枚の写真がある。

生島京子理事長。

朗らかに笑う、壮年女性の写真だった。いつ撮られたものかはわからないが、もう七十近いはずなのに、歳を感じさせない。内側にエネルギーが満ちあふれているからだろう、そう思わせるような笑顔で、往年の女優めいた風格すらあった。栗色の髪をショートカットに切りそろえ、張りを失いつつある肌は浅黒く、一重瞼《ひとえまぶた》だが、鼻筋は通っていて、若い頃はエキゾチックな魅力があったのかもしれない。決して美貌ではないのだが、不思議と人を惹きつける力のある女性だ。

経歴を読んでいて、不意に気付いたことがあった。

「そういえば、生島京子理事長が一九七九年卒業なら、父さんの同級生や。うちの親父はO大学出身の外科医。大学時代は席を並べていたはずや」

「顔見知りだった、ってことか」

城崎が長い指で唇をなぞる。

「せや。まぁ、だからどう、ってわけやないんやけど。接点はあったのが少し気になる」

次のページに進む。現院長の挨拶と写真が収められていた。

院長、生島蒼平《そうへい》。

色白のイケメン、のカテゴリーには辛うじて入るものの、一見日本人に見えない、バタ臭い顔立ちの男だった。一九八七年生まれ、とあるから、城崎と武田とは三歳上の先輩にあたる。

顔立ちはホームページで読んだ、『ジェイムズ・サカモト』の存在を想起させた。何か、関係があるのだろうか。

「生島京子理事長の息子、なんやろな」

「はっきりとは書いていないけど、まず間違いないだろうね」

二人で顔を見合わせる。生島京子の人生に思いを馳《は》せてみた。

O大学医学部医学科を首席で卒業後、産婦人科に入局し、渡英。一九八七年、最新の成果をひっさげ、ジェイムズ・サカモトと共に日本に帰ってきた生島京子を、おそらくO大学産婦人科医局や教授は冷淡に扱ったのだろう。傷ついた彼女は大学医局を辞め、程なくして子供を出産する。翌年、生島病院を三十四歳の若さで開院した……。

「なかなか、波瀾万丈《はらんばんじょう》な人生やな」

差し当たり謎を解くヒントになるような記載はなく、才能豊かな女医の経歴に対して、それ以上の気の利いた感想がでてこない。

腕を組んだところで、「お待たせしました」と、アイスコーヒーが運ばれてきた。

水出しコーヒーだろうか。色が濃く、普段飲むコーヒーより心なしか香りも格調高い気がする。鼻を近づけていると、目の前で城崎が水差しに入った二人分のシロップをせっかくのコーヒーに全量注いだので目を剝《む》いた。

「あ、ごめん。シロップの追加がいるなら頼むよ」

「俺はブラック派や。というかお前、そんなに入れたら砂糖水飲んでるのと変わらんやろ」

「頭を回転させるには糖分が必要だからね」

悪びれもせずに友人は言い、ストローで優雅にコーヒーをかき混ぜる。氷とグラスが触れ合う澄んだ音がした。

アイスコーヒーの味は格別だった。苦味と酸味のバランスが絶妙で、すっきりした味わいは何杯でも飲めそうだ。

そんな極上の味を砂糖水に変えた男はしばらく無言でコーヒーを飲みながら、器用に片手で襟《えり》足《あし》の長い髪をくるくるともてあそんでいたが、おもむろに口を開いた。

「今の疑問点と状況を整理しよう」

「お、おう」

どうやら糖分が足りたとみえる。

「前にも聞いたけれど、キュウキュウ十二は、武田君に瓜二つだったんだよね？　良く似た兄弟、みたいなレベルではなくて」

「ああ。そうやなかったらこんなにビビってへんと思う。コピーでもとったみたいに、つむじの位置、体格、骨格、顔、全部同じ」

満足げに城崎は頷いた。

「瓜二つの人物が同じ不妊治療のクリニックに関係があるらしい。となると、やはり考えないといけないのは、遺伝子の相似性だろう。つまり、武田君とタカハシが、何らかの形で血縁関係があるのではないか、ということ」

「それは俺も思った。でも、母子手帳も戸籍も、俺に兄弟がおらんことを証明してるんや。これが産院やったら、赤ちゃんの取り違えや、わざと双子をわける、なんて悪巧みが行われた可能性もあると思う。やけど、ここが関わってたんは、産まれるよりもっと早い段階の話や。腹違いの兄弟や、精子バンクのことも少し考えたけど、母親が違うなら、顔やって違うはずやろ」

「そう。そこが問題なんだ。いくら兄弟が似ているといっても、遺伝子の共有率は五〇パーセントだから、本人が間違えるほどに瓜二つの兄弟、というのはまず存在しない。兄弟がわざわざ武田君そっくりに整形したとしたら、見た目をかなり近づけることは可能かもしれないけれど、検死で痕跡が見つかっただろう。外的要因なしで、生まれつき瓜二つだったとすれば……一卵性双生児、もしくはクローン。要は同じ遺伝情報を有していることになる」

「んなアホな」

「そこまで荒唐無《こうとうむ》稽《けい》な話でもないよ。クローン羊、ドリーの出生は一九九六年だし、一卵性双生児だって、神様が作った天然のクローンのようなものなんだから」

　城崎はいったん言葉を切り、コーヒーの最後の一口を啜《すす》った。

「同一の遺伝子を持つ人間が二人いる、という仮説を立てると、論点はかなり明確になってくる。一点目は、一九九〇年頃の技術で、全く同じ遺伝子を継ぐ人間、特に一卵性双生児が別の母親から出生することが可能なのか？　ということ。クローン人間をここで研究していた、と考えるのは流石に若干無理があるから、一卵性双生児の線を僕は推したい」

　ふむふむ、と聞いていたが、一拍おいて意図に気付き、むせそうになった。

「ちょっと待て。要は、お前は、俺の母さんが、父さんとの間の受精卵を誰かに提供した可能性がある。そう言いたいんか？」

「いや。それは一つのパターンに過ぎない。逆もありえるし、全く関係ない第三者からの提供だってありえる、そう思ってる。技術的に可能ならの話だけど」

　うっ、と声が詰まった。この年になって両親との血縁を疑うなんて、今までの人生で想像したこともなかった。「……まさか」

「信じたくない気持ちはわかる。さっきネットで論文検索をかけたんだけど、少なくとも、一卵性双生児が別の母から出生した、なんて報告はまだ世界で一例もない。だから雲を摑《つか》むような話ではあるんだけど、今回のケースでは想定はしないといけないと思う。報告されていないだけ、ってこともあるから」

「普通、世界で一例目やったら論文報告するやろ。されてない、ってことは無理なんちゃうか?」

「したくてもできなかったのかもしれない」

城崎は頑固に意見を曲げなかった。

「ずっと日本には不妊治療を規定する法律は存在しなかった。代わりに産婦人科学会がガイドラインを出していて、これは非配偶者間の卵子提供や、受精卵の提供、代理母出産を禁じている。違反したクリニックが産婦人科学会を除名処分になり、裁判を起こしたニュースを見たことがある」

「法に触れないにせよ、学会と事を起こしたくなくて、クリニックを守るために発表しなかった可能性がある、っちゅうことか」

彼の話すことの証拠は皆無で、実現性も不透明だが、全くの絵空事とも思えなかった。

「――だから、もう一点の論点はこれだ。君のお母さんが三十三年前に果たした役割が何だったのか、ということ」

ごくりと唾を飲み込んだ。そうだ。城崎の言う通りだ。母は何をしたのだろうか。

以前どこかで、生命は遺伝子を載せた船のようなものだ、というのを聞いたことがあった。だとすれば――俺の船はどこから来たのだろう?

約束の一時間後からさらに三十分が経過して、気を揉み始めたあたりで着信があった。クリニックに舞い戻ると、殆ど患者が帰り、幾分閑散とした総合待合で緑川が出迎え、頭を下げながら拝むポーズをしてみせた。三人で端のベンチに腰を据える。

「ほんっとにごめん。こんな遅なるとは思ってなかったんや」

「『マゼンタ』でのんびり時間潰させてもらってたから、気にせんでええよ。コーヒーも美味《うま》かった。クラブハウスサンドはまた食べにくるわ」

「なんや、食べてへんのかーい！　あんなにお勧めしたのに」

しゅんとしていた緑川がほんの少しだけ元気を取り戻す。続けて、「でもごめんな」ともう一度謝ってきた。

「なんかあったんか？」

ほんのすこし、言うか言うまいか緑川は悩んだようだったが、ここだけの話やで、と口を開いた。

「ちょっと、うちの理事長の様子が最近おかしくて、みんな大変やねん」

「おかしいって……病気かなんかか？」

「うーん。ちょっと違うかな。元々京子先生は七十近くても、すごく元気で、毎日外来もやってはったんや。それが、三月に突然、『わたしも長い間働いてきたから、もう引退しようと思う』なんて言い出してな。別人みたいにしおれてしもて。今まで通り、毎朝出勤はしてはるんやけど、朝のカンファレンスにも来はらへんし、外来は閉めて、理事長室に朝から晩まで引きこもってはるんよ。バイトの先生も併せて四人で診察してたのが、いきなり三人になったし、京子先生を頼って通ってる人も多かったから、こっちはてんてこまいや」

今までが甘えすぎてたんかもしれへんけどな、と慌てて緑川が付け足す。

「きっかけみたいなのはあったんか？」

「うーん。個人的には思いつかへんなぁ」

なんとなく、タカハシの来訪と無関係とは思えない自分がいた。

「いきなり担当患者が増えるとなると、苦労が絶えませんね」

後ろから城崎が口を挟む。緑川は苦笑しながら城崎に対した。

「ええ、まぁ。でも、わたしは恵まれてると思います。出産前、病院の産科に勤めていた時は月に十回の当直もざらで、とても育児と両立できる状況じゃありませんでしたから。

京子先生は『家庭を応援するためのクリニックなんだから、無理せんでええんよ』って言ってくださって。今は、平日は五時まで、土曜は午前診だけで帰らせてもらっています。だから……こんなピンチに思うように動けない今の状況は、歯がゆいですね、正直」

そういや、派手な見た目によらず、真面目な奴だったな、と改めて思い出した。朝練だ、練習場確保だ、と言っては大学の授業をすっぽかす度に、「こんなのマネージャーの仕事ちゃう。お給料が欲しいくらいや」と言いながらも、ノートを貸してくれたっけ。

女医は大変だな、と通り一遍のことを思いつつ、そうだ、生島京子もまた、育児と仕事を両立してきたのだ、と気付く。

「……で。京子先生に会いたいんやっけ?」

「せや。もし、すぐに会われへんのやったら、とりあえずこの手紙を渡してみてほしい」

警戒されているだろうことは織り込み済みだ。すぐに会ってもらえない可能性の方が高いだろうから、と城崎と考えた策だった。『マゼンタ』でしたためた手紙を懐から出す。コンビニで買った茶封筒の中に便箋《びんせん》を入れ、糊《のり》付けし、割印代わりのしるしを入れておいた。

「手紙？　えらい厳重やね。何書いてるのん、これ」

天井の光に当てて透かそうとし始めた緑川を、慌てて止める。

「透かさない、透かさない。プライバシーの侵害や」

「気になるぅ」

緑川は朗らかに笑った。「お安いご用や。今日会えるか聞いて、手紙渡してくるから、ちょっと待ってて」

言うなり、彼女は奥の、中待合の方へ消えていった。白衣の背中を見送って、ふうと溜めていた息を吐く。

手紙にはこう書いた。

生島京子先生御侍史《ごじし》
いきなりご連絡して申し訳ありません。兵庫市民病院救急科の武田航と申します。

実は、先日、当院に私に瓜二つの身元不明の遺体が救急搬送されてきました。あまりにも似ているので気になり、個人的に自分のルーツについて調べなおしている中で、私の両親が生島先生に妊娠初期に診て頂いていたことを知りました。また、先ほど、ひょんなことから、先日ここを訪れたという、「タカハシユウイチ」なる人物に私がかなり似ていることが明らかになりました。

思い過ごしかもしれないのですが、やはり、私個人としては「タカハシユウイチ」と、私そっくりの遺体のことが気になっています。

些細なことでも構いませんので、御多忙中大変恐れ入りますが、もし何か思い当たることがございましたら、ご連絡いただけますと幸いです。

兵庫市民病院　救急科　武田　航
消化器内科　城崎響介

連名にあえてしたのは、できれば城崎にも話を把握してもらいたかったからだ。続けて記載した電話番号とメールアドレスは武田のものに一本化してある。

「会えるかな」

「祈るしかない」

美貌の友人は長い指を芝居がかった様子で、膝の上で組み合わせた。

周りを見渡すといつの間にやら、患者は一人残らずいなくなっていた。受付の後方にある階段からパラパラと私服姿のスタッフらしき人影が降りてくる。三時まで休憩に繰り出すのだろう。

「とりあえず、手紙は読んでくれるってさ」

戻ってきた緑川の表情は冴えなかった。

「お疲れ様、ありがとう……どうかしたんか？」

「いつにも増して、京子先生の元気がなさそうやったから」

一つため息をついて緑川は言う。やっぱり、今日会うのは難しいのだろうか。

「京子先生の他に、一九九〇年頃の不妊治療について詳しい人はいてへんかな」

「うちの培養《ばいよう》室長の赤坂《あかさか》さんはかなり古株で、京子先生と一緒に三十年以上ここに勤めてるはず。でも、今日は非番ちゃうかな。定年後の嘱託《しょくたく》職員で、土曜はお休みやから。……なんや？　なんか、気になることでもあるん？」

明るい瞳でこちらを覗き込んでくるので、聞いてみることにした。

「三十年くらい前の技術で、一卵性双生児が別の母親の胎内から産まれること、って可能やったと思うか？」

「子宮内の双子を分ける、ってこと？　そんなん無理に決まってるやろ」

「うーん。せやな。例えば、不妊治療の結果として、っていうのはどうやろか」

今度はじっくりと、緑川は考えていたが、やがて、「難しいんちゃうかな」と言った。

「そもそも、双子ってどうやって生まれるのか、覚えてる？」

「えっと、双子には大きく分けて一卵性双生児と、二卵性双生児がある。一つの卵子に受精する精子は必ず一つ。だから、一卵性双生児は、一つの受精卵が全く同じ二つに分裂して、二人の胎児になったもので、二卵性双生児は、二つの卵子に一つずつ精子が受精して、できた二つの受精卵が二人の胎児になったもの……こんな感じやったよな？」

「そうそう。三十年前、って言うたら現代不妊治療の黎明《れいめい》期や。その頃はシャーレの中でできた受精卵を子宮に移植する体外授精胚移植も始まったばかり。だから、培養技術も発展してなくて、一人の母親に、できたてほやほやの受精卵をたくさん戻すのがスタンダードやった。それに、できた二つの受精卵を二人に分けて移植したとしても、それはいうなれば二卵性双生児。一卵性双生児にはなり得へんのよ」

論理的な説明で、一刀両断に近い。二卵性双生児なら同時に生まれる兄弟のようなものだから、同じ外見にはならないはずだ。またもや暗礁《あんしょう》に乗り上げてしまった。

「その頃は、というのは、今は違うんですか」

未練がましそうに城崎が重ねて聞く。

「今はガイドラインでも、母子を守るために、『胚移植の個数は原則一個とする』とされてますし、受精卵や胚をすぐ移植するより、『凍結融解胚移植《とうけつゆうかい》』の方が成績がいい、っていうのが明らかになってますから……」

と話していた緑川が「あ、でも」と言葉を継いだので身を乗り出した。

「でも、どうしたんや」

「別に、何も。うちはどうしてたのかな、ってちょっと思っただけ」

「思い当たることがあるんですね？」

間髪をいれない城崎の質問に、しまった、口が滑った、という顔を一瞬緑川はしたが、「これは産科医の間ではわりと有名なので、話しますけど」とため息とともに言った。

「うちの院長の蒼平先生は、京子理事長と、うちの創設スタッフのジェイムズ先生との間の息子さんです。二人は事実婚の関係にありました。ですが……本当はお子さんはもう一人いたはずなんです。蒼平先生は一卵性双生児でした。双子の弟さんが、出産時に合併症で亡くなっているんです。……確か、ソウハクかなんかで」

「ソウハク？」

城崎が怪訝《けげん》そうな顔をしたので、救急医として教えてやることにした。

「常位胎盤早期剝離《じょういたいばんそうきはくり》の略や。周産期死亡の大きな原因の一つで、重症やと子供だけやなくて、母体も助からへんことがある」

「お、流石救急医。よぉ知ってるやん」

悪戯《いたずら》っぽく緑川が笑う。

「あまり一般の人には知られていないんですけど、多胎妊娠、ってものすごくリスクが高いんです。早産、妊娠糖尿病、妊娠高血圧症候群、ＨＥＬＬＰ症候群に血栓症。子供だけでなく母体にも負担が大きいし、場合によっては母子ともに死の危険がある。それを京子先生は身をもって知って、心を痛めていたはずです」

「せやろな」

武田は頷いた。妊娠中の妻を持つ身として他人事ではない。一年近くお腹の中で育んできた命が目の前で消えるのを見る辛さは、想像するにあまりある。

「だから、ここからはわたしの勝手な想像なんですけど。京子先生は、医学的に成績を出すために母子を危険にさらすような、昔のやり方は好まなかったんじゃないかな、って。大学を出て開業したのも、そのへんのいざこざがベースにあったのかもな、って。さっき、ふとそう思ったんですよ」

城崎と二人、顔を見合わせた。鋭い推論かもしれない。一般論ではなく、『生島病院』でどんな治療が行われていたのか、確かめる必要がありそうだった。それも全て、生島京子が会ってくれるかどうかにかかっている。

ちらりと時計を確認すると、覗き込んだ緑川が「あ、ヤバっ」と焦り始めた。

「息子のお迎えの時間や。もう帰らないと」

「ええよ、俺らはここで待ってるから。むしろ、いろいろほんまにありがとう」

「えらい待たせたのに、案内もできんと、申し訳ないなぁ」

恐縮する緑川だったが、階段の辺りに視線をやって、ぱっと表情が明るくなった。「ちょっと待ってて」

席を立ってそちらへ向かった緑川は、事情を説明した様子で、男性を連れて戻ってきた。背が高く、よく日に焼け、黒髪にパーマを当てたスポーツマン風の若者。まだ二十代だろう。肩幅がしっかりしていて、私服の長袖Tシャツ越しでも大胸筋が目立つ。

「放射線技師の黒田稔《くろだみのる》くん。代わりに院内を案内して、先生の返事も、それとなく確認してくれるって。京子先生にはわたしはもう出るからって、メッセージも入れといた」

どうもっす、と黒田は会釈してきた。慌ててこちらも立ち上がり、頭を下げる。

「休憩時間にすみません。……緑川もそんな、気遣ってくれなくて、よかったのに」

「休み時間に飯食うだけなら一瞬ですし、案内に時間かかるほど、院内も広くないんで、ぜんぜんいいっすよ。特に予定もないですし」

緑川に代わって、黒田は爽やかに言ってのける。なかなかの好青年だ。緑川に別れを告げてから、話しかけてみた。

「体格いいんやね。もしかして、野球、やってたりとか」

「お。もしかして先生もっすか？　ピッチャーやってました」

「俺はサード」

サトテルっすね、と、好調のタイガースの大砲を例に挙げて笑ってくれたので、ますます好感度があがった。阪神ファンに悪い奴はいないはずだ。黒田はというと、十年前に一度甲子園に出場したことがあるらしい。自分など及びもつかない、羨ましすぎる経歴だ。

「総合待合の奥が中待合。受付の裏に階段と、エレベーターがあります」

歩きながら説明を始めた黒田についていく。中待合のある廊下も毛足の長い黒のカーペットで覆われていた。一番手前の左側に、①と書かれた診察室があり、引き戸に緑川の名札が下がっている。診察室の前に三人掛けのベンチがあるから、呼び出されたあとはここで待つのだろう。

廊下の奥は見えなかった。診察室ごとに、目隠し代わりのL形のパーテーションと、葉の大きな観葉植物が設置してあるからだ。よく見ると、一番診察室のさらに手前側には「従業員専用」と書かれたドアがあり、こちらはスタッフ用の通路出入り口らしい。

「プライバシーに配慮したつくり、だそうです。ちょっと廊下は狭くて歩きにくいんすけど、顔が見えないから患者さんには好評で。手前から一番、二番。廊下を右に曲がって三番、四番診察室が。スタッフ用通路の扉を挟んで、突き当りが理事長室になります」

　廊下の最深部に生島京子が引きこもっている、というわけか。さながらダンジョンの主《あるじ》のようだ。

　診察室の前をわざわざ歩くことはせず、二階の手術室やMRI室などを解説付きで案内してもらった。三階には研究室や培養室、スタッフ用の休憩室やロッカーがあるらしい。

　一通り見せてもらい、階段から一階に降りてきたところで、女性に出くわした。

「院外の方が、無断でどこをうろついているんですか！　探したんですよ！」

　いきなり怒られて面食らう。白いナース服を着ているから、看護師なのだろう。四十代半ばだろうか。黒髪をお団子にひっつめてまとめ、痩せぎすでのっぺりとした薄い顔の、金縁眼鏡の女性だった。名札にちらりと目線を投げると、「看護師　金山綾乃《かなやまあやの》」と書いてある。

　院長の蒼平、女医の緑川、放射線技師の黒田、培養士の赤坂、事務員の黄に、今度は看護師の金山か。

　怒られながら、色とりどりのメンバーだな、と余計なことも思う。

「ごめんなさい。あの、無断ではなくて、黒田さんに案内して頂いて……」

　ごにょごにょ言うと、ま、いいです、と看護師はいったん引き下がり、

「武田さんですよね？　これを理事長から預かっています」

ポケットから一通の封筒を取り出した。

「理事長には今日はお会いできないんですか」

「準備があるから今日は無理だと伝えてくれ、と言付かりました」

にべもなく言うと、金山は踵を返して階段を上がっていった。察するに、どうやら休憩時間を割いて、理事長からの返信を渡すために院内を探し回ってくれていたらしい。招かれざる客に対して当たりたくもなる、というものだろう。

「すみません、ほんと、ああいう人で。俺の方からも金山さんに謝っておきますんで」

いや、黒田さんは全然悪くないので、本当にすみません、今日はありがとうございました、という言葉を聞くのもそこそこに、黒田は金山を追いかけて階段を上がっていった。

もう、ここらが病院を退散する潮時だろう。

外に出るなり、受け取った封筒の封を開くと、中には走り書きしたような一枚のメモ用紙が入っていた。

武田航先生、城崎響介先生御侍史
手紙を拝読いたしました。あなたには知る権利があると思います。

五月六日、午後二時。よろしければ、全てお話ししますので理事長室までお越しください。

ご都合が悪い場合は調整いたしますので、ご連絡ください。

生島京子

続けて携帯電話の番号とメールアドレスが記載されていたが、もはや目に入らなかった。

「……知る権利がある、ってどういう意味なんやろ。『準備』の意味もよくわからんけど、一週間もかかるものなんやろか」

「意味深すぎるけど、会ってくれると言っている以上、おとなしく従うのが得策じゃないかな」

城崎と二人、顔を見合わせる。お互い六日の午後二時が空いていることを確かめ、大事に手紙を財布にしまったところで、調査はお開きとなった。


六日までの一週間は落ち着かない中過ぎていった。

鳴宮警察の後藤から特に連絡はない。こちらから連絡するにしても、生島京子に会ってからの方がいいだろう、と判断した。

考えるのも怖かったが、自分なりに改めて不妊治療や非配偶者間体外受精について調べてもみた。救急医療で使わない範囲だから、医学部以来の産婦人科の勉強だ。

まずは受精卵について。精子と卵子が結合――つまり受精したものを受精卵、受精後二～三日目の受精卵のことを初期胚と呼ぶ。体外で受精を行い、培養して子宮に戻す治療が体外受精胚移植。緑川がちらりと話していた『凍結融解胚移植』とは、いったん冷凍した初期胚を後日解凍し、ホルモン剤で母体の準備を調《ととの》えてから子宮に戻す手技のことだった。二人の母に分けて移植、となると、この技術を使わないと難しいだろう。一九八三年に登場した技術で、一九九〇年当時不可能だった、というわけではなさそうだ。

凍結はマイナス一九六度の液体窒素で行うから、うまく凍らせることができたら、コールドスリープのように胚は成長を止め、半永久的にもつそうだ。――『成長を止め』！　一受精卵が二つに分裂しないと一卵性双生児になれないというのに、胚が凍ったまま成長しなければ、分かれようもないじゃないか。ここで思考も行き詰まってしまった。

非配偶者間体外受精については、どうやら現在も国によって考え方がかなり異なる。日本はガイドラインにそって、法的な罰則は定められていないものの、世界でみてもかなり厳しく規制されているほうだ、といっていいだろう。

卵子提供、胚提供、代理母出産の禁止。日本最大級だったある病院の精子バンクですら、新規患者の受け入れを停止しており、海外の精子バンクからの輸入や、SNSで精子提供ドナーを募るようなやり方に患者が流れている。

ネットで検索をかけてみると、「海外で卵子提供や胚提供、代理母出産のドナーとマッチングさせます」という仲介業者がたくさんヒットした。スペインやアメリカ、台湾などで卵《たまご》を『買う』ことはそう難しくないし、外貨獲得目的で代理母出産を引き受けている国は想像以上に多い。貧しさから卵を売ったり、出産を代替する人間は少なくなかった。

生殖医療そのものが世界的に巨大なビジネスになっている現状を知って、複雑な気分になる。日本の法整備は曖昧なままだが、子を持ちたい夫婦の願いが国を越えさせ、抜け穴を通じて、海外に問題を波及させているのか。札束で顔をはたくような形で。

だが、三十年前ははたしてどういう状況だったのだろう？　ネットやSNSが普及し、すぐに訴訟問題に発展する現在とは、不妊治療を巡る倫理観そのものも異なっていたはずだ。母が俺の兄弟を売った？　まさか。

――君のお母さんが果たした役割が何だったのか？

城崎の一言が頭から離れない。じっくりと両親、特に母、美由紀の思い出を手繰ってみたが、違和を感じる瞬間に思い至らなかった。元々会社員だったそうだが、寿退職してからは専業主婦として、忙しい父の代わりに生涯家庭を支えていた。病弱で線が細いが優しい、自慢の母だった。

唯一、思い返すと少し引っ掛かったのが、母の死の三日前の出来事だ。

その日、母の調子は奇跡的に良く、痛みも取れて、酸素需要も落ち着いていた。ベッドサイドに椅子を置き、他愛無い話をしていると、ふと、母がしみじみと言った。

「幸せな人生やった。航も、絵里香さんも、往診の皆さんも、ほんとにようやってくれて。わたしには勿体ないくらいで、思い残すことなんて、もう何もあらへんわ」

「何を言い出すんや。絶対元気になれるから、諦めんとき」

気休めの励ましを聞き、蛍光灯の光の下で、母は弱々しく微笑んだ。何かを言おうとするかのように長い間逡巡《しゅんじゅん》して、やがて口を開く。

「……会えてよかった。航はわたしの、自慢の息子や。大好きやで」

胸が詰まり、嗚咽《おえつ》と共に涙があふれて止まらなくなり、たまらず部屋を出てしまった。その晩には母の意識状態が悪くなったので、事実上、それが最後の会話になる。だが、今思い返すと……母は何を言おうとして、そしてやめたのだろう？　あの部屋から逃げてしまった自分を、呪いたいような気持ちだった。

暗い話題ばかりではなかった。当直明けの五月二日、初めて絵里香の産婦人科診察に立ち会えたのだ。安定期に入ると検診は一か月に一度だから、当直明けとタイミングが合ったのはかなり運が良い。

出産予定の阪神中央病院へは、自宅からタクシーでＪＲ芦屋駅に出て、新快速で大阪まで向かう。芦屋駅に着いたとき、

「航くんが来てくれて良かった」

と絵里香が呟いたのを、武田は聞き逃さなかった。

「改まって、どうしたんや」

「最近、SNSで変な噂があるのよ、芦屋駅。ほら、これ見て」

絵里香が携帯の画面を示した。

『JR芦屋駅のバックル外しに注意！　ハルちゃんが危なかったの』

加工された人工的な美人顔の女性の顔には涙のスタンプ。一緒におそらく『ハルちゃん』だろう、短いくりんくりんの髪の毛を茶髪に染めた赤ちゃんが写っている。

「なんや、こいつ」

「有名なママさんインフルエンサー」

「こんなやつが人気あるんか」

「お、航くんはそっち派か」

絵里香は人が悪そうに笑った。どういう意味や、と問うと、SNSで『バズ』っていうのは大抵、議論、というか炎上するから起こるのよ、と訳知り顔で言う。

渦中の女性は元々美容と育児アカウントを運営しており、子供の奇抜な格好や『ママが主役の手抜き育児』理論はファンだけでなく、眉を顰《ひそ》める人も潜在的に多かったとか。

「PV稼ぎのための自作自演だ、児童虐待《ぎゃくたい》だ、子連れに厳しい国だ、中傷は被害女性への二次加害だ、まぁありとあらゆる人が好き勝手言うもんだから、芦屋駅の噂が瞬《また》く間に広まったのよね」

「で、絵里香は実際はどうやったと思ってるんや」

わたし？　と絵里香は鼻を鳴らした。「この人の素行は知らないけど、起こったことは事実だと思ってるわよ。だって、ほら」

もう一度見せてきた画面を覗くと、同じような投稿がいくつも並んでいた。バックル外しに加え、妊婦が階段から落ちかけた、というのまである。

「被害にあってるのは一人だけじゃないの。被害者の共通点は、関西近郊、特に芦屋駅を利用してるママインフルエンサーばかり、ってこと」

「めちゃくちゃ危ないやないか。犯人は捕まってへんのか」

「全く。だから、わたしも、ほら」

と言いながら、絵里香は背中に手を伸ばし、黒いリュックサックを叩いてみせた。

「あえてマタニティーマークをつけないようにしてるのよ。その、バックル野郎に狙われないようにね」

胸を張る絵里香を見ながら、複雑な思いだった。妊婦の身を守るためのマークを、安全のためにつけないだなんて。

延々と待たされた末に、やっと入った産科の診察室で、武田はエコー画面越しに初めてわが子と対面した。薄暗い部屋の中、モニターだけがぼうと浮かび上がり、人形のように小さい人間の形をした生き物が、へその緒に繋がれて画面の中をしきりに動き回っている。

感動、というよりも不思議な感覚だった。これが、俺の子なのか。数か月前に自分が蒔《ま》いた種がこう育っている、と言われても実感がわかない。

「この間、胎動が初めてわかりました」と、嬉しそうに絵里香が報告する。

良かったですね、と、てきぱき胎児の体長を測りながら産科医は応じ、

「そろそろ、聴覚が発達してくる頃ですから。名前を決めて、呼びかけてあげるといいと思いますよ」と続けた。

胎児ネームを別に決めることもよくあります、という助言を背に、病院を後にする。

「どうする?」

「どうする、って何をや」

「名前よ。なんか考えてみる?」

二人で少し考えて、とりあえず赤ちゃんのことは暫定的に『レイ』と呼ぶことにした。えりかのり、わたるのる、だったら次は『れ』だね、という安直な発想だ。


六日、土曜日は朝から雲が垂れ込め、湿度の高い重苦しい天候だった。朝から出勤してまず回診を終わらせる。十二時半に城崎と病院前で待ち合わせ、ぶらぶら歩いてJRの鳴宮駅に向かい、駅中の蕎麦《そば》屋で軽く昼食を済ませた。あまり食欲はなかった。

一時五十五分。たどり着いた生島リプロクリニックの扉は閉ざされていた。門扉の陰にあるインターホンで呼び出し、中に入れてもらう。院内の人影は受付の黄一人だったので事情を聞くと、生島京子に内密にするように頼まれたという。

「理事長に来院をお伝えいたします」

頭を下げると、黄は中待合の奥へと吸い込まれていった。いやが上にも緊張感が高まる。

が、しかし、彼はなかなか戻ってこなかった。痺《しび》れを切らして様子を窺おうと席を立った時、ようやく黄は姿を見せた。

「お待たせして申し訳ありません」

「京子先生は」

「PHSにもお出になりませんし、何度かドアをノックしましたが、お返事がなくて」

「いや、おかしいでしょう、それは」

時計を見ると、既に二時を十分近く過ぎている。「二時に僕らは約束しているんです。連絡がないのも変だ」

「とにかく、後でもう一度見に行ってみますから」

黄の表情はいつになく硬い。

「急病かもしれませんよ」

城崎が後ろから口を挟んだ。黄の眉間の皺《しわ》がさらに深くなる。

「僕らも一緒に行きます。万一の時、お役に立てるかも」

瞬間、逡巡したようだったが、わかりました、こちらへ、と黄は先導し始めた。

中待合を奥へ向かうのは初めてだった。黒いカーペットに覆われた廊下を、音も無く足早に急ぐ。手前から左側に診察室が一番、二番。角を曲がって三番、四番。

黒田に聞いていた通り、突き当りの五番が理事長室だった。一番から四番の診察室は病院によくあるようなスライド式のドアだったが、理事長室は一目で構えから違う。

木目調の重厚なデザインの金属扉に、金色のレバーハンドル式ドアノブ。ドアノブの下に鍵穴があった。ドアはぴっちりと閉まっていて、扉や床の隙間は全くない。

コンコンコン。黄が遠慮がちにドアをノックしながら声を張り上げた。

「京子先生？　お二人をお連れしました。ご都合が悪ければ、おっしゃって下さい」

ガチャリ、と不機嫌な婦人が出てくるのを期待したのだが、ドアの向こうは静まり返っている。

嫌な予感が加速度的に増大した。

「ちょっとええかな」

黄を押しのけて前に出る。ドアノブを握り、思いっきり押し引きしたが、ドアはびくともしない。完全に施錠されている。

「京子先生？　大丈夫ですか？　大丈夫なら返事してください！」

ドンドンドンドン。ありったけの力を込めてドアをノックしながら声を張り上げる。反応が皆無なのを見て、黄も城崎も同じくらいの力でドアを叩き始めた。

「せえの」

死のような静寂に抗《あらが》うように、刑事ドラマにならい、三人でドアノブを握りながらドアに体当たりしてみた。何度か繰り返したが、頑丈な扉はぴくりとも動かない。

「理事長室に入る方法は他にないんですか」

黄が袖口で汗を拭《ぬぐ》った。顔に色が無い。

「ここは半ば、理事長の私室のようなものなので……入り口はこの一つだけです」

「鍵を開ける方法は」

「事務室にある金庫に院内全ての部屋の合鍵が入っていますが、開けるための暗証番号を知っているのは、京子理事長と、院長だけです」

「蒼平先生に連絡を」

急いでスマートフォンを懐から取り出した黄が、思い出したようにうめいた。

「今日、そういえば朝のカンファレンスの時、携帯を家に忘れたと蒼平先生が。心配しなくても、三時までには帰ってくると言っていましたが……よりにもよってこんな時に」

「一度かけてみてください」

頷いて黄は言う通りにしたが、コール音のみで繋がる気配がない。

「他の入り口……そうや、窓や。理事長室に窓はありませんか。割って入れないかな」

「うちの窓は防犯のために特殊な強化ガラスなんです」

「外から覗くだけ覗いてきます。黄さんは受付で待機を」

　言うなり走り始めた。少し遅れて後ろを城崎がついてくる。途中、休憩から帰ってきたところの黒田とすれ違ったが、声はかけずにそのまま外に出た。外気は湿度が高く、蒸し暑くて、あっという間に長袖のシャツの下に汗がにじむ。

　建物構造から考えると、正面玄関からすぐ左へ抜けて、もう一度曲がった角の傍《そば》にある窓が理事長室にあたるはずだ。走る……あった、ここだ。

　白亜の建物を囲むように低木の植え込みがある。病院の土台は少し上げてあるようで、窓の下端は目線とほぼ変わらない位置にあった。窓は閉ざされている。

「植え込みが全く荒らされてない。ここを通った人はいない、ってことだ」

　追いかけてきた城崎が写真に収めながら呟いた。助言に従い、できるだけ荒らさないよう気をつけて植え込みを乗り越える。窓枠に指をかけ、懸垂《けんすい》のようにして体を持ち上げた。

「京子先生！　返事してください！」

　ありったけの声で叫んでみるが、反応はない。

　カーテンは閉ざされていた。必死に目を凝らしてみたが、薄暗い部屋の中は外からだと殆ど見えない。少なくとも……動く人影は一つも。

　何度も繰り返したものの、成果なく受付に戻ると、緑川と黒田が黄に詰め寄っていた。

「京子先生と連絡が取られへんのやて？」

「現状、蒼平先生の帰りを待つしかありません」

「理事長室にいない、っていうのは？　家に帰ってるとか」

黒田の言葉に、黄がそれはない、と反論した。「京子先生が外出なさるなら、流石に僕らが気付きます。いつも通り、朝来られてからはお見かけしていません」

自動ドアが開き、全員が期待に満ちた目を向けたが、入ってきたのは、白髪頭に眼鏡をかけたスーツ姿の男性だった。「赤坂さん！」緑川の一言で男性の正体がわかる。

「みんなして深刻な顔して、どうしたんや」

赤坂の笑みも、事情を聞かされてすぐに曇った。「今日の講演会に、培養士仲間も行ってるかもしれへん。蒼平くんに連絡とれないか、ちょっと調べるわ」

赤坂はそのまま階段の上へと駆け上がっていく。

「講演会、ですって？」

遠ざかっていく背中から黄へ視線を移動させて、城崎が聞いた。

「ああ、そう、そうなんです。今日は一時半まで近くの公民館で院長の講演があって……」

「距離は」

「車で十分弱です」

「タクシーの手配を」

頷いた黄が慌ただしく電話をかけ始める。

じりじりと過ごして、二時三十五分、ついに自動ドアが再び開いた。

「黄さん！　母さんは大丈夫か？」

大声を上げ、洋風の顔立ちを鬼気迫る形相に歪《ゆが》めて、男が走ってくる。生島蒼平だ。

我々には一瞥《いちべつ》もくれず、黄のところに駆け寄ると、慌ただしく受付の奥へひっこんで、蒼平は鍵を手にして戻ってきた。

　廊下の奥へ走り出した二人を、少し遅れて全員で負けじと追いかける。

「母さん！　入るぞ！」

　扉を叩きながら蒼平が差し込んだ鍵を回す。かちゃり、と鍵が落ちる音がした。

「開いた」

　思わず唾を飲みこむ。蒼平は急いで扉を開けようとしたが、ぴくりとも動かなかった。

「なんだ？　何かにつっかえてる」

　訝《いぶか》しむ声を聞いた瞬間、これ以上ないほどに嫌な予感がした。

　制止を振り切り、レバーハンドルを握る。力いっぱい押すがすぐには開かない。

　体当たりをして、ドアを押す。

　ずりずりずり、とじわじわと嫌な感じで扉は動き始めた。

　隙間から、体をねじ込むようにして中を覗く。

　すぐドアの向こうに、人の体があった。

　手元を見下ろす。

　生島京子はそこにいた。


　首を吊られた生島京子が、ドアノブにかけられたベルトの下で揺れていた。

第三章　密　室

推理ドラマではしょっちゅう、探偵の目の前で人が殺される。うっ、とか何とか言って、毒を盛られたり刺されたりした被害者は、うめいて探偵の目の前に倒れる。

「呼ぶのは救急車ではなくて、警察です。既に死んでいる」

……じゃねぇよ、と何回心の中でツッコミを入れてきたことか。

それは、心肺停止したての患者。まさにバイスタンダーありのＣＰＡだ。全力で心肺蘇生しながら救急車を呼べ。絶え間なく心臓マッサージをしながら呼吸管理しろ。

病院までたどり着いて人工心肺を回すところまで持っていければ助かるかもしれない。脳予後だって悪くないかもしれないんだから。全く、探偵は諦めが早すぎるのだ。

もう、救急医の本能のようなものだった。

首を吊られた生島京子を見た瞬間、コンマ零秒で部屋に入り、ベルトから首を外し、気道確保して床に寝かせた。横たわる身体が力なく歪《ゆが》み、冷たさに嫌な予感が膨《ふく》らむ。

目は閉じられている、鬱血《うっけつ》したどす黒い顔、口元には茶色泡沫《ほうまつ》状の吐物。

「大丈夫ですか？　京子先生？　わかります？」

反応？　ない。呼吸？　していない。脈拍？　触れない。

「心肺停止！　コードブルーを！」

叫ぶと同時に心臓マッサージを始めた。

ぐっ、ぐっ、と押し込み、一分間に百回のリズムを刻む。ごきりと胸骨が折れた。

「きゃあああ！　京子先生！」

ドアの向こうから、素《す》っ頓狂《とんきょう》な悲鳴が上がった。煌《きら》びやかな赤いワンピースに身を包んだ……あれは看護師の金山か。

「僕は救急医です！　金山さん！　モニター！　ＡＥＤ！　ストレッチャー！　酸素ボンベ！救急カート！」

怒鳴るように指示したが、金山はえっ、えっ、と狼狽《うろた》えて使えそうにない。

「取りに行きます！」

蒼平が我に返ったように叫んで、部屋を後にする。間髪をいれずについていった黄の背中を、慌てて金山も追いかけていった。

緑川と黒田が部屋にストレッチャーを運び込んできた。ストレッチャーには酸素ボンベも取り付けられている。

「乗せ換えるで！」

城崎がすかさず足側に回る。上半身を武田が支え、せぇの、の掛け声で力を籠《こ》めて持ち上げ、二人で一気にストレッチャーに乗せた。一瞬、京子のロングスカートが乱れて、赤黒い両脛《りょうすね》があらわになる。金山と上着を脱ぎ捨てた蒼平、合流した赤坂がガラガラと機材を押して戻ってきた。少し遅れて黄も部屋に帰ってくる。

「アンビューと挿管《そうかん》キット出して！　あと、手袋も！」

金山が震える手で、バッグバルブマスクを手渡してくる。急いでゴム手袋をはめて気道を確保し、バッグに手をかけた。城崎がタイミングよく三十回で心臓マッサージを中断する。一回、二回。バッグを揉《も》んで、しっかりと胸郭《きょうかく》に酸素を送り込んだ。

手袋をはめた黒田と、城崎が心臓マッサージを交替した。黒田も流石《さすが》、ＢＬＳ（一次救命処置）訓練を受けているのか、思ったより心臓マッサージの手際が良い。

「上手です！　僕が呼吸管理しますから、あとは、回数を口に出してください」

黒田が了承し、いち、に、と声を出し始めた。額から汗が滴《したた》り落ちる。

緑川がぐいっと京子の服をずらす。胸にＡＥＤの電極を装着し、モニターを点《つ》けた。

「パルスチェック！」

全員が動きを止めて、モニターを凝視する。

横一直線。心静止《エーシストール》だ。くそっ。戻れ、戻れ、戻れ。

「心マ再開！　挿管するから、誰か介助を」

「私が」

蒼平が、手際よく挿管チューブの確認をすませ、喉頭鏡《こうとうきょう》を手渡してくる。

受け取った左手でそのまま喉頭展開した。声門が見える。チューブを真ん中に叩き込む。

バッグを揉むと綺麗に胸が上がった。成功だ。

「二分経ちました！　パルスチェック！」

タイムキーパーを買って出た緑川が、時計を片手に声をだす。

エーシストール。

昇圧剤、アドレナリンを規則正しく投与する。心臓マッサージは黒田、赤坂、城崎、蒼平の順に交替し、繰り返されたが、モニターは変わらず、一直線のままだった。

最初の興奮は去り、深い絶望と諦めに室内が徐々に支配されていくのがわかった。

やがて、アドレナリン、五アンプル目が投与された。

「パルスチェック」

緑川が静かに告げる。

モニターを見た。エーシストール。

撤退を告げねばならない時が、来てしまった。

「蒼平先生。大変残念ですが、こうなっては極めて救命は厳しいと思います」

魂が抜けたように蒼平はストレッチャーの上の母を見つめ続けている。「蒼平先生」

何度か声をかけてやっと、彼は肺の中の空気を絞り尽くすかのように息を吐いた。

「……蘇生処置を終了してください」

心臓マッサージのたび、ストレッチャーの上で揺れていた京子の身体が、止めた瞬間、ぴくりとも動かなくなる。

「……ご確認は？」

「……私が」

緑川が救急カートの中からペンライトを取り出し、聴診器と共に、遠慮がちに蒼平に手渡す。

蒼平は歩み寄ると、京子の額に落ちた髪を払い、優しく額を撫でた。母さん、と小さく呼ぶ声は震えていた。

彼が開いた瞳孔《どうこう》にペンライトを当て、聴診器で鳴らない心音と呼吸音を確認する。

五月六日、午後二時五十五分。生島京子は六十九年の生涯を閉じた。

モニターは0を表示しっぱなしで、アラームがけたたましく鳴っている。

我に返るとシャツは汗でぐっしょり濡れていた。徐々に現実が体に染み込んでくる。呆然と京子の遺体を見下ろしながら、痺《しび》れた頭で、二人目だ、と思った。

俺の出生に関わっていそうな二人目の人間が、また物言わぬ死体に変わった。

その時、沈黙を切り裂いてプルルル、とコール音が鳴った。我に返ったように黄がポケットに手をやり、携帯電話を取り出す。「——ええ。なるほど……」

少しの間やり取りが続き、通話を終えた黄は顔を上げた。

「受付の八木《やぎ》から連絡がありました。患者が病院の前に集まっていて、かなりざわついていると」

これだけだと説明不足だと思ったのか、さらに黄が補足する。「さっき一度部屋を出た時に、彼女に電話して頼んだんです。とにかく院内に今、人を入れないようにと。八木を含む残りの職員は全員、外で待機して患者対応にあたってもらっています」

蒼平が救いを求めるように周囲を見渡す。赤坂が厳しい顔で蒼平に歩み寄り、肩を抱いた。

「蒼平くん。辛いやろけど、今は君がしっかりせなあかん」

蒼平が紙のように白くなった顔を両手で覆い、消え入るような声で呟《つぶや》いた。

「今日、午後から胚《はい》移植の予定はあるかな」

「少なくとも昨日の予定では、移植は午前に三件。午後は一件も入ってなかった。溶かしている胚は無いはずや」

長い沈黙の末、ゆっくりと若き院長は顔を上げた。ひとまず院長としてふるまうことで、受け入れきれない現実から感情を切り離そうとしているかのように見える。

「臨時休診にするしかない。すまないが、八木さんにそう伝えてもらえないか。患者さんに説明して、必要な人には次の診察予約を取って帰ってもらおう」

「あの……十九時からのＭＲＩの点検の方は、どうしたらいいっすか」

黒田も遠慮がちに聞く。

「中止だ。業者に断っておいてくれ」

黒田が大きく頷《うなず》く。こちらとしても、救急医として伝えなくてはいけないことがあった。

「警察を呼ぶ必要があります。こんな時に恐縮ですが」

「ああ……そうか、そうだった」

衝撃のただなかにいる蒼平が、思い出したかのように頷いた。

目の前には現場保存もクソもない、警察が見たら卒倒しそうな惨状が広がっていた。

ストレッチャーの上には京子の遺体が乗り、救急カートが診察ブースの狭いスペースに押し込まれ、アンプルやら手袋がそこらじゅうに散らかっている。

「机周りを拝見してもよろしいですか」

黙っていた城崎がおもむろに口を開く。初めて蒼平は城崎の存在に気付いた、という感じで顔を上げ、一瞬驚いたように上がった眉がすっと寄せられた。

「えっと……先ほどはお世話になりましたが……あなた、誰です？」

そりゃそうなるはずだ。

慌てて、全員の視線が注がれる中、城崎と二人で自己紹介をする。二時に約束があったことを伝えると、眉間の皺《しわ》がますます深くなったが、どうやら、二人とも医者で、別に怪しい者ではないことは信じてもらえたらしい。

「それで、机周りというと……何を」

「遺書のようなものが残っていないかを確認したくて」

と言いながら城崎が目を素早く走らせ、手袋をつけた手を卓上のパソコンへ伸ばす。マウスを動かした瞬間、スクリーンセーバーが切り替わり、メールの送信画面が目に飛び込んできた。

二〇二三年五月六日　一三時四〇分　To生島蒼平
わたしは死をもって罪を償うことにしました。蒼平、ごめんね。つぐみさんや、大翔《ひろと》くんを大事にして、元気で暮らして下さい。　生島京子

蒼平が打ちのめされたように顔を覆う。いつの間にか後ろに立って、画面を覗き込んでいた緑川も、小さく悲鳴を上げた。京子先生、と言いながら緑川が顔を覆って泣き始め、その背を心配そうに黒田が擦《さす》る。

「京子先生。なんで。あんなええ人やったのに、なんで自殺なんか……」

緑川の言葉に、強烈な違和感と不快感を覚え、武田は思わず口を開いた。

「ほんまに自殺なんやろか」

へっ、と緑川が涙に濡れた顔を上げる。「どういう意味?」

「言葉通りの意味や。俺は、そもそも、今日の二時から、京子先生と会う約束をしてたんや。しかも、それは京子先生が自分で時間を指定したもんや。準備があるから、とか言うてな。そんな大事な話の直前に自殺するわけないやろ」

今や部屋中の視線が注がれているのを自覚していた。だが、ぶつけるもののない苛立ちはおさまらない。そうだ。自殺のはずがない。どいつもこいつも、なんで俺の秘密を話さずに死んでしまうんだ。

「武くん、そんな怖いふうに言わんでも。殺された、とでも言いたいん？」

「そうっすよ。部屋には鍵がかかってたじゃないっすか」

黒田がとりなすように加勢してくる。

「そうや、鍵や。そもそも、京子先生はこの部屋の鍵を持ってはるんかな」

「母なら、いつも、鍵をスカートのポケットに入れていたはずですが……あっ！」

蒼平が声を上げて、ストレッチャーの下の床を指さした。かがんで拾い上げた手の中にはごつい木彫《きぼ》りの熊のキーホルダーがつけられた鍵がある。真鍮《しんちゅう》色をしたディンプルキーだ。我が家の外鍵に使用しているから概要は知っていた。ピッキングに強く、合鍵も製造会社に連絡して専用のカードを渡さないと作れないはずだ。

「母が使っていた、この部屋の鍵に間違いありません。ほら、このキーホルダー。私が去年、北海道土産で買ってきたものです」

ほら、と言わんばかりの黒田を遮《さえぎ》るように、

「では、僕も武田君と一緒に、施錠を確認してきましょう。皆さんは今いる位置を、一歩も動かないでください」

城崎がよく通る声音で、周りを見渡しながら言った。魔法にかけられたように、皆、ぴたりと動かなくなる。首をしゃくってくる城崎と共に、武田は歩き始めた。

改めて見直すと、奥に広い部屋だった。ただ、普段診察に使うこともあった、というだけに、手前側だけで診療は完結できるようにセッティングされている。

入ってすぐに、長いCの字形のデスクと、患者用の椅子。Cの窪みの位置に、電子カルテを兼ねたパソコンが設置されており、前に、革張りのキャスター椅子。椅子には白衣がかけられてい

る。デスクの奥側には仕切り代わりの観葉植物があった。

奥のスペースは診察室、というよりさながらリビングのようだ。窓の傍《そば》には本棚、テーブルとチェア。コーヒーメーカーに、ウォーターサーバー、流し台、小さな冷蔵庫、電子レンジ。トイレまである。確かに、一日引きこもってもここなら快適だろう。

窓からは柔らかく春の光が差し込んでいた。カーテンを開けて見える景色からは、先ほど外から覗いた窓と同じであることが確認できる。クレセント錠とシリンダー錠の二重ロックがかかっていて、細工した形跡はない。トイレや流し台の下も覗いたが、怪しい人間は潜んでいなかった。もちろん、隠し通路もない。

発見された生島京子のキーで外から試しに鍵を回してみると、ガチャリ、と音をたてて施錠された。確かに、この部屋の鍵で間違いないらしい。鍵穴にもドアにも、細工された形跡は全く見当たらなかった。

「……密室、ってことか」

思わず呟く。その言葉には、なにやら蠱惑《こわく》的で怪しげな響きがあった。

「じゃあやっぱり」

緑川が言いかけたところで、

「少し状況を整理してよろしいでしょうか」

と城崎が小さく手を挙げた。どうぞ、と蒼平が促《うなが》す。

「この部屋には鍵がかかっており、先ほどまで金庫に入っていた合鍵以外の唯一の鍵は、床に転がっていました。ドアの床には隙間はなく、細工の痕跡《こんせき》もない。窓には鍵がかかっていて、怪しい人物も潜んでおらず、隠し通路もない。まさに完璧な密室です」

「おっしゃる通りです」

「ミステリではいろいろな密室殺人が登場します。でもね、これは僕は常々思っているんですけどね、密室の作り方なんて、乱暴な言い方をすれば心底どうでもいいんです。誰に密室を作る機会があったか、に比べればね」

「どういう意味ですか」

蒼平が唸《うな》るように言う。

「言葉通りの意味ですよ。――いいですか。この世の密室殺人は全て、二つに分けられるんです。つまり、犯行時に犯人が密室内にいる場合と、いない場合です。ご遺体の状況から、外から京子先生をドアノブに吊るすことは不可能です。つまり、必ず犯行時に犯人は部屋の中にいたことになる。機械的トリックの痕跡もない。となると、後は自明です。何らかの形で、犯人は開錠した後で、鍵を部屋の中に持ち込むしかない」

「なにをおっしゃりたいのかわかりませんが」

「では、はっきり言いましょう。午後二時に到着した僕らを除き、今ここにいらっしゃる、蘇生に参加した六名。蒼平先生。緑川先生。黒田さん。赤坂さん。金山さん。黄さん。六人とも、蘇生のどさくさに紛れて、鍵を部屋に戻すことは極めて容易だったと、僕は述べているんです」

うめき声が誰かの喉から漏れて、静まり返る中響いた。城崎の言う通りだ。先ほどの心肺蘇生の場を思い出す。物と人が入り乱れるあの場では、確かに小さな鍵を床に転がしたとて、誰もそのことに気付かなかっただろう。しかも、蘇生の場では全員がゴム手袋をつけている。指紋も残らないはずだ。

「いい加減にしてくださいよ、黙って聞いてればわたしたちを犯人扱いして！　失礼です！」

自失から立ち直ったのか、看護師の金山が金切り声を上げた。

「僕が指摘しているのは、皆さんが鍵を部屋の中に戻せた、という客観的な事実です」

「メールが送信された午後一時四十分には、私は受付にいました。誰も理事長室に行かれたりはしていませんよ」

黄が挑みかかるような目で言ったが、ものともせずに城崎はパソコンへ向けて顎をしゃくった。

「メールには予約送信、という機能がありますので、残念ながら何のアリバイにもなりません。このパソコン、インターネットに接続できる上に、メールサーバーにもログインしっぱなしですから、誰にだってこれくらいの文面は打てます。それに……ああ、そうだ」

つかつかと城崎は冷蔵庫に歩み寄り、手袋をはめた手でぱっと開け放した。

「今日の朝も、京子先生はお弁当を作ってこられたようですね」

冷蔵庫の中には、薄紅色の布袋に入れられた弁当箱が一つ、ぽつんと残されている。

今度こそ、死のような静寂が部屋全体を包み込んだ。

少し経ち、何を言ってやろうと考えているのか、ぱくぱくと口を開閉させる金山の隣で、

「……先生のおっしゃる通りだと思います。きちんと捜査する必要があるでしょうね」

と低い声で蒼平はゆっくりと告げた。

「私が警察に連絡する。お二人も、巻き込んでしまって本当に申し訳ないのですが、警察の聴取が終わるまでの間、残っていただけませんか」

「もちろん、協力します」

前のめりぎみに答えたが、城崎は他に何やら思惑があるようだった。

「ご遺体と部屋の状況をできる範囲で調べて、警察にお伝えしたいと思うのですが、いかがでし

ようか。時間が経てば経つほどわかりにくくなる所見もありますし」

城崎が穏やかに言うのに、加勢することにする。

「ご不安でしたら、我々二人が変な真似をしないか、見ていてもらって構いませんので」

蒼平が目を上げた。

「……お願いします。ただ、念のため、そうだなぁ……金山さん、君も残って、二人を見ていてもらえないかな」

「ええっ！　わたし、ですか？」

金山はまた大声を出したが、わかりました、としぶしぶといった様子で下を向いた。

いったん解散にしよう、それぞれの仕事に戻ってくれ、という蒼平の一声で、各々が重い足取りで部屋を退出する。

出ていく人間の背中を見送っていた蒼平が振り向いて、こちらに目配せしてきた。城崎と二人、部屋の隅へいざなわれる。思いつめたような表情に反して、彼の口調は比較的冷静だった。

「検分が終わったら、わかったことを教えて頂けませんか。……それと、もう一つお願いがあって」

蒼平が辺りを見回して声をひそめる。どうやらこちらが本題らしい。

「あと五人の今日の動向について、さりげなく探って頂けませんか」

驚いて城崎と顔を見合わせる。

「今から警察が事情聴取するはずですよね。それでは駄目なんですか」

「……ええ。警察には、もちろん協力しますよ。でも、息子として、私は個人的に、真相を知りたいんです」

「わかりました、できる範囲で協力させていただきます」

さらに問い詰めようとしたが、遮るように友人は蒼平の手をとった。

「お力添え、感謝します」

明らかにほっとした様子で蒼平が礼を述べる。

「代わりに、一つだけ質問を」

「何なりと」

「院内のパソコンは全てインターネットが繋がっているんですか？」

蒼平は狐につままれたような顔をした。「えっ？　ああ……理事長室のパソコンのみです。理事長室のパソコンは母の私物ですから……。それ以外の診察室のパソコンは全てただの電子カルテです。セキュリティを重視して、カルテにサーバーは繋いでいないんですよ」

よくわかりました、と頷く城崎に、無理のない範囲で構いませんから、と蒼平は早口で言い、後で返していただけたらいいので、と我々にセキュリティーカードを押し付けて、ドアへ向かった。カードがあれば従業員用の通路にも出入りできるらしい。

どこか日本人離れした背中を見送りながら、城崎へ耳打ちする。

「何を企んでるんや。スパイの真似事をする、っちゅうことか？」

「彼は何かを知ってる、あるいは疑ってる。それはもしかしたら、武田君の出生に大きく関わる話かもしれない。彼を警戒させるより、協力した方が得られる情報は多いはずだ」

「……なるほど。こっちとしても、利害関係は一致する、ってことか」

思わず唸った。「やるだけ、やってみるか。あくまで、できる範囲で」

扉が閉じて蒼平の姿が見えなくなるなり、居残っていた金山がこちらを睨《にら》みつけてきた。

「蒼平先生と何を喋ってたんですか。まさか、わたしが怪しい、なんて吹き込まれてないでしょうね。とんでもない言いがかりですよ、ほんとに」

「検死について、ちょっと打ち合わせをしていただけですよ」

神経質そうに何度も瞬《まばた》きをしながら、そうですか、とだけ金山は答えた。納得はしていないが、これ以上深掘りして疑われるのは避けたい、といったところか。そこへ、

「素敵なドレスですね。何かご予定があるんですか」

さらりと城崎が口を挟んできた。

褒《ほ》められた金山は僅《わず》かに微笑《ほほえ》んで、纏《まと》う空気が若干軟化する。

「今日、本当は、古い友人の結婚式の二次会があるんです。呼ばれるのは、もう二回目なんですけど。一回くらい、分けてくれてもいいようなもんなのにねぇ」

赤いワンピースの裾《すそ》をつまみながら自虐《じぎやく》的に金山は言ったが、別に友人に腹を立てているわけではなさそうだ。よく見ると足元は華奢《きやしや》なハイヒールで、いまいち動きが悪かったのも頷けた。

「ま、四十を過ぎると、みんな子供やら家族やらで、遊びに誘ってくれる人は減る一方ですから。二次会に誘ってくれるだけでもありがたいんですよ。友人は大事にしないとね」

「二次会は何時からですか」

「七時から、梅田《うめだ》のレストランで。今日は六時半には早退してタクシーで向かう予定で……いくらなんでもこんな状況だから、断るつもりですけど」

城崎の質問に、ため息混じりに金山が答える。

「本当に、ご愁傷《しゆうしよう》様《さま》です……つかぬことをお聞きしますが、金山さんから見て、亡くなられた京子先生は、どんな方でした?」

「関係は悪くなかったですよ。雇用主としては、さっぱりしたいい方でした。医者には珍しく、ちゃんと時間を守るし。ルールを守らない人が、わたしは嫌いでね」

「今日の朝もお会いに？」

「ええ。京子先生とは毎日、同じ時間に会うんですよ。八時二十分に一緒にクリニックに入りました。それが、先生を見た最後です」

「その時、何か普段と変わったことは」

特に何も、と金山はいったん返事したが、あっ、と何かを思い出したかのように目を見開いた。

「思いつくことは何でも教えてください」と城崎が間髪をいれずに追撃する。

「紙袋を提げてらっしゃったんです、先生。普段のハンドバッグと別に」

「色と大きさは」

こんなものかしら、と言いながら金山は身振りで大きさを示してみせた。「紀伊國屋《きのくにや》書店のみたいな、ごく普通の茶色の紙袋でしたよ。Ａ４サイズの」

『準備していたもの』か？「中身はわかりますか」

「人の紙袋の中身なんて、わかるわけないでしょ」

そう言い捨てた金山は、ふと我に返ったように下を向いた。

「わたし、まだ現実感がなくて。薄情だと思われるんでしょうけど、なんか、感情がフリーズしちゃって。悲しんでいいのか、どうしていいのか、全然わかんないんです」

「わかりますよ。僕らだって現実感がないですから」

自分としてはフォローを入れたつもりだったが、金山は自嘲《じちょう》混じりに唇を歪めた。

「女としてはね、こういう時に涙の一つでもこぼすほうが可愛げがあるんだろうな、ってのはわかってるんですよ。あの女医みたいに」

　緑川のことだ。

「緑川が何か？」

「あぁ……先生は元々お知り合いでしたっけ。あの人、技師の黒田とできてますよ。二人はあれでうまく隠してるつもりでしょうけど」

　軽蔑《けいべつ》するように、金山が鼻を鳴らす。

　緑川はそんなやつじゃない、と反論しかけたが、彼女の背中を擦る黒田の姿を思い出して口をつぐんだ。こういうことに関する女の勘は馬鹿にできないかもしれない。

　気まずい沈黙が漂ったので、いったん情報収集を中断することにした。城崎が救急カートから新しいゴム手袋を出してはめ、もう一組をこちらに投げてよこす。元野球部らしく、左手でパシッと受けとって、両手に手袋をはめた。

　デスクに改めて近づくと、パソコンの横に、白いマグカップに入れられた飲みかけのコーヒーがあるのに気付いた。カップの陰には……これは、薬包《やくほう》だ。

　空になった薬包が、全十錠、一シート分。十錠のうち、何錠が同時に服薬されたのかはこれだけではわからなかった。ＰＴＰシートの背面を見て、思わず顔をしかめる。

「ベンゾジアゼピン系、超短時間作用型の睡眠導入剤やな。しかもＯＤ錠や」

「最近の導入剤は溶かすと色づくものも多いけど……コーヒーに入れたら、気付くのは難しいかもしれないね」

　ＯＤ錠は口腔《こうくう》内崩壊錠のことだ。口に含むとすぐ溶ける薬だから、もちろん水には一瞬で溶ける。剖検《ぼうけん》して胃の内容物を調べたとしても、コーヒーに溶かした睡眠薬を飲まされたのか、自らコーヒーで服用したのかの鑑別は不可能だろう。

「それにしても他殺やったら、なんで薬包をこんなところに残しとくんや。殺人かと疑われそうなもんやのに」

城崎は憐《あわ》れみを湛《たた》えた、と言っていいような優しげな瞳でこちらの方を見た。

「武田君はきっといい人なんだね」

「どういう意味や」

「犯罪のセンスが絶望的にない、ってこと。京子先生の遺体から睡眠薬が検出された時、部屋の中に薬包がなかったらどうなるの」

あ、と気付いて赤面した。睡眠薬の薬包を持ち出した人物がいる。つまり他殺と確定してしまうのか。恥ずかしさを誤魔化すため、もっともらしいことを捻《ひね》りだしてみる。

「このコーヒーの中に、睡眠薬が含まれていたら他殺っぽさが増すやろな」

「僕が犯人だったら、百パーセント睡眠薬入りのコーヒーは放置しないね。流しに捨てて、睡眠薬が含まれていないのに差し替えておく」

「まぁ、それもそうか」

返答しながら、ふと考える。城崎が殺人を犯すとしたら、完全犯罪を表情一つ変えずに達成しそうだ……感情がブレない人間というのは、どちらかというと、探偵より犯罪者に親和性が高いんじゃなかろうか。いや、名探偵と犯人は、もしかすると精神的には表裏一体の存在なのかもしれない。

いったん流しを確認にいくと、確かに最近使用した痕跡があった。濡れた布巾もかけられている。コーヒーを捨てたという城崎の仮説は当たっていそうだ。

机の上にはもう一つ、倒れた写真立てがあった。写真立てをそっと引き起こしてみる。中に入っているのは古い写真だった。真新しい病院の前で撮られた集合写真。真ん中にいるのは抜けるように白い、彫《ほ》りの深い顔立ちの少年だった。ランドセルを抱えている彼が生島蒼平だろう。蒼平の両サイドには、若い日本人女性と、黒髪の白人男性がいた。生島京子と、おそらく彼が、ジェイムズ・サカモトに違いない。三人とも、驚くほどに若く、幸せそうだった。さらに生島京子の横には、初々《ういうい》しさが残る短髪の青年。

どこか見覚えのある顔を脳裏で検索し、数秒後に答えをはじき出した。これは三十年前の赤坂だ。

チェアにかけられた白衣のポケットにはスマートフォンとPHSが残されていて、大量の着信通知が画面に映し出されているが、二時以降にかけられたものばかりだった。

机周りの確認を終え、改めて扉へ向かう。細い革のファッションベルトが輪にしてドアノブにかけられていた。

縊死《いし》でも、完全に体が地面から離れてぶら下がってるものを定型的縊死、今回のケースのように、一部接地しているものを非定型的縊死と呼ぶ。気道閉塞は非定型的縊死では起こりにくいが、頸動脈、頸静脈の遮断は四、五キログラムの力がかかれば起こる。脳への血流低下が死因になるのだ。

首のかかりかたなどは偽装自殺を見抜く一つのポイントになるはずだったが、あいにく蘇生のために遺体を下ろしてしまっている。確か、八の字にした二つの輪の下の方に首がかかっていたはずだ。ここに関しては記憶を頼りに証言するしかないだろう。

「無いね」と、下を向き、何事か考えていた様子の城崎が呟いた。

「何がや」

「紙袋」

そういえばそうだ。気乗りしなそうな金山を呼んで机周りを確認してもらい、朝見た紙袋が無いことを確かめた時、彼女のＰＨＳが鳴った。「警察が到着したそうです」

想定していたより遥かに早い警察の登場に動揺しながら、城崎に耳打ちする。

「思ってたより早いな」

「日本の警察は勤勉だからね。福島署も近いし」

「蒼平先生に、ご遺体を調べて警察に伝えます、なんて言ってもうたけど」

「鑑識さんと一緒に検死すればいい。説明の手間が省けるだけありがたいよ」

城崎は落ち着いたもので、足早に立ち去ろうとする金山に声をかけた。

「金山さん。今日の二時までの間は、どうお過ごしでしたか？」

「十二時までは仕事をして、その後は食事に出てましたけど」

つっけんどんに金山が答え、そのまま踵《きびす》を返そうとする。そこをさらに彼は呼び止めた。

「もう少し詳しく伺えますか？　お仕事はどこで？　お食事は誰と？　証明できる人は」

今度こそはっきりと敵意を向けて、金山はこちらを睨みつけたが、ギリギリのところで、大人しく答えるほうが疑われなそうだ、という計算が働いたらしい。

「診察室の裏が看護師の仕事場になっているんです。今日の午前診は予約を絞っていましたから、十一時半には各先生、皆さん診察を終えていました。もう一人の看護師と片づけと午後診の準備を診察室の裏で十二時までして——時計が鳴ったので確実です——十二時半ごろに受付の女の子と一緒にご飯を食べに行きましたよ」

「十二時から十二時半の間は？　どこにいらっしゃったんですか？」

「ロッカーで着替えて、三階のスタッフルームに」

「いろいろお聞きして申し訳ありませんが、重要なことなので。スタッフルームで誰かと会いましたか？　十二時までに誰か、従業員用通路を通った人物はいました？」

「スタッフルームに入る時に、ちょうどドアから出てくる黄さんを見かけましたが、それからは特に誰とも会ってませんよ。それに、誰も通路は通りませんでした。疑うならもう一人の看護師にも確認して下さい」

とすると、十二時から十二時半までのアリバイはない、ということになるのか。

城崎が礼を述べた瞬間、廊下から騒がしい気配がした。


「先生方が第一発見者ですか」

まあ、そうなります、と武田は頭を掻いたが、登場した刑事の口調は曖昧《あいまい》な答えを許さぬ迫力に満ちていた。第一発見者、とか、重要参考人、という立場はもちろんのこと生まれて初めてで、全くやましいことはないのに、詰問されるとどぎまぎしてしまう。

到着した警察官は十余人で、責任者は福島署刑事課所属、警部補の福山《ふくやま》、と名乗った。白髪交じりで眼光鋭く、角ばった顔立ちで色の浅黒い男で、四十代くらいか。刑事のイメージ通りの強《こわ》面《もて》だ。福山と組んでいるのは巡査の若狭《わかさ》といい、眼鏡をかけたインテリ風の若者だった。こちらはおそらくまだ二十代だろう。

蒼平と協力して事情を話すと、鉄壁のアリバイを持っていて、動機も存在しないことが評価されたのか、警察の対応もかなり柔らかくなった。だが、参考人として後で指紋の提出も必要となる、と聞いて妙に緊張する。

　医者と同じで警察官にも専門があるようで、現場保全に努める役割、鑑識課員、事情聴取にあたる人間など手分けして捜査を進めるそうだ。我々二人は話し合いの末、現場で鑑識課員と共に検死に協力することになった。ここまでは城崎の思惑通りだ。

　理事長室で出迎えてくれたのは宗形《むなかた》と名乗る、五十代くらいの、薄くなった髪に人好きのする目をした小太りの鑑識課員だった。どうやら責任者らしく、残る数名の若者は黙々と指紋を採取したり、先ほど確認した、薬包やベルトを熱心に写真に収めたりしている。

　遺体を動かしたことを怒られたらどうしよう、と内心かなり緊張していたのだが、鑑識課員はむしろ、蘇生の労をねぎらってくれた。

「僕らは、家族が紐から下ろして、救急車を呼んだあとの家に行くことも多いですから。これでも現場はかなり保存されてるほうです。検死へのご協力も本当に助かります」

　丸々とした身体を揺らしながら足早に遺体に近づいていくので、慌てて追いかける。

「じゃあ、検分を始めるとしますか。気がついたことがあれば僕に教えてください。僕もいろいろ質問しますんで」

　慣れた様子で、宗形は遺体の全体像を一眼レフカメラで写真に収めていった。

　やはりまず目を引くのは、首に赤黒く残った索状痕《さくじょうこん》だ。明らかな防御創《ぼうぎょそう》はない。ただ、他殺だとしても睡眠薬を利用した可能性が高く、これだけでは何ともいえないか。

「生活反応がありますから、縊死には間違いないでしょうな」

　ぐぐっとレンズを遺体に近づけ、シャッターを切りながら宗形が言う。

　京子の顔は鬱血し、浮腫《むく》んではいたが、表情は穏やかで、眠っているようだった。

浅黒い肌。すっきりした一重に、鼻筋の通った鼻。年老いているものの、先ほど確認したあの写真の面影を強く残していた。宗形に遠慮しながら、少し開いた瞳を閉じようかな、と手を伸ばしかけた時、城崎が瞼《まぶた》に手をかけてぐりんとひっくり返したので、文字通りひっくり返りそうになる。

「何すんねん」

「溢血点《いっけつてん》が出てる。他殺の時によく出る、とは言われるけど、非定型的縊死でも出うるとは言われているから、これもなんともいえないな」

遺体の瞼を丁寧に閉じ直してから、友人が腕を組んだ。

「お、先生詳しいですな。おっしゃる通りです」

宗形は嬉しそうだ。

「お前、なんでそんなことまで知ってるんや」

「学生の時の基礎医学実習が、法医学のゼミだったんだよ。ちょっと興味もあって」

城崎は相変わらずの調子で、しれっとのたまってみせた。

遺体のロングスカートを脱がせると、ふくらはぎや背中に赤黒い痣《あざ》のようなものが出現していた。

「死斑《しはん》が出てますね」

と宗形が武田の心の声を聞いたかのように言う。

「死斑は死後二、三十分から出始めて、だいたい五時間以内までは重力に従って簡単に移動するんです。ほら、全部体の裏側にあるでしょ？　だから、少なくとも、これだけで死後五時間以内、ってことがわかります」

時計を見る。ちょうど三時半だから、少なくとも十時半以降に京子は死んだことになる。

腹部では、正中に走る大きな傷跡が目を引いた。

「帝王切開の痕《あと》か」

思わず呟く。双生児出産、常位胎盤早期剝離《じょういたいばんそうきはくり》。緊急帝王切開を行っても、一人の命が失われてしまったのだ。妊娠中の妻を持つ身としては同情せずにいられない。

「それだけじゃない。ほら、これ」と、言いながら城崎が下腹部を指さした。

へそと下腹部に三つ、一センチほどの赤黒くひきつれた傷跡がある。

「腹腔鏡《ふくくうきょう》手術の手術痕だ。しかも繰り返している可能性が高い」

城崎が無言で頷いてみせたとき、

「おや、これは痛そうだ」と、宗形が声を上げた。

「どうしましたか」

「いや、ね。ホトケさんが右手の親指に湿布を貼ってるから、剝《は》がしてみたら」

青黒く変色し、腫脹した親指が目に入り、思わず顔をしかめる。

「この腫れかたは剝離骨折してるかもしれませんね」

「ほぉ、骨折！　いつ折れたかはわかりますか」

「うーん、腫れが酷いから、ごく最近だとは思いますが」

少しでもヒントを、と詳細に観察したが、蘇生で刺した針痕以外に、他に明らかな他害の痕跡は見て取れなかった。

一段落して宗形が、「直腸温を測りましょうか」と言いながら温度計をカバンから取り出した。しれっと受け取った城崎は尿で濡れた京子の下着を下ろし、当たり前のように体温計を直腸に突っ込む。流石消化器内科。躊躇《ためら》いというものがない。

「三十四・八度ですね。大体の予想とも合致してると思います」

城崎はしたり顔で頷いたが、二人だけで通じられてもこっちが困る。

「つまり、どういうことや」

「直腸温を用いた死亡推定時刻の推定、っていうのは直腸温が元の三十七度から、一時間に〇・八度下がるだろう、っていう理論がもとになっているんだ。国試でもやったでしょ」

言われて脳内のページをめくったが、全く覚えていなかった。

「とすると、大体三時間前……十二時半頃やな」

「前後にしっかり幅を持たせて、死亡推定時刻は十一時半から午後一時半の間、というところでどうでしょうか？」

城崎がくるりと宗形の方へ向き直る。

「おっしゃる通りです。こりゃ、警察医といわず、すぐに監察医になれそうだ」

「あれ、ちょっと待ってくださいよ。となると、おかしいですよ。京子先生の遺書の発信時間は一時四十分でしたから、やっぱりメールは予約送信されたものってことに……」

「長めに死亡推定時刻を割り出してますから、まず、そうなりますな」

「自殺する人が予約送信なんてするのは変ですよね？」

思わず横から矢継ぎ早につっこむと、宗形は渋い顔になった。

「ところがそうとも言い切れんのです。近ごろはＳＮＳが流行ってますからな。自殺する若い子が最期の挨拶《あいさつ》を予約投稿することもよくありまして。なんともやりきれん話ですが」

疑う決定的な材料にはならない、ということか。

体の観察を大方終え、三人は京子の乱れた衣類を整えた。生島京子は薄紫の品のいいブラウスに淡いベージュのロングスカートを合わせていた。スカートのポケットは空で、腰にはベルトループがついているのに、ループにはベルトは通っていない。やはりベルトは、もともとつけてきたものを借用したと考えていいだろう。

「あとは、監察医の先生に回して、司法解剖するかどうかの判断になると思います。何か、伝え忘れたことはありませんか？」

ありません、と武田は首を振ったが、城崎は少し考える様子を見せた。

「何か？」

「いえ……さっきから、何か違和感がある気がしているんですが、どうも思い出せなくて」

「なるほど……気になりますな。思い出したら、いつでもいいのでご連絡ください」

宗形が白髪交じりの眉を顰《ひそ》める。

「京子先生は元々僕たちと約束があったんです。それなのに突然自殺するとは、どうしても思えなくて。……宗形さんは現場をどう思われますか？」

人柄の良さに賭けて、いちかばちか聞いてみると、果たして宗形は考える様子を見せた。

「そうですな……個人的な意見ですが、自殺にしては妙なところが多すぎるとは思います」

「どうしてそう思われるんですか」

「睡眠薬ですな。今日び睡眠薬の過量服薬ではなかなか死ねないのがネットで有名になりましたから、確かに睡眠薬を飲んでからの縊死もあるんです。文字通り眠るように確実に死にたい、ってことでしょうな。しかし、人と約束をしておきながら、強い自殺の意思を突然抱く、ってのはあまりにも不自然だ。それに、弁当を作ってきた、っちゅうことは、食う気があったってことでしょう。でも……」

「でも？」

「明らかな他殺を示す痕跡がない以上、おそらくこの事件、そういう方向には進まないと思いますな」

予言めいた調子で宗形は言い、理由を聞いたが曖昧に誤魔化されてしまった。


他の鑑識課員に指示を出し始めた宗形に頭を下げて理事長室を後にすると、ちょうど理事長室の横、四番の診察室から緑川が出てくるところだった。替わって赤坂が入っていくところから想像するに、診察室を利用して警察が事情聴取を行っているらしい。

蘇生時に汗をかいたからか、緑川は着ていた若草色のカーディガンを腰に巻いた、黒のタンクトップにワイドパンツのラフな格好だった。警官の目を盗んで二番診察室の前で手招きすると、緑川は小走りでやってきた。人目につかないパーテーション構造にこっそりと感謝しながら、三人掛けのベンチに全員で腰を下ろす。

「警察に何を聞かれたんや？」

声をひそめて聞くと、いかにも犯罪者然としているのだが、調査だから仕方ない。

「うーん、一通り。午前から今まで、何をしていたのか、とか。後は京子先生との間にトラブルはなかったか、とか」

「ちなみに、十一時半から二時までは、緑川は何をしてた？　そもそも今日は土曜日やから、午前で帰る予定なんちゃうか？」

「今日はバイトの山田《やまだ》先生が用事でお昼に帰るから、もともと五時まで代診する予定やったんよ。

外来が落ち着いたのは早くて、十一時半くらいやったかな。書類仕事が終わったのが十二時半くらい。外に食事に行って、二時過ぎに帰ってきたところや」

と言いながら、緑川が腰を浮かせて巻いたカーディガンを外し、膝にかけなおす。

「食事は誰と？　証明する人はおるんか？」

「わたしを疑ってるん？　やらしいわ。一人で食べたよ」

目を逸《そ》らしながら言う緑川の表情を見て、逆に、金山の言っていることが正しいんだろうな、とほぼ確信した。

「金山さんに聞いたんや。できれば、俺には本当のことを教えてほしい」

「……あいつ、武くんに何を吹き込んだんや」

「頼む。誰にも言わんから」

束の間、彼女は迷ったようだった。表出した憤《いきどお》りはいつの間にか諦めと不安に変わり、物憂げな少女のような表情で、ようやく緑川は口を開いた。

「……黒田くんとおったよ。そう言えば、満足なん？」

二人の間に沈黙が流れる。ちらりと覗いた緑川の横顔は疲れ切っていて、卒業してから今までに至る、八年の月日を思わざるを得なかった。

しまいに、「旦那とうまくいってへんのや」と、緑川が意を決したように口を開いた。

「こないだの飲み会で、全然そんなこと言ってなかったやないか」

「結婚式にも来てもろた、野球部の仲間に言えるわけないやん」

緑川は苦笑する。

確かに、緑川の夫は三つ年上のK大野球部のエースだった。武田も世話になり、よく飲みに連れて行ってもらったものだ。明るくて、よくモテる、確か整形外科医。

「看護師をとっかえひっかえ、不倫につぐ不倫。学会の度に風俗通い。忙しいからって全然育児にも協力せぇへんし、女ができたら当直や、言うて家にも帰ってこぉへん。謝ればなんとかなるっていつも思っとる。もう限界なんやわたしも」

「もう、別れた方がええんちゃうか」

「なんだかんだ、息子がなついててねぇ。別れる踏ん切りがつかなくて、黒田くんによく、相談に乗ってもらってたんや」

　相談、か。相談しているうちに深い仲になったとしても、別段驚きはなかった。

「緑川先輩のことは最低やと思う。でも、お前までが同じ土俵に乗っちゃあかん。黒田と付き合うんやったら、別れてからにせんと」

「……武くんらしいや。真っ直ぐで。ほんまやね、わたしも逃げてたんかもしれへん」

　がやがやと非日常が漂う病院の廊下で、緑川の吐息がことさら大きく聞こえた。

「黒田とは何時に会ったんや？」

「……一時前、くらいに。二時くらいまで一緒にいた」

　これくらいにしといて、と手を合わせる彼女に、小さく謝って話を変えることにした。

「そういえば、同窓会の日、どうやって店から帰ったんや」

「みんなバラバラ。わたしは駅まで歩いて終電で帰った。子供は親が見てくれてたから」

　とすると、鳴宮浜に行くことはできたわけか。そう考えてしまう自分が嫌だった。

「わたしを軽蔑する？」

　不安げな瞳で、緑川がこちらを覗き込んでくる。

「いや。俺はただ、心配なだけや」

よかった、と言いながら緑川は潤んだ目じりを拭《ぬぐ》うと、

「ここだけの話、武くんは、わたしの命の恩人なんやで」

と、ぽつりと呟いた。

「なんやて？」

「二年前、息子が生まれてな。今はましになったけど、肌が弱かったんや。朝も晩も保湿して、オムツは濡れるたびに替えて、尻洗って、薬塗って、家中掃除してな。……やのに、旦那は家に寄りつかへんし、コロナで外にも出られへん。……たぶん、わたし、ノイローゼやったんやと思う」

そんな話は全然知らなかった。

「毎日生きてるだけ、って感じやった。そしたらな、お茶がこぼれたんや」

「お茶？」

「そう。アトピーに悪い、っていうから、その頃毎日二回掃除しててな。掃除機かけて、床も全部拭き上げてて、息子も寝て、ああ、やっと座れる、って椅子に座ったらテーブルの湯呑みに手が当たって、ぴかぴかの床にお茶こぼしちゃったんよね。こぼれるんと同時に息子も起きて、ぎゃーって泣き始めて、確認したら、替えたとこのオムツも汚れとった」

緑川は抑揚《よくよう》をつけず、淡々と話す。

「その瞬間、あ、もうええわ、って思ったんよね。なんか知らんけど。すごくライトに、あ、わたし、死ぬしかないな、って思った」

「冗談やろ」

「窓を開けた時、携帯が鳴ったんよ。思わず見たら、それが、武くんからのグループラインのメッセージやった。覚えてる？　デルタが流行った時や」

思い出した。二〇二一年夏。ワクチンの供給が始まっても、まだまだ接種率は低く、毎日のように集中治療室に同世代の若者が運び込まれてきた。今だけどうか乗り切ってくれ。あと少し。あと少しできっとコロナ禍は終わるはずだから……毎日疲弊しながら、未来への希望を込め、あの日ふと思いついて送ったのは。

――全部落ち着いたら、みんな揃って飲みに行こうな。

「……もしかして、今回、飲み会の企画をしてくれたのって」

「わたしなりの、ありがとうと、お疲れ様のつもりやった」

俯《うつむ》いた緑川の表情はよく見えなかった。

「たぶんね、自殺する人って、ずーっと死にたいって思ってるわけやなくて、ほんとにちょっとしたきっかけで踏み越えちゃうんやと思うんよ」

どう答えるべきか思いつかず、「生きててくれてよかった」とだけ返す。

「昔は楽しかったねぇ」

「これからも楽しくなるんや。生きてさえいれば」

やっと、緑川が僅かに笑ってくれたので、武田は少しほっとした。

その時、ドアが開く音がしたので、三人は腰を上げてパーテーションから出た。目の前を赤坂が歩き去っていく。四番診察室の中から姿を現したのは、眼鏡のインテリ風青年刑事、若狭だ。やぁ、と若狭はこちらに軽く手を挙げてみせた。

「黒田さんはまだ近くにいてます？　先ほど、レシートがある、とおっしゃっていたので。実物確認をしたいんですが」

　流れから察すると、緑川との逢瀬で使用されたものなのだろう。

「ＰＨＳで呼び出してみます」

　緑川がコールしたが、何回鳴らしても黒田は出なかった。先ほどの死体発見の経緯もあり、嫌な予感に背筋が冷えかけた時、ああ、と緑川が手を打った。

「そうでした。今日の点検が中止になったので、恐らく今、黒田はＭＲＩの確認作業を行っているんだと思います。ＭＲＩは強力な磁場を使うので、電話やカード、金属類を一切持ち込めないんです」

　わたし、ちょっと呼んできますね、と言い残し、逃げるように緑川は階段に向かい走り去った。

　背中をぼんやりと見送っていると、

「では、先生がたの方を一人ずつ、先に聴取しましょうか。まずはあなたから」

と若狭が言い出し、眼鏡をくいっと上げたので、不意打ちに動揺する。

「僕ですか」

「何度もご協力いただいて申し訳ありませんが、捜査資料を作成する必要がありますので」

　言い方は穏やかだが、有無を言わさない響きがあった。まず武田から、一人ずつ事情聴取を受けることになる。

　四番診察室に入ると、内診台と超音波装置がまず目を引く。左側のデスクに載せられた電子カルテの前の椅子に警官が陣取る光景、というのはなかなかに異様だった。

「若狭、黒田を呼ぶんちゃうんか」

入るなり、強面の刑事、福山がドスの利いた口調で若狭に応対する。

「はっ。電話が繋がらなかったんで、緑川が呼び出しに行ってます」

「あほか。できてるもん同士を現場で二人にして、口裏でもあわされたらどないするんや。お前もすぐ行ってこい」

若狭が慌てて部屋を飛び出していくのを見送って、福山はため息をついた。

「お見苦しいところをお見せして、申し訳ありませんね。すぐ終わりますから」

いきなり口調が変わったので面食らう。丁寧な口ぶりだが、目は笑っていない気もした。

二時前に病院を訪れ、そのまま総合待合で待っていたのは明らかだったので、事情聴取は比較的和やかに進んだ。蕎麦《そば》屋のレシートを取っておいて良かった、と改めて安堵する。

「捜査及び検死へのご協力、ありがとうございました。まぁ、後は任せておいてください」

だが、聴取も終盤に近付いたところ、福山の言い方に若干引っ掛かった。

「あの……何か、問題がありましたか？」

「いえね、院長先生がね、いろいろ疑ってらっしゃるそうで。事件か自殺かを決めるのはこっちの役目ですから」

自分の仕事に口を出されたようで、気に障ったのだろう。

生島京子に会いに行った理由を聞かれ、一通りの内容を話したが、想像よりも遙かに冷めた反応で、逆に驚いた。すぐには信じられませんな、と福山は言う。

「タカハシユウイチが本当にその、キュウキュウ十二と同一人物なのかもわからないし、実際に会った生島京子はもう故人です。確かめようがないですな。それに、仮にタカハシが既に死んでいるなら、彼女が今殺される理由にはならんでしょう」

痛いところを突かれた。確かに、何か繋がりがある気がするのだが、生島京子が死ななければいけなかった理由は想像もつかない。

ミステリの読みすぎですよ、まぁ任せておいてください、と笑う福山を背に、武田は診察室の扉に手をかけた。もやもやした感じだけが残る。

開けたドアの目の前に黒田と若狭が立って待っていた。ＭＲＩ室で首尾よく出会えたのだろう。会釈して、入れ違いに診察室へ吸い込まれていった。

ベンチに腰かけていた城崎が、二人がいなくなるのを見て寄ってきたので、人に聞かれていないことを確認しつつ、先ほどの事情聴取の概要と感想を述べる。

「なんか、やたらと冷めた反応やったんやけど、あんなもんなんかな」

「警察が『殺人事件』として捜査する、ってことは、府警にも連絡して捜査本部を立ち上げ、犯人検挙へ全力を挙げる、ってことだ。裏を返せば、大量の書類と同時に、犯人を検挙する責任が発生するし、挙げられなかった場合、自分の昇進にも直接影響する。今回みたいに、極めて自然に見える現場をいきなり『殺人事件』として捜査を開始するのは、かなり心理的ハードルが高いんじゃないかな。明らかなひき逃げや刺殺と、今回の現場、どっちが『捜査する必要があると判断されやすいか』ってこと」

「自殺として話を終わらせたい、と思ってるってことか」

「そこまで故意ではないにせよ、たぶんね。ちょっと前だけど、脳梗塞で手が動かない人が、手足を綺麗に紐で結ばれた状態で、川で溺死《できし》して発見された事例でも、遺書があったので自殺として処理されていた、なんて話もある。まぁ、それは極端にしても、それだけ、殺人事件と判断する、っていうのは重いことなんだ。日本の犯人検挙率を考えてみなよ。『事件』と判断したときのクオリティが素晴らしいのは間違いないんだけど」

　事情は理解したが、とうてい納得はしきれない。そうだ、と思いついて、慌ただしく財布の中身を探った。あった。これだ。

「そういえばこないだ、鳴宮署の後藤さんから連絡先をもらったんや。彼女に電話してみる、ってのはどうやろか」

「後藤さんが困るだけで何も解決しないと思うよ。県をまたぐから管轄が違うし、そもそも身元不明死体の身元を調べているだけだ」

　一刀両断ぶりにため息をつき、せっかく取り出したメモをまた財布に戻す。

「八方塞がりやないか」

「現時点ではこのまま蒼平先生に協力するのが、お互いメリットが大きいんじゃないかな。それに、少なくとも宗形さんは現場に疑問を持ってる。ここからの捜査がどう進むかはまだわからないんだ」

　ある意味蒼平の申し出は願ったり叶ったりだったのかもしれない。いったんは状況を飲みこんで、考えを巡らせることにした。

「改めて、現時点での疑問を整理していきたいと思うんやけど、どやろか」

「是非」

「順に挙げていくで。
①「知る権利がある」の意味は。何を準備していたのか。消えた紙袋は？
②タカハシユウイチとは何者なのか。今回の事件にどう関わっているのか。
③「罪を償う」というのはどういう意味か。俺に関わりがあるのか。

④　なぜ密室で京子先生が死んだのか。殺されたなら、トリックが使われたのか。
⑤　キュウキュウ十二はタカハシユウイチと同一人物か。殺されたのか。
⑥　であれば、犯人は誰か。同一犯か。動機は。
⑦　三十三年前に何があったのか。
⑧　蒼平は何故俺たちに協力を求めたのか。
こんなところ、やろか」

「僕にも異論はない。明確に整理されていると思う」

城崎に褒められた。ちょっと嬉しいのが悔しい。

「確かに、城崎が言う通り、鍵を戻す方法やったら簡単に密室を作れるな。でも、逆にあの六人なら誰にでも作れる分、犯人を限定するのが難しいように思う」

城崎は形のいい顎を指先でつまみ、少しだけ考える様子を見せると、

「現時点では、あくまで蓋然性《がいぜん》の問題だけど、緑川先生と金山さん、黒田さんが犯人である可能性は比較的低いと思うよ」

と、そこに雀《すずめ》が一羽います、と言うのと同じくらいのさりげなさで爆弾を投下した。

思わず目を剝《む》く。「捜査も始まったところやのに、なんでそんなことがわかるんや」

「推理は九九パーセントのロジックと、一パーセントの閃《ひらめ》きでできてるんだ。多少ロジックを積み上げげただけだよ」

どこの発明家やお前は、と突っ込みながらも、話の続きを促す。友人の黒に近いダークグレーの瞳がこちらに向けられた。

「一連の事件の犯人をXと仮定すると、Xは何故、理事長室を密室にしたと思う？」

何故？　あまり深く考えていなかった。頭を絞って考えてみる。

「うーん。やっぱり、自殺に見せかけるため、なんかな」

「そう。リアルワールドで犯人が密室を作る、合理的な理由は一つ。密室を作る方が、作らない場合より、自分が得をするから。この原理原則が守られない密室はありえない。リアルワールドでは、犯人は無理してまで密室を作らないいんだ。……ここまではいいかな？」

「まぁ、普通に考えるとそうなるわな」

「だから、Xの目論見は今のところは成功していることになる。幸い今、警察は自殺と見なしてくれてるんだから」

言われてみると、確かにその通りだ。

「もし、二時の予定をXが知っていたら、無理をして鍵をかけるメリットがない。他殺を疑われると、一気に犯人候補が限定されるからだ。それにXは、京子先生をドアノブに吊るしてから部屋を出ている。さっき開錠したあと、どうやってドアを開けたか、覚えてる？」

「なかなか開かなかったから、体当たりをして開けた」

「だから鍵をかけなくても、理事長室が簡単に開かないことを、Xは知っていたことになる。

――さて、ここで問題だ。僕たちが、今日の二時に京子先生と会う約束をしている、と知っていたのは誰か？」

無関係そうに聞こえる、唐突な質問に面食らったが、頭を働かせる。

「京子先生が内密に、って頼んでたんやから、黄さん一人ちゃうかな」

「じゃあ、黄さん以外が犯人だとしたら、理事長室は何時に開く予定だったんだろう？」

理事長室は、一日中滞在していても快適な仕様で、昼食も毎日室内でとっていたはずだ。『最近は理事長室に朝から晩まで引きこもってはる』そんな緑川の言葉を思い出す。

そうか。

「蒼平先生の外来終了後。七時過ぎや。病院を閉める前に、必ず理事長室の確認をするだろうし、部屋を開けるのには蒼平先生の立ち会いが必要になるんやから」

その通り、と城崎は唇をゆがめて笑った。

「だから、黄さん以外がXなら必ずこう考えたはずだ――鍵をかけたあと、死体発見に立ち会って、さりげなく部屋に鍵を戻せば自殺として処理されるだろう。これは凄く魅力的な考えだ……今日の七時過ぎに、京子先生の死体発見現場に立ち会える人間にとってはね」

裏を返せば、七時過ぎに理事長室に入れる人間以外、そもそも密室を作れないんだよ」

唖然《あぜん》とした。盲点だった。だが、納得しかけたところで疑問が閃く。

「いや……待てよ。犯人は蒼平先生にメールを一時四十分着で予約送信してるんや。その時間にアリバイを作ったうえで、メールを見た蒼平先生と一緒に理事長室に入るつもりやったんとちゃうか？」

「ありえない。朝のカンファレンスで、蒼平先生は携帯を家に忘れたことを京子先生以外の全員に話している。診察室のパソコンでは私用のメールを見れないし、今日は講演があったから、昼休みに自宅に携帯を取りに帰ることもできない。蒼平先生が勤務終了時までメールを確認できないことは、ここの人間にとっては周知の事実だった」

さっき唐突にインターネット環境について質問したのは、これを知りたかったのか。

「京子先生と用事がある、とかでっち上げて、部屋を覗きに行くことはできへんやろか」

「それも無理だ。朝に三時の午後診察までに戻る、と言っていた蒼平先生がぎりぎりに帰ってきて、そのまま診察を始めてしまった場合、曖昧な理由では開錠できなくなる。無理に理由をつけて、わざわざ診察時間に蒼平先生と二人で理事長室に踏み込んだりしたらどうしても怪しまれるし、結局開錠できずに鍵を戻せなかった場合も、『鍵を持ち去ったやつが犯人。これは他殺』とはっきりわかって、ジ・エンド。あまりにリスクが大きすぎる」

納得した。論理的に矛盾はなさそうだ。

「まず、緑川先生。彼女の勤務は五時までで、七時にはとっくに子供を迎えに行っていたはずだ。だから、彼女にあの部屋の鍵をかけることはできない」

「緑川は昼に黒田と会ってるんやから、鍵を託すことはできたんちゃうか？」

「それもできないんだ」

「なんでや」

「黒田さんもまた、鍵をかけられない人物だからだよ」

城崎が白い指をぴんと立てる。

「もし京子先生の遺体が発見されていなかったら。黒田さんの予定はどうだっただろう？」

改めて考えを巡らせ……頭を殴られるような衝撃を受けた。

「業者を呼んでの、ＭＲＩの点検が七時からあったんか」

ＭＲＩ室は厚い扉と騒音で、外界と完全に遮断されている。それに、機械室の中には携帯電話、ＰＨＳなどの金属類を持って入ることはできない。そうか、そもそも、黒田はＭＲＩ室に鍵を持って入ることができない。

今日の七時ごろに生島京子が発見された場合、院内にいながら、蘇生に参加することは事実上不可能だったのか。

「同様の理由で、金山さんも鍵をかけるのは難しい。彼女も六時半に早退する予定だったんだから。これが、僕があの三人が犯人である蓋然性は低い、と言った理由だよ」

城崎の説明をあんぐり口を開けながら聞いていたが、ん？　と引っ掛かった。

「お前の理論でいくと、この三人は犯人やないんちゃうんか？」

「この推理には、二つ大きな弱点があるんだ。一つ目は、緊急事態において人間は必ずしも論理的な行動をとらない、ということ。この推理は、犯人がロジカルに最適化された行動をとるという前提で成り立ってるからね。慌てて鍵をかけてしまい、どさくさに紛れてこれ幸いと鍵を返した可能性を除外できない。二つ目は、鍵をかけた人物と殺人犯が別人で、かつ共犯である可能性を除外できないことだ」

なるほどなぁ、とうめくように武田は言った。この短時間でこいつはここまで考えていたのか。やっぱりどうかしてる。

「二つの穴を埋めて初めて論理は完成する。……それに気にかかることもあるからね」

「違和感の正体、か？」

黙って城崎が頷く。しばしの沈黙が訪れたところで、静けさを破るようにドアが開く音がした。黒田の聴取が終わったのだ。代わりに城崎が呼ばれ、部屋に入っていく。

うっす、といった感じで長袖《ながそで》黒Tシャツ姿の黒田が会釈してきた。

こいつが緑川と、と思うと複雑だった。視線を気にしたのか、黒田から声をかけてくる。

「どうかしたんすか」

「あー、その……昨日は阪神、ええ試合やったな」

「大竹《おおたけ》良かったっすね。……で？　それだけっすか？」

「……緑川と付き合ってるんか？」

あまりにも下手な話の振り方に我ながら愕然《がくぜん》としながらも、口は自動的に動いていた。

黒田の目が一瞬大きくなり、すぐにすっと細くなる。「それ、誰に聞いたんすか」

どう答えるべきか思案していると、

「もしかして金山さんすか」

と、黒田が続けたのではっとした。声は低く、スポーツマンのイメージからかけ離れている。

違う、と答えたが、どうだか、と黒田は独り言《ご》ちた。

「あの人、こないだも京子先生とこそこそ何か話してたんすよ。理事長室でね。言いたいことあるなら、こっちに直接言ってくりゃいいのに」

何話してたのかは知らないっすけど、幾分落ち着いた様子で彼は続ける。黒田も、緑川も、生島京子と直接トラブルになったことはない、と黒田は何度も強調した。

「緑川もややこしい立場なんや。友達として、とにかく、大事にしてやってほしい、というか、これ以上泣かさんといてやってほしい」

「……俺、彼女を守りたいだけっすから」

意外なことに、彼は目を逸らさなかった。外見にそぐわぬ真剣な調子に思わず黙ると、黒田は逃げるように去っていった。

阪神ファンに悪い奴はいない、か。それならばもう少し大阪の治安は良いはずだ。

余計なことを言ったかな、と悶々としていたところ、携帯電話が震えながら鳴った。文字通り飛びあがりそうになったが、画面を見て気が抜ける。絵里香からだ。そういえば、病院に行く、と告げて家を出たっきり、連絡を忘れていた。

「大丈夫？　いつもより遅いけど、忙しいの？」

「ごめん、ごめん」とあしらいながら、言い訳を探す。「ちょっと、病院で急変があって」

強《あな》ち間違いではないし、嘘は言っていないはずだ。病院が違うだけで。

休日なのに大変ねぇ、と絵里香はため息をついた。「夕食はいる？」

「もし作って頂けるなら大変助かります。でもほんと、無理はせんといて」

じゃあカレーで、と言って絵里香は電話を切った。ありがたい。疲れた時はカレーに限る。中辛で、スパイスを効かせたやつだ。ふう、と改めてため息をついた。

全く、ここが兵庫市民病院で、これも殺人ではなく、急変ならまだ良かったのに。


城崎の聴取が終わったのは、入ってから四十分以上過ぎてからだった。流石に申し訳なくなり、「巻き込んで悪いな」と謝ると、「構わないよ」と手を振りながら城崎は微笑んだ。

「僕は人間を知りたいんだ」

「どういう意味や？」

「僕が特殊な感覚を持っていることは自覚してる。僕の世界には論理しかないんだ……でも、僕以外の人間の棲《す》むリアルワールドは違う。だから勉強のしがいがあってね。この事件の根底にある人間の感情のうねりを、僕は知りたいんだ。惹かれているといってもいい」

黒に近いダークグレーの瞳が、昏《くら》い輝きを纏う。

「……あ、もちろん、純粋に友人たる君を助けたい、って気持ちもあるから、そこは誤解しないでね」

「付け足すみたいに言わんでええわ」

返しながらも、城崎の内に、どうやら事件を追う内在的動機が存在しているらしい、ということにほっとしたのも事実だった。旧知の仲、というだけで振り回してしまっているのではないかと、どこか心苦しかったからだ。

刑事に聴取された内容自体は、特に変わらなかったらしい。ところが、

「黒田さんと赤坂さん、蒼平先生の動向については、福山さんに教えてもらったよ」

と城崎がしれっと言うので、驚きを隠せなかった。

「またどんな魔法を使ったんや」

「別に何も。ああいうタイプの刑事は、基本的に『正義側の味方』か『犯人側の悪』かで人を判断してる。彼の判断を尊重し、プライドを満足させて、味方になってあげただけだ」

「それにしたって、捜査状況を漏らすタイプには見えへんかったけどな」

「事件ならね。今回の件は彼にとって、事件じゃないんだから、大丈夫だ」

唖然としたが、要は、巧みに取り入って、心理的間隙をついた、ということなのだろう。

城崎の聞き出した情報を整理するとこうなる。

黒田は十一時には午前の仕事を終えていたが、ＭＲＩ室で一人、調べものをしていて病院を出たのは十二時十五分ごろだった。一時前にビジネスホテルで緑川と落ちあい、二時に二人でホテルを出て、バラバラに帰院したのだという。

赤坂は本来非番だったが、十一時頃に病院を訪れる。十二時前にいったん病院を離れ、『マゼンタ』で昼食をとり、二時二十分に帰院した。

蒼平は、十一時に外来を終えて公民館に移動し、十二時から一時半まで講演会。開業医との立食パーティーに出ていたところに連絡を受け、帰ってきたのが二時三十五分とのことだった。

「死亡推定時刻が正しければ、蒼平先生だけはアリバイが成立しているように見えるな」

そうだね、と呟きながら城崎が顎を撫でる。

「動向がわからへんのは、あとは黄さんだけやけど……個人的に、会ってみたい人がもう一人おるんや」


赤坂がいるとしたら三階だろう、と当たりをつけていた。階段を上がりきったところに扉と、セキュリティーカードリーダーがあったので、先ほど蒼平に押し付けられたカードを通すと、確かにすっと扉は開いた。

三階には受精卵培養《ばいよう》施設、精子の調整施設と研究施設、血液検査設備、職員ロッカーと休憩室がある。三階は二階までとうってかわって殺風景で、見慣れた大学病院のような内装が無機質な照明に照らされていた。リノリウムの床に、クレゾール臭が鼻を刺す。

研究室をノックすると、鈍い反応でケーシィ白衣に着替えた赤坂が扉を開けた。目は真っ赤で、頬には涙の痕があり、一気に老けたように見えて少し驚く。先ほどはどうも、と嫌がることもなく、赤坂は我々を部屋に招き入れた。

室内は雑然として思いのほか狭く、薬品と古い紙の匂いが漂っていた。薄暗い中に大量の資料を収めた本棚と実験机、数台のパソコンがあり、机の上には顕微鏡が備え付けられている。

勧められたキャスター椅子に腰を下ろして何気なくデスクの上に目をやり、あっと声を上げそうになる。

先ほど理事長室で見たのと全く同じ写真が、そこに飾られていた。

写真を凝視していることに気付いたのか、赤坂は乾いた笑いを見せた。

「気になるんか？」

「すみません、つい。京子先生のデスクにも、同じものがあったので……」

「三十年前、蒼平君が小学校に入学した日に、みんなで撮ったんや。あの時、一緒に写真を撮った仲間の中で、ここにおるんは蒼平君と僕だけになってしもた……」

写真を指差して確認すると、黒髪の白人男性はやはり、ジェイムズ・サカモトだった。

「今、彼はどこに」

「この写真を撮ってすぐ、亡くなった。交通事故で」

何となく感じていた悪い予感が、そのまま当たった格好だ。

「ジェイムズ先生と京子先生は本当にええコンビやったんや。ジェイムズ先生は腹腔鏡手術と培養液調整の名手。京子先生は受精卵培養と移植の名手やった」

「腹腔鏡？」

「せや。昔はエコーガイド下の採卵はできへんかったから、腹腔鏡でやってたんや。卵子を取るのも命懸けなら、培養も移植もまだまだ発達してなくてな。学会ともそりが合わなくて、お二人とも大変な苦労をしてはった」

「合わない、というのは」

「京子先生はジェイムズ先生と、いかに母体の負担を減らしながら着床率を上げるか、という研究を続けてたんや。二人は『胚は原則一個』『凍結融解胚《とうけつゆうかい》移植を推奨』って、今のガイドラインと同じことを提唱しててな。新しすぎて、世間にはなかなか受け入れられへんかった」

緑川の推測と一致している。三十年以上前に、母体の安全を重視して推論することで、結果的に科学的な最適解にいち早く辿り着いていたわけだ。浮かびあがるのは患者思いで情熱的な女医、といった人物像だった。

口をつぐんでいた城崎が、おもむろに口を開く。

「他にもここで、かつて一般的でない治療を行っていた、ということはないですか?」

遠回しに、非配偶者間の体外受精について探っているのか、と気付いて、一気に緊張が走る。はぐらかされるだけだろう、と思っていたが、赤坂の反応は意外なものだった。

少し躊躇ったあと、

「二人は、『凍結融解胚盤胞移植』にまで、辿り着いていたのかもしれへん。少なくとも僕はそう考えてきた」

と赤坂は言った。

「トウケツユウカイ……なんておっしゃいました?」

「凍結融解胚盤胞《はいばんほう》移植。本来、受精卵は分裂を繰り返しながら卵管を進み、五日目に『胚盤胞』という状態になって初めて子宮に到着するんや。だから体外で胚盤胞まで培養してから子宮に移植するのが、最も自然な形、ともいえる。約六割と成功率が高いから今盛んに行われてる、いわば最新の治療やね」

「それを、京子先生とジェイムズさんが、三十年以上前に確立していたかもしれない。そうおっしゃるんですか? なぜ?」

赤坂はまるでそこに故人が存在するかのように、薄暗い研究室の天井を見上げた。

「ここを開院してすぐは培養も移植も全部、ご夫婦だけでやってはったんや。でも京子先生に勧められて、臨床検査技師やった僕も、見様見真似で勉強を始めてな。のめり込んできたころ……『アカサカに、今度三つ目のレシピを教えるよ。やっと信頼できる形になってきた』って、ジェイムズ先生に耳打ちされたんや」

　受精直後の粘液、卵管を受精卵が進むときの液、着床する直前の子宮の粘液。全て組成が違うので、最近まで、胚盤胞の培養には三種類の培養液を使うのが主流だったそうだ。

「僕は、そもそも受精後三日目までに使う培養液の調整方法は聞いてたんや。それと、もう一つ、って言うたら、胚盤胞を作るための培養液の話なんちゃうか？　そう思ってわくわくしてた矢先にジェイムズ先生が亡くなって、それどころやなくなってな」

「京子先生は三つ目のレシピをご存じなかったんですか」

「ジェイムズ先生が亡くなってから、一度聞いたんよ。そしたら、『もう、その話は聞かんかったことにして、忘れてほしい。お願い』って、真剣な顔で京子先生が言いはって。結局、市販の培養液が出始めるまで、京子先生は胚盤胞移植はやりはらへんかった」

　なるほど、と頷きながら、頭は忙しく働かせていた。もし胚盤胞までの培養を三十年前に成功させていたならとんでもない成果だっただろう。ジェイムズの死で研究は頓挫《とんざ》したのだろうか。それにしても何故、研究を継続しようとはしなかったのだろう？　亡き夫との共同研究ならば、なおさら食らいつく方が京子の人物像には合う気もするが。

　髪をもてあそびながら何事か考えていた様子の城崎が、「赤坂さん」と声を上げた。

「これは、仮定の話です。もし、受精卵を三日目までに凍らせず、胚盤胞まで培養できるものだとしたら――一受精卵が、体外で二つの胚盤胞に分裂すること。それを分けて移植することは技術的に可能だと思いますか？　つまり、一卵性双生児が、別の母親から生まれうるかどうか」

　こいつ、聞きやがった、と思った。急に鼓動が速くなり、胸が摑《つか》まれるように苦しい。

　赤坂の長い沈黙が、永遠のように感じられた。たっぷり考えた後、彼は口を開いた。

「牛の双子研究を知ってるか？」

「知らないです」

「せやろな。肉牛の等級は、やっぱり遺伝が物を言うんや。素晴らしい形質の牛なら、同じものを二つ作れたらいい。そう考えられるのはわかるか？」

肉を取るために双子の肉牛を育てる、か。なんともグロテスクな発想だが理解はできる。

「だから、牛の受精卵が初期胚に分割したところにマイクロブレードで割を入れて、二つの胚盤胞を作り、双子の子牛を作る試みは実際に行われていて、しかも成功してるんや。

人間では倫理的に胚に割を入れるわけにはいかへんやろけど、何らかの偶然の刺激で、一個の初期胚が二つの胚盤胞に分裂する、体外でそれが絶対に起こらない、なんて保証は誰にもできへんと僕は思う。だから、僕の答えは——イエス、や。ありえると思う」

答えが出てしまった。ありえたのか。三十年前に……ここ、生島病院なら。

その後、城崎が非配偶者間人工授精について赤坂に質問したが、これについては彼は硬い表情で知らない、と答えるのみだった。

「もう一つ聞かせてください。赤坂さんは今日、非番、っておっしゃっていましたよね。何で病院にいらっしゃったんですか？　スーツで来られたみたいですが、何か理由が？」

「なんや、先生たちまで事情聴取かいな」

疲れ切った顔の赤坂が苦笑する。

「僕はまぁ、非番の日でも、よっぽどの用事がない限りは、培養室に顔を出すようにしてる。職業病で、元気に胚が育ってるかどうしても気になるんやね。スーツで来たのはあれや、培養士の勉強会がすぐ近くの会議室で三時から六時まであるんやけど、会場へ行く前に寄ったからや。昼前に気にかかる胚があったから、目の前の『マゼンタ』で長々と時間潰して、三時間後の経過観察に来た。それだけや」

「いや、流石だと思います」

お世辞抜きで、武田は言った。不妊治療の黎明《れいめい》期を支えた、頑固な培養士のプロフェッショナリズム、というものを見たような気がする。

「なぁ、先生らは、ほんまに京子先生が、殺されたって思ってるんか」

「僕らは全ての可能性を考えているだけです」

「ありえへん。あんなええ先生が……恨まれるような人、ちゃうわ。せやけど」

充血した目が、名状しがたい光を湛えた。

「もし誰かが殺したんやったら、その犯人を絶対僕は許さへん」

答えに窮《きゅう》した瞬間、赤坂のＰＨＳが鳴り、やり取りが始まったので、自然と会話は終了した。礼を言うと二人で部屋を出て、そっとドアを閉める。――あとは、黄だけだ。

総合待合まで戻ると、ちょうど黄が電話を置くところだった。患者へのひっきりなしの対応に電話連絡、殺人的な忙しさであることは容易に想像がつく。受付に近づくと、黄は一部引きつらせながらも顔に笑顔を張り付けた。

「なんでしょうか」

「さっきは、まさに冷静沈着なファインプレーでしたね。流石です」

まずはおだててみると、一瞬、何のことやら、という顔を黄はしたが、「患者さんが院内に入ってきていたら、もっととんでもない騒ぎになっていたと思いますよ」と付け加えると、合点したようだった。

「私は先生方と違って、救命処置には疎いですから。事務方としてすべきことをしただけです」

特に表情を動かすこともなく黄が答え、そのまま電話帳に目を走らせ始めたので、慌てて会話を繋ぐ。

「あの、少しだけよろしいですか」

「すみません、忙しいので、少しだけでしたら」

「では要点だけ。黄さんは十一時半から一時半の間、どうしてらっしゃいましたか？　また、不審な人物を見かけたりは」

警察でもないのになんでそんなこと聞くんだ、と怒られてもしかたなかったが、黄は意外なほど素直に返答した。いちいち反論する方が面倒だと思ったのだろう。

「私は、十一時半まではここで働いて、十一時半から十二時の間だけ、他のスタッフと交替して、三階のスタッフルームで休憩を取りました。……ええ、何人かに会いましたから、証明できると思います。受付に戻ってからは、ずっとここにいますが、不審者を見かけたりはしていません」

黄は早口で淀《よど》みなく答える。事情聴取に備えて、あらかじめ考えていたのかもしれない。

「お昼、最後に病院を出たのは誰か、わかります？」

「確か、緑川先生だと思います。一時前くらいでしょうか」

「もう一つだけ。……タカハシユウイチの存在について知っていた人物で思い当たる人はいませんか。また、二時の我々の約束について誰かに話しましたか？」

「一つではなくて、二つですね」

と黄は訂正した。

「当院の構造上、タカハシユウイチの顔を知っていたのは、私と受付の数名のスタッフ、京子先生だけでしょう。名前は私と京子先生しか知らないはずです。また、二つ目の質問について。他言するな、と私は頼まれたんです。誰にも話してませんよ」

返答するなり、もういいか？　と言いたげな様子で黄が受話器を取り、プッシュボタンを押し始める。

「あ、あと追加でもう一つ。忘れていました」

城崎が言うと、黄はこちらを睨みつけながら、ぴたりと動きを止めた。「なんでしょう」

「黄さん、あなた、武田に瓜二つのタカハシユウイチのことを好ましく思ってなかったんじゃないですか？　理事長室で何が話されていたのか、知っていたのでは」

ここまで淀みなく答えていた黄が、初めて沈黙した。少し経ってから黄は、

「何度も訪ねてくる彼に不信感を持っていたのは確かですが、話の内容は知りません」

とだけ答えた。慎重に言葉を選んだのが伝わってきて、冷静さが心なしか不気味ですらある。

城崎が礼を言うと、今度こそ黄は、プッシュボタンの続きを押し始めた。

一つだけわかったことがある。――『話がついた』という言葉でぼんやりと推測していた通り、タカハシがここを訪れたのは、やはり一度だけではなかったのだ。


三番診察室をノックすると、生島蒼平が自ら引き戸を開け、我々を招き入れてくれた。中の構造は先ほど聴取を受けた四番診察室と全く同じだ。引き戸を挟んで奥はスタッフ用の仕事場兼通路と繋がっており、動線は一般的な病院診察室と変わりなく、奇をてらったものではない。隣の四番では事情聴取が続いているはずだが、内容は聞こえなかった。

「ご協力、本当にありがとうございます。どうぞこちらへ」

城崎と二人、勧められるままに患者用の丸椅子に腰を下ろす。追いかけるようにキャスター付きのチェアに深く座りこんだ蒼平は、手にしていたハンカチをデスクに置いた。

蒼平はネクタイを解き、白いワイシャツを第二ボタンまで外していた。彫りの深い顔は憔悴《しょうすい》しきっており、泣きはらしていたであろう瞼は重たく、端整な外見が見る影もなくやつれている。理事長室ではスタッフの手前、気を張っていたのが、一人になって、改めて現実が染みこんできたのだろう。心中察するに余りあった。

あらためて弔意《ちょうい》を示し、簡潔に生島京子の死体検案所見と、五人の動向を伝えると、真剣に彼は耳を傾け、聞き終えると礼を言って深く息をついた。

「先生方は……母が殺された、と思いますか？」

「可能性は高いと思いますが、まだ断定はできません」という言い方を城崎は選び、表向きは慎重な姿勢を貫いた。

「まるで先生がたは名探偵と助手みたいだ。頼りにしてしまってすみません」

蒼平が弱々しくうなだれる。『助手』がどちらかは自明だったが、今さら腹も立たない。今の打ちひしがれた彼は差し出された手ならなんでも握ってしまいそうだ。

「僕も去年、肺癌《はいがん》で母を亡くしたんです。だから、その……なんと申し上げればいいか」

思わず同情の言葉をかけると、先生もですか、と蒼平はほんの僅かに眉を開いた。

「小さいころに父を交通事故で亡くしましてね。学校から帰ったら、あの理事長室で、母の仕事が終わるまで宿題をしたり、遊んだりしていたものです。うるさくすると怒られるから、静かにね。赤坂さんにも実の子供みたいに、ずいぶん可愛がってもらった。

明るくて優しいけど、はっきり物を言う母でした。『あんたは顔が洋風やから、関西弁はあかん。悪目立ちするからやめとき』なんてね。自分はこてこての関西弁のくせに」

泣き顔をくしゃりと歪ませて蒼平が微《かす》かに笑う。

今さらながら、理事長室の特殊な構造の理由がわかった。もともと、幼い蒼平を遊ばせながら診察もするための部屋だったのだ。だから、出入り口も一つで、診察室とリビングが合体したような設計だったのか。不妊治療クリニックではあるが、夫を亡くして一人で子を育てる母親の奮闘ぶりは、患者からも受け入れられていたのだろう。

「ただ、三月ごろから京子先生の様子が少しおかしかった、と耳にしたのですが、何かトラブルに巻き込まれていた、とか、悩まれていた、なんてことは」

城崎が投げかけると、一瞬蒼平は口ごもり、適切な答えを探しているように見えた。

「確かに最近元気がないな、と思うことはありました。でもトラブルについては、少なくとも私は聞いていませんし、それに……仮に何かあったとしても、あの母が自殺するとは思えなくて」

「何故」

「息子の大翔が来週、三歳になるんですよ。昨日、誕生日プレゼントの相談をして、お祝いで一緒に食事に行くレストランの個室も、母が予約してくれたところだったんです。あんなに楽しみ、って言っていたのに……」

メールの文面にあった大翔、か。すみません、と言いながら、蒼平は後ろを向いて目頭をハンカチで押さえた。「あの、少しまだ、頭がついていかなくて。恥ずかしいところをお見せして申し訳ありません」

弱った人間に手を差し出すのが悪魔的にうまい我が友人が、立ち上がって蒼平の背を擦りながら、優しく労《いたわ》る。蒼平の涙が収まったころ、城崎はちゃっかり質問の許可をとった。

「京子先生と最後に会われたのはいつですか？　変わったことは」

「……昨日の退勤時ですね。夜八時前に、書類仕事を終わらせてから理事長室に声をかけて、一緒に病院を出ました。特別普段と違うことはなかったように思います」

「睡眠薬は京子先生の私物ですか？」

「警察にも聞かれましたが、現在、一緒に住んでいないのでわからないです」

「最近、京子先生が金山さんと理事長室でお話しされていた、と耳にしましたが、内容について心当たりは」

金山さんですか、と蒼平は白い顎を撫でた。

「特にありませんね。彼女はまぁ、気難しく見えるかもしれませんが、働きぶりはしっかりした優秀な女性なんです。少し前に母が、『正義感が強すぎるのも考えものやね』と言ったことはありましたが。ほら、コロナで自粛警察とかあったでしょ。金山さんもちょっとそういうところがあるので」

確かに緊急事態宣言中に開いている飲食店を見つけでもしたら、乗り込んでいきそうだ。合点したところで、ここまで質問されっぱなしだった蒼平が「あの」と意を決したように切り出した。

「先生方は今日、どういったご用件で母を訪ねて来られたんですか」

プライベートなお話で恐縮ですが、ご用件次第なら私も多少はお役に立てると思いますから、と蒼平が慌てて付け足したのでやっと誤解に気付いた。

「僕には妊娠中の妻がいますし、城崎はただの友人ですよ」

「では何故、先生がたは母に会おうと思われたんです？」

蒼平の表情は硬かった。なるほど、探っていたのは向こうも同じ、ということか。

いざとなると、どこまで説明したものか、判断に迷う。城崎に視線を投げると、彼は一つ頷いた。

「では単刀直入に聞きます。タカハシユウイチ、という人物をご存じですか。まるで一卵性双生児かのように、武田に瓜二つの人間です。タカハシは、どうやら三月から四月にかけて、何度か京子先生の元を訪れているようですし、母子手帳を確認すると、武田の母親も妊娠十二週までここを受診しているんです。偶然の一致とは思えないでしょう？

今日は詳細について、お話を伺う予定でした」

城崎の頷きに応え、財布から京子の手紙を出して蒼平に渡す。震える手で、彼はそれを受け取った。

長い間、蒼平は手紙に目を落としていた。「……知る権利、ですか……」

「心当たりは」

「ありません」

蒼平は即答したが、目は泳いでいて、不安げだった。

「これは警察に見せましたか」

「ええ。全く興味をお持ちではないようでしたが」

そうですか、と答える、蒼平の明らかに安心したようなそぶりに、武田は苛立った。

「僕は自分の正体を知りたいだけなんですよ」

「その……いきなり言われましても」

「他人事みたいに言わんとってください。なんでもいいんです。何か手掛かりはありませんか？

京子先生は三十三年前にこの病院で、一体何をやってたんです？　先生しかもう、頼れる人は……」

身を乗り出して詰め寄っていたところ、城崎にシャツの裾を引っ張られて我に返る。デスクの上の、濡れたハンカチが嫌でも目に入った。母を殺されたばかりの人間に対して、あまりに配慮が欠けていた自分に嫌気が差す。赤面して、武田はがばりと頭を下げた。

「本当に申し訳ありません。こんな時に……」

「いえ……先生のお気持ちはわかりますから……。ただ……お答えするのにも、少し時間が欲しいです」

あくまで丁寧に答える蒼平に対し、ますます罪悪感が膨らむ。「蒼平先生」と、おもむろに城崎が声を上げると、ぱっと蒼平は城崎の方を向いた。

「先生はもし京子先生が殺害されたとすれば、その犯人を知りたいと思いますか」

蒼平の彫りの深い顔に、驚きがさざ波のように走った。「それはもう、もちろんです。いくらでもお礼はします」

「では、何点か確認したいことがあります。まず……京子先生は右手親指を怪我されていましたが、ご存じでした？」

蒼平はうーん、と首を捻った。「昨日まで三連休でしたからね。二日に会ったときには気付きませんでしたが」

「結構です。次の質問ですが、クリニックに防犯カメラはありますか？」

「近頃物騒なので、正面玄関に一台。昨年赤坂さんが取り付けたはずです」

「警察に提出することになるでしょうが、同じ内容を僕らも確認できませんか」

「今すぐにと言われても無理ですが、可能だと思います」

「あと……そうだ。午前で帰った、という山田先生とは、どういうご関係ですか？」

「関係、というと人聞きが悪いな。ただの同級生ですよ。大学医局の斡旋《あっせん》する派遣バイトで診察を手伝ってくれているんです」

「ああ、言い方が悪くて申し訳ありません。その、山田先生にもお会いできませんか。後日で構いませんから」

怪訝《けげん》な顔をしながらも、蒼平は請け合ってくれた。

今一度弔意を示した後、何か思い当たること、わかったことがあれば連絡をしてほしい、と伝え、連絡先を交換して二人は部屋を出た。


「蒼平先生が、なんで調査を俺らに頼んだのかは結局わからんままやな。何かを隠してるような気はするんやけど」

「種は蒔《ま》いておいた。今はまだ刈り取る時期じゃない……彼が話してくれるのを祈りながら、まずは気長に待とう」

友人の言葉にひとまずせやな、と相槌《あいづち》を打ちながら総合待合へ向かい、勢いよく端のベンチに武田は腰を下ろした。

受付で電話をかけていた黄は、聴取に呼ばれたのか不在で、人気《ひとけ》のない待合室は静まり返っている。つい先ほどまではアドレナリンで過剰に元気だったが、ふと緊張が解けると、このまま立ち上がりたくないほどに疲れていた。

「長い一日やったな。頭も整理できてへんし、疲れすぎて死にそうや」

「だけど、疲れるに足るだけの収穫と進展は、今日あったと思う」

追いかけるように、隣に城崎が腰かけてくる。

「そういえば、さっきのお前の推理を信じると、二時から俺と京子先生が会うことを知ってた黄さんも、鍵をかける蓋然性は低い、ちゅうことになるんちゃうか？」

「黄さんが犯人だとするのなら、密室にする合理的な理由が一つだけ存在するんだ」

「合理的な理由？」

「武田君が救急医なのを、黄さんは知っている。全力で心肺蘇生を始めることも予想できたはずだ。それぞれが休憩時間について真実を話していれば、黄さんの犯行時刻はみんなの出払った十二時半過ぎから、一時半の間だ。だから確実に殺すために、時間を稼ごうとした、というのは合理的な理由になりうる」

思わず城崎の顔を見た。どこまでも平然と彼は言う。だが、殺人者の発想だ、と思った。やはり彼に親和性が高いのは、探偵ではなく、犯人の方ではなかろうか……。ごくりと唾を飲みこみ、動揺を悟られないように続ける。

「なるほど。蒼平先生と黄さんは部屋を開ける時必ず立ち会うし、赤坂さんと京子先生の関係を考えると、七時に約束がある、と病院に戻ってきても違和感はない。あの『鍵の推理』を信じるなら、三人より先には絞れへん気がするな」

そうだね、と城崎は首肯しながらも別のことを考えているように見えた。違和感の正体についてだろうか。

「胚盤胞移植の話も大きな収穫やった。俺とタカハシが一卵性双生児やとしたら、あとは、お前の言う、『俺の母さんが果たした役割』に話は絞られるんとちゃうやろか」

「それだけじゃない。もう一つ、謎を解く鍵は目の前にずっとあった」

「……何の話や？　もしかして、あの言葉の意味もわかったんか」

質問には答えず、城崎はズボンの後ろポケットをまさぐった。ポケットからずるずると、ビニール袋に包まれた何かが引きずり出されてくる。

「これ……今日使った、挿管チューブやないか」

「そう。これが、謎を科学的に解く鍵になるはずだ」

「どういう意味や？」

城崎のダークグレーの瞳が真っ直ぐにこちらを射す。

「君の顔は、京子先生に似ているんだよ」

鼓動が急に速くなったのがわかった。

「……城崎、お前、何を言いたいんや」

窓からは西日が差しこんでいて、城崎の横顔に影を落としている。

「武田君はヴェルナー・フォルスマンを知ってる？」

「知らん」

そんなやつより今は大事なことがあるやろう、と苛立つ。

「一九五六年のノーベル生理学・医学賞受賞者だ。彼はドイツ人の医師で、研修医時代に、世界で初めて人間で心臓カテーテルを行ったんだ」

「凄い人やな」

それでも思わず話に引き込まれてしまう自分が情けない。

「そう。でも、彼が本当に凄いのは、それを、自分の体で実験した、ってことだ」

「自分の体で？」

「うん。彼は、自分で自分の肘の背側を切開して、肘静脈から尿管カテーテルを挿入《そうにゅう》した。Ｘ線透視《とうし》下《か》にカテーテルを動かして、鎖骨下静脈を越えて、右心房まで進め、証拠のレントゲン写真を撮影したんだ。医学ではなくて曲芸だ、と叩かれ、医学界から総スカンにあったフォルスマンは、大学を追われるのだけど、後年そのレントゲン写真と功績が認められて、ノーベル賞受賞と相成った、ってわけだ」

　興味深い話だった。でも、今回の件とどう関係するのかがすぐにはわからない。

「……それで？　フォルスマンが凄い人なんはわかったけど、今回の件とどう繋がるんや」

「京子先生はジェイムズ先生と少なくとも凍結融解胚移植《とうけつゆうかいはいいしょく》を成功させ、おそらく胚盤胞培養《はいばんほうばいよう》の研究をしていた。ここまではいいよね？」

「ああ。赤坂さんはそう言ってたはずや」

「じゃあ、その研究に、誰の卵子と精子を使ったんだろうか？　採卵に腹腔鏡《ふくくうきょう》手術が必要な時代、大学から離れ、研究協力者にも事欠く状況で」

　遺体の腹にあった傷跡を思い出した。繰り返された腹腔鏡手術の痕《あと》。

「……そうか。京子先生とジェイムズ先生は、自分たちの卵子と精子を使って、胚培養の研究を進めていた。そう、言いたいんか」

　城崎はゆっくりと頷《うなず》いた。

「そうとしか考えられない。研究のために卵子を無償で提供してください、腹腔鏡手術で採卵します、死亡リスクもあります、研究に使った卵子は廃棄します、なんて、不妊で悩んでる人が承諾する条件とは思えない。おそらく、京子先生は常位胎盤早期剝離《じょういたいばんそうきはくり》の影響で、子供を望めない体になっていたんだ。だから、残された卵子を研究に捧げようとした。そういった事情もあるから、卵子凍結や胚凍結、凍結融解胚移植の技術確立は、彼らにとって絶対必要だったんじゃないか」

　――全く関係ない、第三者からの提供もありえる。

　確かに城崎は先週そう言っていたが、考えたくなくて、無意識にすっぽりと想定から抜け落ちていた。「……まさか」なんとか、それだけを口にする。

「ここから先は、全て僕の推論だから、信じるも信じないも武田君の好きにするといい」

「続けてくれ」と促《うなが》すと、友人はまた話し始めた。

「受精卵を凍らせたり、培養したりする過程で数多《あまた》の胚が駄目になっていっただろう。それに、研究に用いた胚は廃棄されていったはずだ。その中で奇跡的に一つの受精卵が二つに分裂し、二つの胚盤胞が生まれたとしたら」

蒼平と、死産した子供も一卵性双生児だった。

京子たち夫婦は思っただろう。これは、もう一人の子供の生まれ変わりかもしれない、と。二つの胚盤胞。奇跡が生んだ双子の卵。

「……二人は廃棄できへんかったんか。その双子の胚盤胞を。それで、二つの胚盤胞を二人に分けて一つずつ移植した。俺の母さんと、誰かもう一人。そう言いたいんやな」

城崎が頷く。

「京子さんたちはまさに黎明《れいめい》期の不妊治療に関わってた。一九九〇年には顕微授精の技術が登場していなかったから、非配偶者間体外受精のニーズも、適応になる患者も今より遙かに多かった」

「……今みたいに海外で卵子提供、なんてことも無理やったのか」

「養子に出すようなものだから、移植にあたってはものすごく慎重に両親を選定したはずだ。子供を大事にしてくれそうで、臨床研究に対する理解があり、秘密を絶対に守ってくれる人物。それに、京子先生やジェイムズ先生を頼ってくる人たちも、ネットの無い時代だから、基本的には口コミで情報を得てきたはずだ」

O大学医学部の同級生。そうだった。父と京子は元々顔見知りだったのだ。

ありえる話かもしれない、と自分の中の何かが告げている。夫婦の精子と卵子を用いて子が望めない、と理解した時、父、浩司は医者としてどう考えただろう？

——たとえ、うまくいかなかったとしても、臨床研究に役立つのなら。

そう考えて研究に協力し、夫婦で胚盤胞移植を受け入れた可能性はある。というより、外科医としての父の姿勢や性格を考えれば、相応《ふさわ》しいようにさえ思える。だが。

「もしお前の言うことが正しいなら……なんで、俺の母さんは、父さんは……こんな大事なことを教えてくれへんかったんや」

はい、そうですかと飲みこめやしない。今回の件が起こるまで、出生について疑いを持ったことはなかった。もし、これが事実ならば、今まで呑気に気付かなかった自分が悔しくて、悲しい。

「今は、非配偶者間人工授精で産まれた子供にはそのことを幼いうちに伝えるべきだ、というのがスタンダードになってる。でも、昔は違った。隠す方が子供のためだ、って考えられていたんだ。君のご両親が、君にここまで何も気付かせなかったのなら、それは武田君のことを想って、大事に育てたからだと思う」

「……そうかな」

「そうだよ」

友人は力強く頷いた。

「仮に。仮にやで。それがほんまなら、俺の両親は、誰の胚盤胞か、知ってたんかな」

「それは、たぶん知らなかったんじゃないかな。言うにはあまりに重すぎるから。詮索《せんさく》してはいけない、匿名のドナーからの提供、ということで話を通したんだと思う」

なるほど、と短く答えたが、まだ受け入れたくはなかった。

もし仮に城崎の言うことが正しければ、俺は、両親と血が繋がっていないばかりか、遺伝学的には蒼平と兄弟、ということになるのか？

全然似てないな、と変な笑いが込み上げてくる。

まぁ鼻は高い方だと思っていたけれど、俺の顔はどう考えても和風だ。写真で見た京子の若い頃の姿を思い浮かべてみる。……確かに似ているかもしれない。そう……両親より、はるかに。とすると、ジェイムズ・サカモトが日系ハーフの白人なら、俺はクオーターになるんか？　全く、どうせならジェイムズの方にも少しは似たら良かったのに。

そこまで考えて、急に鉛を飲みこんだような気分になった。

俺は、今日。遺伝学的な母まで失った、というのか？　一度も話せないまま。

「……生きている京子先生と話したかった。会いたかったな」

口にした瞬間、胸に込み上げるものがあった。

目を閉じて唾を飲みこみ、表情がばれないように、城崎と逆の方を向く。必死にこらえたが、こらえきれずににじんだ涙を手の甲で拭《ぬぐ》った。

城崎は何も言わずにこちらが落ち着くまでの間、目を逸《そ》らしてくれていた。

「『知る権利がある』というのは、この話やったんやろか」

「おそらく」

「じゃあ、自殺説はやっぱりおかしいやないか。こんな大事な約束を忘れるわけない。遺伝学的な親子関係を明かそうとしてたんやろ。そんな、めちゃくちゃ重要な話をしようとする直前に、自ら死を選ぶはずないわ」

「僕もそう思う。動機についても少し考えてみた。僕らのコンタクトを嫌う何者かが、京子先生を殺した、という線だ。黄さんを信じるならば、僕らの約束を知っていたのは彼だけだったはずだ。だから、もし知っていた人物が別にいるとしたら、その人物には京子先生がわざわざ伝えたことになる。伝える合理的な理由があったのは……」

「蒼平先生か」

「そうだ。だけど、彼にはかなり強固なアリバイがある」

憔悴《しょうすい》しきった蒼平の様子を思い浮かべるに、とても母を殺《あや》めたようには思えなかったのだが、そう言われると容疑者から外すのは早計なような気もしてくる。

「……そうや。その挿管チューブは何に使うんや」

これか、と城崎は手にしたビニール袋を軽く振ってみせた。

「DNA鑑定には、人の粘液採取が有効なんだ。今は民間で、こういった唾液が付着したものを送っても鑑定をしてくれる会社がいくつもある。毛髪や、歯ブラシなんかでも鑑定できる。検体によって成功率はかなり異なるみたいだけど。唾液が付着し、気管に入れていた挿管チューブなら、ほぼ間違いなく鑑定は成功するだろう」

「まさか」

「これは、武田君次第だ。今までの裁判判例でも、子供の『出自を知る権利』は正当なものとして認められている。だから、この挿管チューブで親子関係を知るためのDNA鑑定を行うのは、君の権利だ。さらに言うと、君の家にはお母さんが残した櫛《くし》も何本か残されていたから、そこに付着した毛髪も併せて提出すれば、誰と血縁関係があって、誰とないのかを、科学的に証明できるんだ」

息が止まりそうになった。今まで信じてきたことを、はっきりと自分の手でひっくり返すのか。

俺に……真実と向き合う勇気はあるのだろうか？

僅《わず》かな人の気配に視線を投げると、黄が受付に帰ってきたところだった。距離は離れているから、声は届かないだろう。物理的な距離以上に、はるか遠くに彼はいるように見えた。体の底が芯から冷たい。まるで一人、このベンチに取り残されでもしたかのように。

「……胚盤胞移植、言うても、子宮に移植したんやから、臍帯《さいたい》で繋がってたんやな、俺と、母さんは」

思いついた僅かな母との繋がりに、すがるような思いだった。友人は、

「そうだよ。遺伝学的には違っても、間違いなく血の繋がった親子だ」

と、悪魔的に優しげな声音で、それを肯定した。

衝撃で麻痺したような頭の中で、行き場のない悲しみと怒りが渦巻いている。母に、父に会いたい。京子に会いたい。会って直接話を聞きたい。何があったのか。どうして話してくれなかったのか。でも、もう、誰にも会うことはできないのだ。

警察から解放され、病院を出るときにはもう、夜九時を過ぎていた。

結局その場では、DNA鑑定をどうするか、結論までは出せなかった。チューブは城崎がいったん持ち帰り、どうするのか最終的に心が定まったら、母、美由紀の毛髪のサンプルも併せて病院に持っていき、業者へ郵送することに決めた。

駅から歩く帰り道は少し肌寒い。暗がりの中、家の灯はまるで灯台のようだ。

玄関の扉を開けた時、漂うカレーの香りに、不意に四年前の記憶が蘇った。

——お、今日のカレー、美味《うま》いな。

——わ。やっぱり！　わかるんだ。

スプーン片手に言うと、当時結婚したばかりだった絵里香は、ころころと笑いはじめた。

――流石《さすが》。母の味にはなかなか勝てないねえ。お義母さんに聞いたのよ。武田家カレー、秘伝の隠し味。明治の板チョコ、二ピース。

そうだった。絵里香に聞くまで、母、美由紀がカレーにチョコレートを入れていたことすら知らなかったんだった。どうして生きているうちに、もっと話さなかったんだろう。なんで、母のことを俺は知っていると、薄っぺらい会話だけで思い込んでいたんだろう。

「お疲れ様。大変だったね。わたしも食べずに待ってたんだから」

玄関まで駆けつけて、もうお腹がぺこぺこ、と笑う絵里香を見た瞬間、感情が決壊するのを止められなかった。

ぎゅっと妻を抱きしめる。抱きしめたまま、声を殺して泣いた。ぽろぽろと涙があとからあとから頬を伝う。泣くのは母、美由紀の葬式以来だった。

「どうしたの、いきなり。航くん、最近おかしいよ？　何かあったの？」

「……何でもないんや。ごめん、変やんな。……でも、ちょっとだけ」

抱き寄せた絵里香が、顔を上げて、少しだけ微笑《ほほえ》む。背伸びをして、よしよし、というように頭を撫でてくれた。

泣き顔を見られるのが恥ずかしくて、絵里香の頭をぎゅっと胸に引き寄せる。涙が収まるまで、そうして長い間二人は玄関に立っていた。

ゴールデンウィークの最中だったことも影響したのか、生島京子の訃報《ふほう》は地方紙にほんの数行掲載されただけだった。

週末の間じっくりどうするか考えて、やっぱり鑑定を行うことにした。城崎が言っていたことはただの推測に過ぎない。外れている可能性だってある。推測に過ぎないことで両親を疑ったまま生きていくのは俺には無理だ、と思った。

挿管チューブと母の櫛から採取した毛根付きの毛髪をジップロックに投じ、自分のサンプルと一緒にレターパックに入れる。自分のサンプルについては指定のキットを使った。結果については病院宛に郵送してもらい、簡易的にメールでも知らせてもらうことにする。

病院で城崎は、実はもう一つ使用できるサンプルがある、と告げた。

キュウキュウ十二の血液だ。

病院では一か月程度、検査に使用しなかった残血清を凍結保存していることが多い。キュウキュウ十二の血液は量も少なく、通常であれば廃棄されているはずだったが、あの日、城崎はわざわざ血液検査室に電話を入れて、検体を保存してもらっていたのだった。

「『知る権利』の行使としてはかなりのグレーゾーンだけど、研究目的と言えばサンプルの回収は可能だ。どうする?」

ギリギリの決断だった。自分の検査キットを取り寄せている間、たっぷり一日考えて、最終的に、血液の検体スピッツ(検体を入れた試験管)も同封することにした。

親子鑑定二件に、血縁鑑定一件。馬鹿にならない出費だが、この際仕方ないだろう。自分の口座にこっそり貯めていた貯金をはたいた。

やるべきことを全て済ませたら、後は待つだけだ。結果が出るまで約一週間、とある。

粛々と仕事をこなす。五月は経験的にあまり救急が多くない印象があるのだが、今年は忙しかった。忙しい方がいい。手を動かしている方が、余計なことを考えなくて済む。

五月十二日、金曜日。

慌ただしかった救急外来が落ち着き、一息ついていると、PHSが鳴った。

外線だ。誰からだろう？　人気《ひとけ》のない場所に移動してから電話を取ると、交換手は、鳴宮警察の後藤さんからです、と鈴の鳴るような声で告げた。

心臓の音が耳に響いてうるさい。

外線が繋がるなり、挨拶《あいさつ》もそこそこに、武田は直接的に切り込んだ。

「何かわかったんですか」

「ええ。この間は、ご協力ありがとうございます。おかげさまで、あの身元不明遺体の身元が判明しましたので、ご報告申し上げます」

身元がわかったのか！　でも、どうやって。

「あの、こんなこと、聞いていいのかわからないんですけど。どうやって、いきなり身元がわかったんでしょうか」

「ホームページに載せていた、身元不明死者情報を確認して、親御さん自ら警察に連絡してきてくださったんです。間違いなく息子です、とのことで。以前、間違えて違うご遺体を引き渡してしまう事件があったので、念のためにDNA鑑定も行い、本人確認は取れています。二週間ほど前に連絡があったのですが、鑑定し、確認を取ったうえでご遺骨をお渡しする作業があったので、先生と病院への連絡が遅くなってしまいました」

唾を飲みこんだ。そうか。もちろん、そういう形で決着がつく可能性は十分あったし、そもそも一番確率は高かったのだ。

「ちなみに、お名前を伺うことはできますか？」

断られるかな、と思ったが意外と後藤は優しかった。電話の向こうでパラパラと手帳をめくる音が響く。

「あった。『ナカガワシンヤ』という方です」

全然違う名前だ。

なんだ、タカハシユウイチは別人だったのか、と一瞬思いかけて、そうではない、と考え直す。そうだ、城崎もあの時言っていた。
タ、カ、ハ、シ、ユ、ウ、イ、チ、が、本、名、で、あ、る、と、は、限、ら、な、い。
ナカガワシンヤがタカハシユウイチと名乗っていたとしたら、それはわざわざ偽名を使って生島京子に会いに行った、ということになる。でも、何のために?

遺族も捜査を望んでいないので、この件については閉じることになると思う、と後藤は告げ、電話は終わった。

ケースクローズド。では、ない。また謎が増えた。

後藤との会話を終えて、武田はしばし考えに沈んだ。

つまり、キュウキュウ十二＝ナカガワシンヤ、は確定している。重要なのは、ナカガワシンヤ＝タカハシユウイチかどうかだ。

これは、DNA鑑定の結果が出ればおのずと結論が出るように思われた。

タカハシユウイチは生島リプロクリニックを訪れている。これは絶対的に動かない事実だ。死んだナカガワシンヤのDNAがもし武田自身のDNAとほぼ同一なら、タカハシユウイチ＝ナカガワシンヤ＝キュウキュウ十二が確定すると考えて良いだろう。

考えをまとめた瞬間、天啓《てんけい》のように閃《ひらめ》きがあった。

そうだ。キュウキュウ十二の身元が判明した、ということは病院に保険証の情報を提供する必要がある。カルテの名前を更新し、新たに作り直さないといけないからだ。

つまり、電子カルテを開けば、ナカガワシンヤの年齢、生年月日、住所の情報が更新されているはずだ。

誰にも見られていないことを確認して、パソコンの前に座った。カルテを立ち上げる。

手が震えた。

あれは、いつだったか……あの晩が遠い遠い日のことのように思える。そうだ、飲み会の翌日。四月十七日、月曜日。その日の救急外来のカルテを開く。

あった、これだ。

カルテは既に更新されていた。

昨日まで「キュウキュウ十二」と表示されていた画面は、「中川信也」という名前に変更されている。漢字で名前を見ると、改めて人物が浮き上がってくるような気がした。

ダブルクリックして、中川信也のカルテ画面を開く。主治医なのだから、カルテを見るのに正当性はある、と心の中で言い訳をしながら。

中川信也、三十二歳、男。生年月日、一九九〇年十月十八日。

俺と四日違いだ、と思った。もし、彼が同じ受精卵から産まれた片割れなのだとしたら。彼が兄、ということになるんだろうか。

キーパーソンの欄を見てみる。

母、中川敬子《けいこ》。

この中川敬子が警察に問い合わせたのだろう。下に電話番号も併せて書いてあった。

電話をかけてみるか？　主治医だと言って？　どうする？

タカハシユウイチと中川信也が同一人物だと仮定すると、彼女は三十三年前に何が起こったのかを知っているはずだった。ＤＮＡ鑑定は本人の私物を用いて行われたのだろう。だから、彼女と中川信也の遺伝学的な親子関係については評価されなかったのだ。

早鐘《はやがね》のように鳴る心臓を落ち着かせる。

そうだ、住所はどこだろう。関西近郊に住んでいるのなら、連絡して病院へ来てもらうことも可能かもしれない。

クリックして該当のページを開くと岐阜県岐阜市湊町《みなとまち》、と書いてあった。

気軽に来てもらうには難しい距離だ。こちらから出向くほかないか。

不審がられる可能性は高かったが、病院からの電話であることは向こうにも伝わるはずだし、救命にあたったことを告げれば信頼してくれるかもしれない。とにかく、言葉を尽くしてわかっていることを伝え、説明するしかないだろう。

カルテの私的利用か、とも考え心が痛む。だが、主治医ではあるし、彼の死亡確認を行ったのも自分だ。連絡をするのは許容されるはずだ、と思った。既に法すれすれのところには踏み込んでいる。後戻りはできない。

覚悟を決め、外線に繋ぎ、中川敬子の電話番号をコールする。三回目のコールで向こうは電話を取った。震える声でもしもし、と言いかけた時、

「はい、山川ですが」

という男の声が耳に入って、緊張が一気に冷めた。

「兵庫市民病院の武田ですが、中川敬子さんの電話番号で間違いないですか？」

「違います」

いかにも不機嫌そうな声で捨て台詞《ぜりふ》を残し、ガチャンと電話を切る音がした。

間違い電話？　逡巡《しゅんじゅん》し、可能性に思い至る。警察から電話番号を電話越しにメモするとき、おそらく事務員が書き間違えたのだ。

勤務に戻り、業務終了までひとしきり考えて、結局手紙を書くことにした。書き始めると、案外その方がいいような気がしてきた。電話をかけ、いきなり押しかけるよりも経緯はしっかり説明できるし、誠意が伝わるかもしれない。

人のいない医局で手紙をしたため、溜めていた息を吐き出した瞬間、携帯が震えながら鳴ったので、文字通り飛びあがりそうになる。知らない番号だ。

「どなたですか」

「生島蒼平です。遅い時間にすみません」

蒼平の声は硬かった。「直接お話ししたいことと、お見せしたいものがあります。明日、もしよければクリニックまで来ていただけませんか」


ゴールデンウィーク翌週の土曜の商店街は混んでいた。三度目ともなると、もはや通いなれた道だ。今日は比較的涼しいが曇天が重苦しく、梅雨《つゆ》が近いことを肌で感じる。

駅前の郵便局で中川敬子に宛てた書留を発送し、城崎と徒歩で向かう。指定された十二時半ぴったりに到着したが、蒼平はまだ診察中だった。一週間ぶりに訪れたクリニックにはもう事件直後の物々しさはなく、普段通りの姿を取り戻しているように見える。

「院長先生は今、最後の患者さまを診察なさっています」

二人を黄が出迎え、淡々と答えた。内心、また来たのか疫病神《やくびょうがみ》め、とでも思っているのかもしれない。「ただ……そうですね、山田先生が今日も来てくださっていますから。先にお会いください、と言付かっております」

案内された二番の診察室をノックして扉を開けると、カルテを前に腰かけていた女性が、飛び上がるように立ち上がって、頭を下げてきた。百七十センチはあるだろう。ひょろりとしたのっぽの女性で、癖のある黒髪をバレッタで留め、丸眼鏡をかけて、素朴な印象だった。緑川と同じ、モスグリーンのスクラブを着ている。

女性の眼鏡の下の瞳がちらりと城崎を見て丸くなり、こちらの方に目を向けて落ち着きを取り戻した。いつものことながらわかりやすい反応だ。

「山田鈴音《すずね》です。今日は生島くんから、先生方と話してほしい、と頼まれて。でも、あの……わたし、医局から派遣されてる、ただのバイトの医者で、そんな、理事長先生がお亡くなりになったからって話せるようなことはなにも。警察の方にも言いましたけど」

「わかっています。だから、いいんです。先生のような立場の方の証言を聞くことそのものに意味がありますから」

城崎の温かい声音に、山田は緊張が多少ほぐれたようだった。

「何を話せばいいんですか?」

「先生にお聞きしたいことは一点です——十一時半から一時半の間、先生はどちらにいらっしゃいましたか? また、何か見聞きしませんでしたか?」

さらに山田の表情が緩む。そんなことでいいのか、と思ったのかもしれない。

「あの日は十一時頃には診察が終わっていたんですが、最後の患者さんが、ちょっとメンタルが不安定な方で。いったん総合待合まで帰っていたようなんですが、戻ってこられて、中待合のベンチで泣きながらわたしを出待ちしていたんです。最初は少し様子を見ていたんですが、あんまり帰りそうにないので、十一時半から診察室を出て、隣に腰かけて、傾聴しながら慰《なぐさ》めていました」

「廊下で？　時間は確かですか？」

「間違いないです。パソコンに表示されていましたから。対応を終えて、診察室に戻ったのは十一時五十分でした。ここだけの話ですが、時間外に二十分もボランティアで話を聞くなんて、わたし、優しいかも、なんて思ったのを覚えています」

「患者さんも嬉しかったと思いますよ」

思わず隣から口を挟むと、山田は微笑み、眼鏡の奥の目が優しげに細くなった。

「先生がお話ししている間、廊下を誰か通りませんでしたか？」

「いえ、誰も。パーテーションの下に隙間がありますから、通れば気付いたはずです」

「その後は」

「話し終えたら荷物をまとめて、すぐに帰りました。診察室を出るとまだあの患者さんがいたので、一緒に総合待合まで行って……病院を出たのは十二時前くらいです」

完璧なアリバイだ。そうですか、と美貌《びぼう》の友人は満足げに頷く。

「先生に伺いたかったのはこれだけです。貴重な証言を、どうもありがとうございました」

「え？　これだけでいいんですか？」

「十分です」

「あの、生島京子先生を恨んでいた人なんかに心当たりはありませんか？」

せっかくなので、自分のほうでも聞いてみることにする。だが、山田は眉根を寄せた。

「うーん。正直バイトの身なんで、院内の人間関係については全然わからないんです。ただ、まぁ……不妊治療は去年保険適用範囲が拡大したとはいえ、年齢制限や回数制限もありますし、諦めきれない人も多いですから。恨まれることもあるかもしれません」

まぁ、治療以前にわたしはゴールインするところからなんですけどね、と照れくさそうに彼女は笑った。昼休みに約束がある、とのことで、もしかするとパートナーと食事にでも行くのかもしれない。

診察室を出ていく山田を見送ったところで、蒼平から三番診察室へ来るようにと連絡が入った。扉を開けると、山田と同じように蒼平も立ち上がって頭を下げてくる。今日は彼も同じスクラブに白衣姿だ。京子が非業の死を遂げたあの日と比べると多少顔色は良いが、洋風の顔に刻まれた苦悩はより増しているようにも見えた。

診察を終えた三番診察室は静まりかえっていて、引き戸の奥のスタッフ用通路にも人気はない。待たせたことを詫《わ》びる蒼平の言葉を遮《さえぎ》るように、武田は口を開いた。

「何かわかったんですか」

蒼平は目を伏せて、僅かに逡巡を見せたが、意を決するかのように、

「カルテが無くなっていたんです」

と言った。

「カルテ？」

一瞬意味がわからなかった。「どういうことですか？　ここは電子カルテですよね？」

「ええ。実は、やっと検死と母の葬儀がすんだので、昨日から母の家の整理を始めたんです。昼

休みに少しずつ」

生島家は祖父母の代まで、代々大きな呉服屋を営んでいた。娘、生島京子の大学医局退局を機に呉服屋をたたみ、跡地に生島病院を設立したのだ。

蒼平が独立して出ていった後、京子は海老江に程近い鷺洲《さぎす》にマンションの一室を購入して一人住まいをしていたそうだ。一人で住むには広すぎるような家で悠々自適の生活をしていたらしい。

「ちなみに、冷蔵庫の中身なんかは見られましたか？　食品は残されていました？」

「……ええ。チルド室に五月七日が期限の豚肉やら、総菜やら。野菜室にもしなびた野菜がたくさん入っていました。洗濯機にも乾燥したタオルが入ったままで……とても、自殺する気があったとは思えません」

絞り出すような声で蒼平は言った。そうですか、と共感を示すよりない。

「昨日は母の書斎に入って、病院関係で必要な書類を持ち出すつもりでした。あらかた確認を終えて、最後にウォークインクローゼットを開けた時、一つ開けっ放しになっている段ボール箱があることに気付きました」

「京子先生が開けた、と考えてよいのでしょうか？」

城崎が口を挟む。

「ええ。家の鍵はロッカーに入っていた母のカバンの中から見つかりましたし、合鍵を持っているのは僕だけですから、箱を開けたのは間違いなく母のはずです」

「内容は」

手招きをする蒼平に近づくと、低い声で囁《ささや》いてきた。「今からお見せするものと内容を、絶対に他言しないと約束できますか」

城崎と二人、顔を見合わせ、すぐに頷く。蒼平はほっとしたように息を吐いた。

「信じます。というより、もはや……母が殺された今となっては……先生方をおいて、他に信頼できそうな方がいないんです」

よく見ると、電子カルテを置いた診察デスクの下に一つの段ボールがあり、それを蒼平は引っ張り出した。「現物を持ってきました。これです」

目線で確認すると蒼平が頷いたので、開けてよいものと解釈して、段ボールに手をかける。封を開けるのと同時に、古い紙の匂いがした。

一九八九年、一九九〇年、一九九一年……。

段ボールの中は書類で埋め尽くされていた。丁寧に紙製のバインダーにファイリングされた、分厚い厚紙の束。紙カルテだ。藁半紙《わらばんし》や普通紙に英語と数字が印刷された束もあった。体裁は論文形式で、ところどころにボールペンで書き込みがなされている。

一九九〇年のバインダーに、吸い込まれるように目が留まった。自分の出生年だ。

心臓が裏返りそうになる。中を確認しようと『一九九〇』のバインダーに手をかけた瞬間、不自然に軽いのに気付いた。バインダーには大量に紙を挟んでいたような折り目がついているのに、中身は明らかに少なく、自分のカルテは見当たらない。よく見ると、右の論文の束もそうだ。意味ありげな空隙が段ボールの天井との間に生じている。失望を隠すのに時間を要した。

「その……カルテが一部持ち去られているように見えます。持ち去られたカルテや、資料がどこへ行ったかはわかりますか？」

「徹底的に母の家の中を探したんですが、見当たらなくて。どこかへ持ち出したとしか思えません。まず考えられるのは病院ですが、あの日、警察は院内をくまなく捜索して下さったんです。

犯人が非常口を利用した痕跡《こんせき》はないか、に始まり、身体検査はもちろん、各人のロッカーも全て開け、本棚にゴミ箱、引き出しの中。私物に怪しいものや自殺の原因になるものはないか、とね。もちろん理事長室もです。それでも、何一つ見つかりませんでした。つまり段ボールの中身——おそらく、誰かのカルテと資料——は、忽然《こつぜん》と姿を消しているんです」

またただ。また、俺の手の中から俺の過去がすり抜けていく。自失していたところ、城崎に肩を叩かれた。

「京子先生は、僕と会うにあたって、『準備するものがある』とおっしゃっていました。だから、もしかすると……無くなっているカルテは、僕のものかもしれません」

ようやくそれだけを口にすると、蒼平は頷いた。

「私もそう思いました。だからこそ、昨日、お電話を。お詫びのしようもありません」

「つまり、先生が考えてらっしゃるのはこういうことですね。京子先生はあの日紙カルテを理事長室に持ち込んだが、遺体が発見されるまでの間に、何者かが院内から持ち去った」

城崎の声は場違いなほどに冷静だった。

「ええ」

「昨日、持ち去られていることに気付いたんですよね。このことを、警察には？」

蒼平が床に目を落として口をつぐむ。

「話していないんですか？」

声も大きくなりかけたが、城崎は意に介さずに目の前で紙の束を取り上げた。指された英単語に視線が吸い込まれる。

——『Egg donation』——。

「蒼平先生。あなたが、警察に隠している理由はこれですか」

蒼平は俯《うつむ》いたままだ。

「京子先生は非配偶者間の卵子提供をなさっていたんですね？　秘密裏に。

そもそも、先生は京子先生が非配偶者間人工授精を提供していた可能性を疑っていたし、それを知って脅迫している人間が院内にいるかもしれない。そう考えていたんじゃないですか？　だからこそあの時も、五人の様子を探るように僕らに頼んだのでは。警察を頼るのではなく」

色素の薄い蒼平の顔色は、ますます白くなっていた。どうなんですか、とさらに問い詰めようとした矢先、

「申し訳ありません」

と震える声で、ようやく蒼平は口を開いた。

「このクリニックは母の技術とカリスマで大きくなったようなものなんです。母が亡くなっただけでも、痛手が大きすぎる。三月に母が診療をやめたときからそれをひしひしと感じていました。そのうえ、警察に話すことでマスコミにばれ、スキャンダルが表沙汰になって、産婦人科学会の認定が取り消されでもしたら、もう終わりです。私だけの問題じゃない。スタッフみんなの進退にも関わるし、患者さんも不安にさせてしまう。私には先生方を頼るしか」

「俺は、俺のカルテを盗まれてるんですよ？」

「申し訳ありません！」

がばりと蒼平が頭を下げるのを見ながら、徐々に憤《いきどお》りの方向が犯人へ向かうのを感じた。そうだ、蒼平が悪いのではない。過去を隠蔽《いんぺい》しようとしているのは好ましいことではないにせよ、結局のところ、京子を殺害し、カルテを盗んだ犯人が一番悪いのだ。

「……顔を上げてください先生。話して下さって、ありがとうございます。僕らは約束を守ります。警察に話すかどうかは、先生にお任せしますから」

蒼平は恐る恐る顔を上げた。こちらの表情を探っているようでもある。

「ざっと見ただけですが、ここにあるのは、八〇年代後半から九〇年代前半にかけての非配偶者間人工授精関連の資料とカルテですね」

間断なく資料とカルテを確認していた城崎が言う。蒼平は言葉を継いだ。

「母は、先生がおっしゃる通り、姉妹間の卵子提供による体外受精や、密かに設立した匿名の精子バンクによる不妊治療を提供していたようなのです。調べた限り、一九九三年の春に父が亡くなってからはやめているのですが」

「このことを知っている人物に心当たりは」

言いながら、はっと気付く。「赤坂さんですか」

「……父のような存在です。それに、知っていたなら今になって、というのも解せない。でも、信じきることもできなくて。それが辛いんです」

「京子先生が脅迫されていた、という証拠はあるんですか」

これを見てください、と蒼平は懐から通帳を取り出した。表面に生島京子、と印字されている。中を確認すると、すぐに目に留まる項目があった。

三月十二日、二十万円出金。三月二十四日、二十万円出金。四月一日、二十万円出金。

まとまった出金は四月一日で終了している。

四月頭に何があったのか、とはたと考えて思い出すことがあった。そうだ、死んだタカハシユウイチ——いや、中川信也か？——が最後にリプロクリニックを訪れたのは、四月の初めだったはずだ。何か関係があるのだろうか？

「この現金が、脅迫者の懐に入った。そう、先生は考えておられるんですね？」

城崎の問いに、蒼平はええ、と小さな声で肯定した。

「葬式で初めて聞いた話なんですが、どうやら三月の終わりに、母は旧友の弁護士に電話していたらしいんです。どうも、脅迫罪の適用とか、そういうことを聞いていたようでね。彼も心配して、『俺で良ければ相談に乗る』と伝えたら、『わたしでなんともならんかったら、また頼むかも』と母は返して、そこから連絡はなかったと」

「今はどうなんですか？　盗まれたカルテをネタに先生が脅されている、なんてことは」

「一切ありません。ほとぼりが冷めるのを待っているのかもしれませんが」

そうですか、と考え込み始めた城崎に代わって口を開いた。

「僕が探している、タカハシユウイチも四月頃にここを訪れているはずです。もしかしたら関連があるかも……」と言ったところで、武田はあっ、と気付いた。

「防犯カメラ！　四月の防犯カメラにタカハシユウイチが映っているかも！」

興奮を隠せず大声を出してしまったが、蒼平は悲しげに首を振った。

「私も、黄にタカハシの件を聞いて、すぐにそう思いました。母は職員ではなく、タカハシに脅されていた可能性もあるな、と。すぐに防犯カメラのデータを確認しましたが、時すでに遅し。うちの防犯カメラは、一月で容量がいっぱいになるので上書きしてしまうんです。四月上旬のデータはすっかりおじゃんでした。警察でも復元できないそうです」

京子が亡くなったのは五月六日だから、タッチの差でデータが消えてしまったのか。

「五月六日の防犯カメラのデータは見られますか？」

「ロッカーに私用のパソコンとUSBを入れているので、それを使えば。持ってきますね」

蒼平は足早に職員用の通路から出ていった。束の間、診察室に城崎と二人取り残される。ずっと段ボールを漁《あさ》っていた友人は蒼平の姿が見えなくなるなり、紙の束を振った。

「ひととおり確認したけど、武田君のカルテはなさそうだ。凍結融解胚盤胞移植についての資料も。もちろん、非配偶者間のものなんて、全くないね。あるのは姉妹間卵子移植と、精子バンクについての資料ばかりだ」

「中川信也のカルテは？　タカハシユウイチのものは？」

城崎が静かに首を振る。

「俺の出生の秘密が、資料ごと消えてもた、ちゅうことか。人のカルテなんて盗んで、何がしたいんやそいつは。腹立つな」

思わず眉間に皺《しわ》を寄せると、城崎に肩をぽんぽんと叩かれた。

「焦らなくていい。数週間前と比べて、事態は遙かに進展してる。君の出生も明らかになりつつある――望む結論になるかはともかくとして」

「せやな」

短く答えながら、空恐ろしくなる。――この列車は、どこへ向かっているのだろう？

一つ一つ自分でもカルテをあらためていると、蒼平が戻ってきて、使い込んだレッツノートを机に置き、立ち上げ始めた。程なくして、ディスプレイに映像が浮かび上がる。

「お待たせしました。いつの分を見ますか」

「京子先生が来られる八時二十分ごろから、ざっと流していきましょう」

全く気付かなかったが、カメラは入り口の自動ドア付近に備え付けられていたらしい。高い視点から比較的広角に行きかう人々の姿をおさめていた。自動ドアを出たところから、向かいの『マゼンタ』の軒先まで映りこんでいる。

「止めてください」

手振りで城崎が静止する。画面には、女性二人の姿が映しだされていた。茶髪のショートカットの女性と、黒髪のお団子の女性。二人ともマスク姿だったが、すぐにだれかわかった。生島京子と、金山だ。

金山の陰に隠れて見えにくいが、生島京子は確かにハンドバッグと別に、茶色の紙袋を左手に提げていた。画像を再生すると、二人は慣れた様子で挨拶を交わしながら院内へと消えていった。一見、変わった様子はない。

——これが、生島京子か。

遺伝学的な母かもしれない人物。防犯カメラの小さい映像だが、初めて生きて動いている彼女を目にして、胸に込み上げるものがあった。まさか、数時間後に自分が殺されるだなんて、夢にも思っていなかっただろう。会って話したかった。つくづく犯人が憎い。

横を向いて熱くなった目頭を袖口《そでぐち》で拭っていたところ、

「これは先生ですね」

というあまりにも平常運転な友人の一言で我に返った。そうだ、今は犯人探しだ。

画面表示は十一時二十分。タクシーがクリニックの前に停車し、蒼平が乗り込むところが映っていた。日本人離れしたシルエットはすぐにそれとわかる。

次いで十一時四十三分。赤坂が登場した。これも、クリニックから出てくる短髪白髪の男性なんて一人だから目立っている。頭を掻きながらドアを出て、そのまま向かいの『マゼンタ』へ吸い込まれていった。十二時ちょうどに山田が出てくる。

　黒田、十二時十五分。金山、十二時半。緑川、十二時四十五分。全員、ほぼ証言通りの時間に病院を出ている。

　緑川が病院を出たのを最後に、いったん画面から動きが消えた。患者も全員帰ったものらしい。次にクリニックを訪れるのは……。

「俺たちや」

　一時五十五分。覚えのある格好の二人組が、院内に入っていった。

二時十五分、黒田が院内に入るのとほぼ同時に、血相を変えた二人組がクリニックから飛び出してくる。あの、窓を確かめに行ったときだ。直後に緑川が院内に入り、我々が院内へ戻った少し後に『マゼンタ』から赤坂が出てきて、そのまま入り口へ消えていった。

二時三十五分に蒼平がタクシーから降りて院内に駆け込み、すぐ後に金山が続く。金山が入ってから少し経つと、女性――おそらく、黄が連絡したという八木だろう――が戻ってきて、時間が来ても開かない病院に困惑した患者を、他の職員らと共に病院前でなだめ始めた。院内に入っていった人物は金山が最後だ。

　思考を整理するために、取ったばかりのメモに目を落とした。

緑川……十二時四十五分退出　二時十六分　戻る
黒田……十二時十五分　退出　二時十五分　戻る
金山……十二時半　　　退出　二時三十七分　戻る
蒼平……十一時二十分　退出　二時三十五分　戻る

赤坂……十一時四十三分退出　　二時二十分　　戻る
黄　……外出せず

だが、時間の羅列と睨《にら》めっこしても、何も浮かんでこない。灰色の脳細胞には恵まれなかったようだ。

「そうや。誰も、あの紙袋を持ち出してはなかったな。蒼平先生、警察は院内を探したんですよね?」

「ええ。紙袋もやはり、発見されていません。どこにでもあるようなものなので、警察はさして重要視していないみたいですが」

渋い表情で頷く蒼平を見て、城崎が口を開く。

「誰も持ち出していないように見えるのも、中身がカルテなら納得できます。皆さんA4なら入るサイズのカバンを提げてますから、紙袋を畳んで、カルテと一緒にカバンに入れて持ち出せたはずです。ただ……」

「ただ?」

「それ以上に、解せない点が多いですね」

そう言ったっきり、彼は腕を組んで何事か考えていたが、突然「四月十六日夜の皆さんの動向はわかりますか」と水を向けた。第一の事件のアリバイ確認か。

「四月十六日?」と蒼平は鳩が豆鉄砲を食ったような顔をしたが、ぱらぱらと手帳をめくり、あった、と小さく呟《つぶや》いた。

「その日私は、『ホテルグランド甲子園』で行われた研究会に午後十時半くらいまで出席していましたよ」

　さりげなく投下された情報に驚く。

『ホテルグランド甲子園』？　鳴宮浜から、目と鼻の先の距離じゃないか。車で十分もあれば着くはずだ。城崎よりも思わず身を乗り出してしまった。

「その研究会、もしかして京子先生も出席されていましたか？」

「ええ。母は最初の講演部分だけは出席していて、後半の会食に入る前に帰りましたけど」

「それは何時ごろですか」

「えーっと、確か……九時半くらいですね」

「ちなみに、交通手段は何を」

「どうしたんですか、急に。私も母も、車で行きましたよ」

となると、四月十六日に関しては、二人ともアリバイはない、ということになるわけだ。

「他の方のアリバイも良かったら、確認していただけませんか？　後日でいいので」

　怪訝《けげん》そうだった蒼平も、城崎が理由を話すとわかりました、と承知してくれた。

「警察の捜査の具合は、どんな感じなんですか？　メールはどうだったんです？」

　あらかたやることを終えたので、帰り際に質問してみると、蒼平は肩をすくめてため息をついた。その仕草がいかにも海外ドラマの役者風で似合っている。

「なかなか進展はないですね。母のパソコンも押収されたっきりで、詳しい情報はさっぱり入ってきません。福山さんは自殺として決着させたがっているようですが」

「何かそうできない要因でも？」

「指紋が見当たらないんだそうです」

「指紋?」

思わず聞き返す。それがどういう問題になるのだろう?

「理事長室のデスクもドアノブも、一度綺麗に拭われた形跡があって、母自身の指紋が全く検出されないんだとか」

「……つまり、何者かが痕跡を消すために指紋を拭い去ったがゆえに、京子先生の指紋まで消えてしまった。その可能性が高い、ということですか」

ええ、と蒼平は短く答える。福山も決して無能な刑事、というわけではないのだ。捜査に進展があることを祈りながら、二人でクリニックを後にした。


DNA鑑定の結果は、五月十七日の水曜日には届く予定だった。Xデーが近づくにつれ、不安と焦燥というのか、わけもなく胸をかきむしりたくなるような心持ちが徐々に深まっていった。

——返ってくる。ついに答えが出てしまう。

「センセ、今日、酷い顔しとるよ。寝られへんかったんちゃう、ちょっと休んどき」

五月十七日。まだ午前中だというのに、隙あらば携帯を盗み見てため息をつき、頭を抱えている様子を見かねたのか、小宮山に声をかけられた。ありがとう、と礼を言いながらまたメールボックスを盗み見る。——まだ来ていない。

こんな調子だと医療事故を起こしそうだ、という懸念もあったので、レジデントにいったんは初療を任せて、大人しく小宮山の助言に従うことにした。医局に一人向かい、自分の席につく。

ポケットからスマートフォンを取り出した瞬間、取り落としそうになった。

通知が来ている。メール、一通。発信元、Aコーポレーション。

返ってきた。待ち望んでいた答えが、今、手の中にある。

口から心臓が飛び出そうだ。何度も深呼吸をしてから、震える手でメールを開いた。


一つ目。

武田航と、生島京子の親子鑑定。

結果……ＤＮＡは約五〇パーセント一致。母子と判断します。

二つ目。

武田航と、武田美由紀の親子鑑定。

結果……ＤＮＡは一致せず。血縁関係はないものと判断します。

三つ目。

武田航と、タカハシユウイチの血縁関係。

結果……ＤＮＡは百パーセント一致。一卵性双生児であると判断します。


本当に呆然とした時は、涙の一滴も出ないらしい。無意識に目の下にやっていた手は、濡れてはいなかった。

城崎が正しかったのか。全て。

――会えてよかった。

不意に、母、美由紀の最後の言葉が脳裏に蘇った。

――自慢の息子や。大好きやで……。

あの時、母はどういう気持ちだったのだろう。死を目の前にして、秘密を墓場まで持っていくことを選んだのか。幸せな人生だったと、感謝だけを口にして。

——かんじんなことは、目に見えないんだよ。

そうだ……かんじんなことは、確かに、家族の中に繋がりと愛情が存在していたということ。そうじゃないか？　血縁はなかったのかもしれない。でも、母さんは、父さんは、確かに俺を愛してくれていた。だから、最後に、それだけを伝えたんじゃないか？　今日まで何度もそう思い直して、向き合う勇気を出したんじゃないか。そうだろ？

しっかりしろ。負けるな、俺。爪の痕が残るほどに拳を握りしめながら、ゆっくりと呼吸を整える。震えは徐々に収まり、周囲の喧噪《けんそう》も耳に入るようになってきた。

生島京子が遺伝学上の母であり、キュウキュウ十二にして中川信也が自分と双生児であることはもはや疑いようのない、厳然たる事実だった。

衝撃からある程度立ち直ったところで救命センターに帰る。小宮山含め、何人かに心配されたが愛想笑いで誤魔化して、表向き通常営業に戻った。手を動かしている方が、一人でいるよりも落ち着く、というのもある。

日勤帯が終わりかけたところでもう一通、メールが届いた。——蒼平からだ。四月十六日の動向がわかったという。

確認したが、結果は芳しいものではなかった。誰のアリバイも成立しなかったのだ。

金山、黒田、黄の三人は全員独身の単身世帯だ。金山は芦屋、黒田は大淀南《おおよどみなみ》、黄はなんと、鳴宮浜近郊に住んでいた。三人とも特に誰に会う用事もないので家にいた、と証言したらしい。赤坂は妻と二人暮らしだが、妻は午後十時くらいまで友人と会食していたそうだ。大阪の野田《のだ》在住なので、鳴宮浜までは電車を使っても四十分といったところか。犯行は可能だろう。一番距離的に近いのは黄だが、だから犯人、というのはあまりに短絡的だ。

「城崎に言うしかないか」

独り言に通りがかった看護師が一瞬振り返ったが、目が合ったので気まずそうに去っていった。あの風変わりな友人に頼りっぱなしなのも気が引けるが、あいにく、自分一人で解決できるほどのセンスを持ち合わせてはいないのだ。

日勤帯が終わり、当直の救急医に引き継ぐなり、城崎のＰＨＳに電話をかける。出たのは消化器内科外来のクラークだった。

――城崎先生は今、外来で最後の患者さまとご家族さまに、病状説明をなさっています。

そう言うので、消化器内科外来まで出向くことにした。

五時過ぎの総合病院は昼間の喧噪も消えて、がらんとしている。救命センターは半地下の一階、消化器内科外来は二階にあった。外来が殆《ほとん》ど終了しているので、電気も絞ってある。薄暗い病院の廊下を、窓から差す西日が染め、まるで赤い海の底のようだった。

城崎の外来の前のベンチに目をやる。誰もいないだろう、と思っていたが一人ぽつんと座っている人物がいた。誰だろう、と近づいてすぐ思い出した。

「あ、武田先生。お疲れ様です。先日はありがとうございました」

律儀に立ち上がって頭を下げる少女めいた人物。あの時一緒に止血に挑んだ、女医の立花だ。

こちらこそどうも、と会釈し、並んでベンチに腰掛ける。

「先生も、城崎に用事なんか？」

「そうなんです。一緒に診《み》ている患者さんのことで、ちょっと相談したいことがあって」

照れたように立花は言い、

「でも、ぜんぜん急がないので。お急ぎの用事でしたら、先にお話しください」

と気遣ってくれた。

「俺こそ急がへん用事やし、長引くと思うから。先生が先に相談してくれたらええよ」

武田が応じると、すみません、じゃあお先に、としきりに立花は頭を下げた。

いい子だなぁ、と思う。自分が先に待っていたのに。

「武田先生って、もともと城崎先生とお知り合いなんですか？」

少しだけ流れた沈黙を先に破ったのは立花だった。

「せやで。中学の同級生なんや」

「ええっ！　知らなかった。そうなんですか」

立花が目を丸くした。

「先生こそ、なんでそう思ったんや？」

「すみません、この間、先生がたが一緒に食堂で食事されてた、って友達が」

城崎のビジュアルは目立つから、そういう話になるのもまぁ頷けた。人気者もなかなか大変そうだ。

「城崎先生って、中学生の時はどんな感じだったんですか」

「まぁ、なんも変わってへん。あいつは俺の知る限りずーっとあんな感じや」

「なんか想像できます」

楽しそうに彼女は笑った。その表情を見て、逆に心配になる。

大丈夫か。あいつだけはマジでやめとけ。惚れたら惚れた分だけ損するぞ。なんせ、城崎は与えても返ってくるだけの感情を持ちえないのだから。

そこで、お節介ながら少しだけジャブを打っておくことにした。

「先生にええこと教えたろ」

「何ですか？」

「城崎、すごく優しそうに見えるやろ？」

「はい。いつも優しく教えてくれます」

「それ、優しいふりしてるだけかもしれへんで」

あえて意地悪く言ってみる。立花はちょっと驚くかな、と思ったのだが、反応は予想外のものだった。

立花はまた、朗らかに笑った。

「城崎先生みたいなことをおっしゃるんですね」

俄《にわか》には信じられなかった。

「あいつがそんなことを君に言うたんか？」

そうですよ、と彼女はさらりと肯定する。

「わたしが研修医だった頃、なかなか病棟の看護師さんとうまくいかない時期があって。すごく悩んで、城崎先生に相談したんです」

病棟における初期研修医のポジショニング、というものはとかく難しい。一年目の研修医はまだまだひよっこだ。やる気がある研修医であるほど勉強をするし、知識も豊富なのだけれど、知識と手先の技術や社会人としての病院での立ち振る舞いの上手さは相関しない。だから、結局「なんにもわかりません、全部教えてください」みたいなタイプの研修医の方が可愛がられるし、周囲にも警戒されにくかったりする。

立花は武田の目にはどう見てもいい子なのだが、なまじっか真面目で勉強するタイプの方が、看護師のプライドを逆なでするケースもあるかもしれなかった。

『優しい先生』と評判で看護師に絶大な人気を誇る城崎に、人間関係のコツを聞こうとしたのだと立花は言う。

「そしたらね、城崎先生がこうおっしゃったんです」

「なんて言うたんや」

「『僕は優しいんじゃなくて、優しいふりをしてるだけなんだ。人に「優しい人間」って評価をしてもらうのは、意外と簡単だよ』って」

——人はみんな、「自分がやってほしかったこと」や「かけて欲しかった言葉」を適切なタイミングで提供する人間を「優しい」と評価する。だから「優しい人」と、「都合のいい人」は紙一重だ。そこで、「都合がいい人」にならないように、自分の意見や曲げない部分を普段、適切なタイミングで適度にアピールして、相手に完全に舐めさせないようにしておく。そこさえ守っておけば、あとは洞察力さえあればいくらでも「優しい」って評価はしてもらえるよ。

「完全に打算やないか」

いかにも城崎らしい。でも、城崎の本性を知っている武田にならともかく、立花相手に城崎が手の内を明かしていた、というのはかなり意外だった。

「普通、そう思いますよね。でも、わたし、その時思ったんです。『相手のやってほしいこと』や、『かけてほしい言葉』を洞察力で探り当てて、それを相手に伝えてあげられる人、ってやっぱり、優しい人なんじゃないかな、って。だって、そんなに真剣に、相手のことを考えてあげられる人って、なかなかいないじゃないですか」

立花は微笑む。マスクの上の瞳は優しげで、はっとするほど魅力的に見えた。

「それは、城崎にも言うたんか？」

「はい」

「そしたら、なんて言ってた？」

「城崎先生はちょっと驚かれて。その後、優しいね、っておっしゃいました」

立花は言う。

「だからわたし、城崎先生は優しい人なんだな、って思ってるんです」

彼女はもう一度微笑んで、話を締めくくった。

締めくくるとすぐに扉が開いて、患者と患者家族が診察室から出てきたので、立花は軽く武田に頭を下げると、入れ替わりに診察室に吸い込まれていった。

立花には、俺には見えていない城崎が見えているんだろうな、と思う。彼女なら、洞察で感情を模倣《もほう》する城崎の理解者たりうるのかもしれない、と思うのは考えすぎなんだろうか。

立花みたいな子と一緒になれば、城崎も、ある意味孤独ではなくなるんじゃないか……と思いかけて、城崎が孤独を感じることはきっとないのだろう、ということに気付いた。寂しい、と一瞬思ったとしても、次の瞬間にはその感情を忘れるのだから。

彼を包む世界の凪《なぎ》は、常人には底知れなくて恐ろしい。

ぼんやりそんなことを考えていると、おそらく駆け足で相談を終わらせてくれた立花が扉から出てきた。ぴょこりと頭を下げて、小動物のように軽々と病棟へと走っていく。

彼女が視界から消えるのを待って、武田は診察室へと足を踏み入れた。

六畳ほどの区画されたブースの中にいるのは城崎だけだった。看護師と、クラークには先に帰ってもらったよ、と先回りして彼は言う。言いながら、外来に備え付けられた冷蔵庫から紙パックのアイスコーヒーを取り出し、製氷機から氷を入れて、紙コップに二人分注いでくれた。手に取ると紙越しにひんやりとした氷の感触が伝わってくる。

さも当然のように次々とガムシロップの蓋を開け、リズミカルに五つ分のシロップを自分のコーヒーに回しかけながら、城崎はこちらに真剣な眼光を向けた。

「何かわかったんだね」

彼に伝えるつもりで来たというのに、いざとなるとすぐには言葉が出てこなかった。ブラックコーヒーで意味もなく少し喉を潤し、長いため息をついて、ようやく口を開く。

「……DNA鑑定の結果が返ってきた。お前の言った通りやったわ」

そうか、とだけ城崎は言った。短い反応が今は有難い。変に同情されたら、余計に辛かっただろう。勧められた患者用の椅子に、無言で腰を下ろした。

できるだけ冷静を装いつつ、二通のメールを見せながら、ぽつぽつと話す。話し終えた頃には、窓から望む西の空は暗くなっていた。もう一度紙コップを手に取り、氷が溶けてしまっていることに気付く。

「悪いな。すっかり溶けて、コーヒーが薄くなってしもた」

何気なくそう言ったとき、はっきり城崎の顔色が変わった。

「今、武田君、何て言った?」

「へ?　すっかり溶けて、薄くなったって……」

城崎はコーヒーの液面を凝視している。視線の先にあるのは、既に消えた氷なのか。

「なんや?　どうしたんや?」

城崎はすぐに答えることはしなかった。

代わりに、しばらく瞼《まぶた》を閉じて何か考えていたが、頷くとゆっくり口を開いた。

「僕は、やっと、重大なことを思い出したかもしれない」

「ほんまか？　なんや、それは？」

思わず前のめりになる。「トリックに氷が使われてるんか？　そうなんか？」

「……いや、氷は無関係だ」

「じゃあ、なんや？　なんに気付いたんや？」

城崎は曖昧《あいまい》に微笑んではぐらかしていたが、最後根負けしたように、

「左右対称だったんだ」

とだけ言った。謎めいた言葉に、何度も詳しく教えるように頼んだが、城崎は「君も僕と同じものを見ているはずだ」と呟いたきり、それ以上は決して話さなかった。

「僕の思い出したことは、この事件を解く大きな鍵だ。全体像はほぼ見えたと思う。でも、まだピースが足りないから、現時点で話せることは何もない。欠けているピースはおそらく、あと一つ」

城崎が穏やかに、そして厳然と宣言した。

「あと一つのピース、か……」

「それが何かはまだわからないけど、鍵を握っている人物ははっきりしてる」

「中川敬子か」

「正解」

武田は腕を組んだ。そう。一連の事件の中心人物、中川信也の母親であり、凍結融解胚盤胞移

植の詳細について知っているであろう女性。中川信也とは、どういう人物だったのか。なぜ、大阪にやってきたのか。

書留が相手に届いていることは確認していたが、今のところ一切の音沙汰がない。

「レスポンスを祈るしかないね」

城崎が長い指を祈るように組んでみせた、その瞬間だった。

机の上に置いた携帯電話が、震えながら鳴った。

「知らん番号や」

城崎の黒に近い、ダークグレーの瞳が覗き込んできて、覚悟が定まった。動悸《どうき》をこらえて、通話ボタンを押す。城崎にも聞こえるよう、スピーカーホンにした。

「どちらさまでしょうか」

「……中川敬子と申します。武田さん、いえ、武田先生でいらっしゃいますか」

思わず城崎と顔を見合わせる。

彼女が、中川敬子か。消えるようなか細い声の女だった。

「折り返しありがとうございます。兵庫市民病院の武田と申します。手紙を読んで頂けたのでしょうか」

「……ええ。悩んだのですが、やはりご連絡差し上げるべきだ、と思いまして」

型通りお悔やみを述べ、無難な会話を挟んだ後、本題に入ることにした。

「込み入った話になりますので、できれば直接お会いできないか、と考えております。いつか、ご都合のつく日はないですか?」

「そうですね、日曜なら、パートはお休みです」

遠いところ、ご足労かけて申し訳ありません、と繰り返す中川敬子と約束の日時を決め、武田は電話を切った。二十一日、十一時、中川敬子の自宅で。

横を見ると、城崎は腕を組んでいた。

「日曜か。僕も行けたらいいんだけど。五時まで内科日直だから動けないな」

「ええよ。むしろ、ここまでずっと手伝ってくれて、ほんまにありがたいと思ってるんや。日曜は俺だけで行ってくる」

そう言うと、友人は整った顔をしかめ、気をつけて、とだけ答えた。


五月二十一日は良く晴れた。抜けるような青空に、暑くも寒くもない心地よい風。ピクニックに出かけて、芝生の上にでも寝転びたくなるような最高の陽気だ。五月晴れ、というのはこんな天気を指すのだろう。

こういう時何を着ていくべきかわからなくて、でも流石に喪服で行くのは憚《はばか》られたので、黒いシャツにダークグレーのジャケットを羽織り、色の濃いスラックスを合わせて無難にまとめることにした。

「鯛《たい》焼き、頭と尻尾、どっちから食べる派?」

ガレージに見送りに来た絵里香が不意に口を開いた。今日はゆったりとした白レースのマタニティワンピースに、同じ色のカーディガンを羽織っている。

「俺は尻尾」

「わたしも尻尾派。やっぱり気が合うね」

「どうしたんやいきなり」

「岐阜といえば鮎《あゆ》菓子でしょ。では、尻尾から食べる派の先生、お土産期待しております」

絵里香が悪戯《いたずら》っぽく笑う。妊娠二十二週に入った腹部は最近ますます前にせり出してきて、いかにも重そうだ。岐阜へは学会で行く、ということにしてある。

行ってらっしゃい、と手を振る絵里香の頰にキスすると、武田はプリウスの運転席に腰を据えて、シートベルトを締めた。開いていくシャッターから徐々に差し込む日光が眩《まぶ》しい。——さぁ、岐阜までドライブだ。

あの瓜二つの遺体を見てからというもの、信じていた世界が揺らいで、自分の中の大事なピースが欠けてしまったような気がしていた。

DNA鑑定の結果はショックではあったが、落ち着いてみると、妙なことに、欠落の一部が埋まったような安心感すらあった。生物としてのルーツは自己を構成する極めて重要な因子なんだ、と改めて思う。

結果を知って初めて、やっともう一度アルバムを開くことができた。わかってしまえば、笑えるほどに自分と両親は似ていなかった。

あの日、絵里香にバレないように夜中、母の部屋でアルバムを抱えたまま、泣きながら笑い、笑いながら泣いた。アルバムの中の親子は、どこからどう見ても幸せそうで、愛情にあふれていて、底に横たわる秘密を微塵《みじん》も感じさせなかった。

俺は今から、最後のピースを手に入れにいくのだ、と思う。岐阜に一人で向かうのは、一つのけじめでもあった。

育ててくれた両親も、生物学的な両親も、もはやこの世にはいない。だから俺は俺の手で、ピースを探しに行かなくてはならない。三十三年前に何があったのか。生島京子は、中川信也は、どんな人生を生きたのか。

それを知ることで初めて、俺は俺自身の人生をきちんと歩み直せるんじゃないか……。

思いを巡らせながら、アクセルを踏む。岐阜へ向かう高速道路は空《す》いていた。幸い、くたびれたプリウスも機嫌よく走ってくれている。少しだけ開けた窓から吹き込む風が肌に心地よかった。窓の外を移ろうのは延々と続く田畑と、アクセントを添える山々の光景で、これぞ日本の原風景、といった風情だ。

岐阜市に入ると、一気に建物が増えた。細かく道を切り替えて、長良川《ながらがわ》沿いへ向かう。指定の住所はその辺りにあるはずだ。

市内全域から見える金華山《きんかざん》に向けてしばらく走ると、麓《ふもと》に岐阜公園が見えてくる。金華山は新緑が青々として眩しく、頂きに岐阜城が悠々とそびえたっていた。少し早く着いたので、公園の近くに車を止めて、長良川沿いを歩いて目的地に向かうことにする。

散策しながら適当に時間を潰すと、ちょうど十一時に目的の民家に辿りついた。

瓦葺《かわらぶ》きの木造日本建築、四方を石塀に囲まれた、厳《いか》めしい門構えの大きな邸宅だった。門柱の石板に『中川』と彫《ほ》ってある。ここだ。門扉の隙間から奥を覗くと、灯籠《とうろう》のある庭と、左手に離れがあるのが見えた。中は想像していたよりずっと広いらしい。

長良川の上を通り抜けた風が頭上の樹木を揺らし、ざわり、と音を立てた。葉の擦《す》れる音だけが辺りに響いている。指先は冷たかった。意味もなく息を吐きかけ、震えないのを確かめてから、武田はチャイムを鳴らした。二度鳴らすと、電話で聞き覚えのある声が応対し、すぐに行きます、と告げた。

覚悟を決めて赴《おもむ》いたはずだったが、いざとなると緊張が走る。やがて奥で引き戸が開く音がした。引きずるようにスリッパを鳴らす足音が近づいてくる。

ゆっくりと開く鉄扉の向こうから姿を見せたのは、小柄な老女だった。華奢《きゃしゃ》で骨ばった体をベージュのブラウスに包み、黒いパンタロンを穿いている。黒染めしているのだろうが、染め残しと根元の白髪が目立ち、マスクの上の目尻と額には深い皺が刻まれていた。

――彼女が、中川敬子か。

あの、という形に口を開けたところで、顔を上げた老女と目が合う。途端に、老女の瞳から大粒の涙がこぼれ落ちた。

「信也……」

よく考えてみれば当然の帰結だったのかもしれない。だが、顔を覆って泣き始めた老女を見下ろしながら、同情を超えた薄寒い思いが湧き起こり、背筋が冷えるのを、どうにも止められなかった。

中川信也は、俺と同じＤＮＡを持つ何者かは、確かにこの家で生きていたのだ。

膝の力が抜けてくずおれそうな中川敬子を支えるようにして、なんとか家の上がり框《かまち》までたどり着き、二人で腰を下ろした。古い日本建築らしく、上がり框は高さがある。

引き戸から中に入った瞬間、畳と線香の匂いがした。

「……取り乱して、失礼いたしました。武田先生、遠いところをよぉおみえになりました。遠慮なくおあがり下さい」

弔意《ちょうい》を伝え、持参した線香と心ばかりの香典を渡すと、中川敬子は地面につくか、と思われるほどに深々と頭を下げた。

「お心遣い、痛み入ります。どうぞ、参ってやってください」

玄関を入ってすぐ左のふすまを中川敬子が開けると、線香の匂いがますます強くなった。奥に客間があり、深い光沢のある和机の周囲に、来客用の座布団が四つ敷かれている。日本家屋らしく、和室のぐるりを廊下が取り囲んでおり、ガラス格子の向こうに、灯籠のある広い和風庭園と、ぽつんと遠くに立つ離れが見えた。

仏間は客間のさらに一つ奥にあった。格調高く、繊細《せんさい》に彫刻《ちょうこく》された黒檀の仏壇が据えられている。頭を下げて鴨居をくぐり、客間を通り抜けて仏壇に近づくと、否が応でも真新しい位牌《いはい》と、遺影が目に入った。

中川信也の遺影。

俺と同じ顔だ。

どくん、どくん、と心臓が跳ねる。耳の奥で血液が流れる音がざぁざぁと煩《うるさ》い。

衝動的に一度目を逸らし、もう一度遺影を見なおして、その異様に気付いた。

明らかに遺影がぼやけている。しかも若い。よく見ると学生服を着ているし、隣には誰かの肩が写っているから、集合写真を切り抜いて、引き伸ばしたものだろう。遺影に写る彼は、まるで世界の全てを敵に回したかのように、じっとりとこちらを睨みつけていた。

遺影を注視していることに気付いたのか、言い訳するように早口で、中川敬子が「信也は写真が嫌いやったもんですから」と言った。

線香を供えて鈴《りん》を鳴らし、手を合わせる。拝み終えると、武田は改めて中川敬子に深々と頭を下げた。

「先生は、お西さんですか、お東さんですか」

どうやって何から切り出そうか、と考えていた矢先に沈黙を破ったのは中川敬子の方だった。

彼女も彼女で、話の接ぎ穂を考えていたらしい。

それにしても、西か東か、というのはどういうことだろう？

意味がわからず、目を瞬《しばたた》かせると、ほんの少しだけ中川敬子は顔をほころばせ、あぁ、と頷いた。

「先生は関西からみえましたもんね。わたしも、元は大阪に住んでおったんですが、岐阜が長いもんで。忘れとりました。ここらでは、挨拶みたいに聞くんです。お西さんかお東さんか、いうのは、西本願寺《ほんがんじ》か、東本願寺か、そういうことです」

へぇ、と感心する。流石関ケ原《せきがはら》に程近い、織田信長《おだのぶなが》のお膝元だ。

西か、東か、についてはわからなかったので、代わりに違うことを聞くことにした。

「大阪に住んでらっしゃったんですか」

「ええ。父の転勤に連れられて。小学生の頃の話です。海老江の辺りに住んどりました」

海老江。生島リプロクリニック、つまり生島京子の生家の近くだ。

こちらが何を考えているのか悟ったのか、中川敬子が口を開いた。

「京子とは大阪で会ったんです。小学校の同級生でした」

繋がった。やはり、中川敬子は生島京子の友人だったのだ。

どうぞ、と言って中川敬子は武田を客間に案内した。勧められるままに座布団に腰を据える。いったん離れた中川敬子は二人分の麦茶と鮎菓子を盆に入れて戻ってきた。歩き方をよく見ると、右足を軽く引きずっている。

礼を言って受け取り、麦茶で喉を潤そうとマスクを外すと、ほお、と中川敬子はため息をついた。

似とる」

「似とるねぇ」と言いながら、彼女もマスクを外し、グラスの横に置いた。「ほんとうに、よう似とる」

改めてマスクを外した彼女の姿をなぞる。生島京子の同級生、ということは同い年で、そろそろ六十九歳になるはずだ。華やかで若々しく、還暦前でも通りそうな生島京子とは対照的な外見の女性だった。

目元、口元に刻まれた深い皺、髪は薄く、染め残した白髪が実年齢より遥かに彼女を年老いて見せている。体つきは骨ばっていて弱々しい。色白でよくよく見ると顔立ちは整っていたが、あまりに生気に欠けており、老婆、という形容が相応《ふさわ》しく思えた。

「似ているでしょう」と、武田も釣られるように、ため息をつきながら言った。「僕も、初めて見た時には、本当に驚きましたから。でもそれがきっかけで、信也さんという、双子の兄の存在を知って、今日ここに来られたことを僥倖《ぎようこう》だと思っています」

中川敬子の目が見開かれ、ふたご、という形に口元が動くのを見て、慌てて言い足す。

「そうか。お伝えしていませんでしたね。先日お手紙を書いた時点ではまだわからなかったのですが、信也さんと僕のDNAが百パーセント一致して、一卵性双生児に違いない、という結果が出たんです。僕と母に血縁関係がない、とも。このことを誰かに言うつもりもないですし、責めるつもりもありません。ただ僕は知りたいんです。……三十三年前に何が起こったのか。そして……信也さんがどういう人生を過ごしてこられたのか、ということを」

三十三年の歳月を思わせる沈黙が流れた。静寂の中、外で鹿威《ししおど》しが鳴るのが響き、はっとする。ちらりと横目で庭を見やってから、中川敬子は重い口を開いた。

「……先生にお電話差し上げるか、ずいぶんと悩みました。でも、お電話する前には、覚悟を決めておったように思います。全部お話ししましょう。……本当のところ、わたしも荷を下ろして、楽になりたかったんかもわかりません。先生。これは、わたしの後悔と、懺悔《ざんげ》なんです。それでも、聞いてくれますか」

中川敬子がまっすぐにこちらを見つめてくる。見違えるように、生気を宿した眼光だった。物語る、覚悟を決めた者の。

気圧《けお》されるように息を吸って、ええ、お願いします、と応えると、一度ふうっと息を吐いて、彼女は話し始めた。


菅原《すがわら》敬子は岐阜市で産まれ、父親の転勤に伴われて小学一年生の時、大阪へ引っ越した。一九六一年のことである。小学校で出会ったのが生島京子だった。

大きな呉服屋の娘だった京子は雰囲気が華やかで、頭も群を抜いて良い。男勝りな彼女に密かに憧れる者もいるにはいたが、生まれと才に嫉妬《しっと》する者のほうが圧倒的に多かった。

——女のくせに生意気や。

そう悪ガキどもになじられても、彼女は涙を見せず、カバンを振り回したり、理路整然と言い返したりしてやり返す。たまげたもんや、あんなんやと嫁の貰い手に困るやろ、と大人まで噂の種にしているのを京子は知っていたのか。少なくとも表面上は気にしている素振りは見せていなかった。

でも、ある日敬子は見てしまったのだ。一人で帰る道すがら、ひっそりと泣いている京子の姿を。

同じ頃、敬子もまた孤独だった。岐阜弁と関西弁は共通する部分が多いが、ところどころ語尾や、節回しが異なる。異分子の気配を子供たちは敏感に感じ取った。

――田舎者や。うんこを畑にまいとるんやてぇ。

鼻を押さえて、寄るとうわぁ、と去っていく後ろ姿を見て、敬子は深く傷ついた。実際、都会に出てきて初めて見るものばかりで気後れしていたのもある。馴染めなかったのだ。泣いて帰ってくる敬子に、母は、

――大阪者は、先の戦争の時分は、食べもん分けてくれぇ言うて、泣いてすがってきよったのに、偉そうなもんやで。気にせんでええ。

と諭《さと》したものだが、敬子は戦後に産まれたし、国連にも加盟して、もはや戦後ではない、なんて教師も言っている。気にするな、と言われても子供には無理な話だった。

――京子ちゃん。一緒に帰ろ。

敬子が声をかけると、京子は涙に濡れた目をごしごしとこすって振り向き、バレたか、といった風に微笑んだ。笑顔を見て、敬子は可愛いな、と思い、そうやって一緒に手を繋いで家に帰ったその日から、二人の友誼《ゆうぎ》が結ばれたのだ。

――お父ちゃんや、お母ちゃんと違《ちご》て、あたしらは戦後生まれの戦後育ちなんや。これからは女も学問をする時代や、ってお父ちゃんも言うとる。あたし、やったるで。今、馬鹿にしてるやつらを、みーんなまとめて、見返したる。

生島京子の父は、どうやら、一人娘、京子の勉学の才能にほれ込んでいた節がある。中川敬子が京子の生家に遊びに行くと、呉服屋の奥が図書館のようになっていて、そこには京子の父が買い与えたむつかしい本が所狭しと並べられていたのを、敬子は記憶していた。

――京子ちゃんは頭ええから、きっとひとかどの人になれるよ。

——敬子ちゃんは、どんな風になりたいのん。

——わたしは、可愛いお嫁さんになって、子供いっぱい育てられたら、それでええんよ。

敬子はそう答えつつ、馬鹿にされたらどうしよう、と少し不安になったが、

——ええなぁ。敬子ちゃんは色白のべっぴんさんやから、きっとええ奥さんになる思うわ。あたしみたいな色黒のはねっ返りは、もらってくれる人無い、ってみんな言うてるもん。やから、あたしは勉強するしかないんや。

馬鹿にするどころかうっとりするように京子は答えて、朗らかに笑った。そういう屈託のないところが、敬子は好きだった。

数年経つと、なんとなく敬子も大阪になじんで、京子以外の友達も増えたが、京子が一番の親友であることは小学校の卒業まで変わらなかった。

卒業と同時に、敬子はまた父の転勤が決まり、岐阜に戻ることになった。京子は有名な私立の難関女子校に合格し、春から進学する、とのことだった。岐阜に帰る敬子を、京子は大阪駅まで見送りに来た。

——またねぇーっ！

走りながら手を振る京子の姿が小さくなっていくのを、窓を開けて手を振り返しながら敬子はいつまでも見つめていた……。

「それから先も、生島京子先生とお会いになっていたんですか」

「いいえ。最初はしょっちゅう電話していたんですが、徐々に頻度は減っていって。でも、たまの文通や、年賀状の交換は、欠かさず続けとりました」

次に中川敬子が生島京子と会ったのは、一九七〇年の大阪万博の時だった、という。高校生だった菅原敬子は、万博をきっかけに久しぶりに大阪を訪れた。

「京子さんは、O大学の医学部に進学したい、って言ってみえて……。髪型も服も都会風で華やかで。なんか、もう、別の世界の人になってまったんやなぁ、って少し寂しく思ったのを覚えてます」

生島京子が既に亡くなっていることは、中川敬子にはもう伝えてある。故人との思い出を丁寧にたぐるように、中川敬子は話し続けた。

菅原敬子は二十三歳で九つ年上の夫、中川吾郎《ごろう》と結婚して、結婚と同時に仕事を辞めた。中川吾郎は地主で、不動産業と金貸しもするやり手の金満家でもあり、玉の輿《こし》に乗った、ともっぱらの評判だった。可愛い奥さんになる、という夢をまずは叶えたわけだ。

そこから彼女の地獄が始まった。

子供はいつまで経ってもできなかった。最初は、夫も優しかった。人に何か言われても気にするな、と言ってくれた。でも、二年経ち、五年経ち、十年経っても子供はできなかった。占いやら、お参りやら、願掛けやら、できることは何でもやった。でも、一向に懐妊する様子はない。姑も嫁を石女《うまずめ》だと悪しざまに罵《ののし》るようになり、同居していた敬子の居場所はなくなっていく。

しまいには、口さがない隣人の間で、金を貸して自殺した債務者の霊が取りついているから、子供ができないのだとまことしやかに噂される始末だった。そのことを夫も知り、徐々に冷淡に敬子に当たるようになる。

「そんな無茶苦茶な」

「そう思うでしょう。でも、その時分は、そんなもんやったんです」

諦観《ていかん》の混じった微笑《びしょう》を、中川敬子は湛《たた》えていた。

「今から思えば、心労もあったんかなぁ、って思います。でも、とうとう、三十五歳の時、わたし、生理をあがってしもたんです」

早発閉経か。

様々な原因が指摘されているが、原因不明であるものも多い。妊娠するために唯一適応になる治療法が、卵子提供による体外受精、だったはずだ。

もうあかん、と絶望していたころ、ふと思い出したのが、生島京子から送られてきた、『最先端の不妊治療を行う、生島病院を開院しました』という知らせだったという。

もう、藁にもすがる、というか、無我夢中でした、と中川敬子は言う。

「嫌がる夫を説得して、何とか生島病院へ二人で行ったんです」

二人で受けた検査の結果は衝撃的なものだった。

中川敬子が早発閉経であることはうすうすわかっていたが、夫にも異常を指摘されたのだ、という。本来、一ミリリットルあたり千五百万匹以上の精子が泳いでいるべきだった夫の精液検体に発見されたのは、十匹程度の精子のみで、妊娠は難しいと診断された。

「夫はいわゆる無精子症でした。二人でどう頑張ろうが、もう子供のできようのない状態やったんです」

それを聞いたとき、中川敬子は少しだけほっとしたのだ、と言った。

「ずっとわたしのせいや、とばかり思うとりましたから……なんや、夫も悪かったんか、って」

結果を聞いた中川吾郎は強いショックを受け、酷く狼狽《ろうばい》したが、しまいには中川敬子に詫びた。辛く当たって申し訳なかった。まさか、俺に原因があるとは思っていなかった、と。

謝られたところで、全く根本的な解決には至っていなかった。子供ができないとこの地獄から抜け出すことはできない、と思い込んでいた中川敬子にとって、夫婦ともに原因がある、という診断は死刑宣告に等しい。

何とかならへんのか、京子とわたしの仲やないの、と今までの経緯を中川敬子は生島京子に切々と訴えたのだ、という。その場では生島京子はただ話を聞き、慰めるだけだったが、一日おいて、また来てほしい、と最後に告げた。

一日おいて。

意図したところが、武田にはわかる気がした。

生島京子は、診察し、話を聞いた時点で、非配偶者間体外受精による胚移植の適応患者であることがわかっていたはずだ。

ジェイムズ・サカモトと、凍結融解胚盤胞移植に足るかどうか、自分たちの卵を任せるかどうか、最終的に相談していたのに違いない。

「一日経って、わたしたちがもう一度訪れた時、京子は言いました。現在の医学では、お二人の精子と卵子を使って子どもをもうけることはできない。でも、この病院には、あるドナーの好意で提供された、子供になる直前の卵がある。それを移植すれば、遺伝子的には繋がっていなくても、血は繋がった子供を敬子さんの子供として産むことができる、って……」

話を聞いて、夫は最初反対したが、子供がいないことでずっと嫌な思いをしてきたわたしの必死の説得に根負けする形で、最終的には許可を出したのだ、と中川敬子は言った。

「移植にあたって、何か条件は伝えられませんでしたか」

「四つの約束を一生守るように、と言われました」


一つ、産まれた子供を、自分の子供として何があっても一生愛し育てること。

二つ、子供の遺伝学的な両親について詮索しないこと。

三つ、子供に、遺伝学的に両親が異なることを絶対に気付かせないこと。

四つ、生島病院でこのような手術を行ったことを、絶対他言しないこと。


武田は唾をごくりと飲みこんだ。

遺伝学的な両親を知る子供の権利が重視されるようになったのは最近のことだ。だからおそらく俺の両親も、三十三年前、同じ条件を生島京子に突き付けられたのだ、と思った。そして、両親はその約束を守り抜いた。愛してくれた。生涯をかけて。

胸が詰まり、涙がこぼれそうになったが、なんとか耐えた。ここで泣いてはいけない。中川信也はどうだったのか。何があったのか。知らなくては。

「わたしと夫は誓い、誓約書を書きました。誓いに背《そむ》いたら、五千万円を払う、という誓約書です。でも、これは、五千万円をせしめるためやなくて、そこまでしてでも約束を守ってほしい、って気持ちの表れやと、わたしは受け取りました」

凍結融解胚盤胞移植は行われた。

「発育は拍子抜けするほどに順調でした……出産のときまでは」

小柄な中川敬子には、大柄な赤子と骨盤のサイズが合わなかったらしい。

「難産の末、帝王切開でわたしは信也を産んだんです。幸い、信也は元気に生まれてきました」

「生島京子先生とは産後、お会いになられましたか？」

産まれた後に一度だけ、と中川敬子は答えた。退院した後、赤子を連れて最後の診察に赴いた中川敬子に、生島京子は、

——一回だけ、抱っこさせてくれへんかな。

と躊躇《ためら》いがちに頼んだ。頷いて、生島京子に赤子を渡すと、

——可愛いねぇ。

生島京子は嬉しそうにしばらく抱いてあやし、赤子を返した後、

——もう、会うのは今日を最後にしよう。

と提案したという。

「では、そこから京子先生にはお会いになっていないのですか」

「ええ。信也に治療について感づかれたらあかんから、って……」

言い訳するように小声で、中川敬子は言った。

そこからの三年は、人生で最も幸せな時間だった、とゆっくりと彼女は振り返った。姑は子供が産まれると、休戦協定を結んだのだ、とばかりに優しくなったし、出産を契機にホルモンバランスが変わったことが奏功したのか、徐々に月経も戻ってきた。

バブルは崩壊し、急速に経済は冷え込み始めていた。一級の嗅覚で損は避けた吾郎だったが、頭を悩ませることが多いのか、家で酒を呑む日が増えた。だが夫の呑み方は節度を保っていたし、表向き信也を可愛がっていたので、敬子はさして心配していなかった。

「そんなある日、T大学で顕微授精の治験を始めた、って夫が取引先から聞いてきてね。……夫

は、血の繋がった自分の子供を持つ夢を諦められなかったんです」

日本で初めて顕微授精（精子を顕微鏡下に卵子に受精させる、現在に続く男性不妊の治療法）に成功したのは一九九二年のことだ。負い目もあり、二人は京子には知らせずに大学に赴いて二度目の不妊治療に挑み、幸運なことに時間をさしておかず、妊娠に成功する。経過は順調です、と太鼓判を押され、前と同じ産院で出産することになった。

おめでとうございます、と言いかけて、武田は口をつぐんだ。がらん、としたこの家には死神の気配がある。嫌な予感がした。

「ご兄弟はどちらに」

「……死にました。産まれる直前に。子宮破裂で」

背筋を、冷たいもので撫でられたような気がした。

子宮破裂。

帝王切開の既往が原因となる、代表的な疾患。

胎児の死亡率は五割を超え、妊婦も数パーセントが死亡し、子宮摘出が必要になることも多い、極めて重篤な合併症だった。

一九九三年十二月一日、午後十時半。妊娠三十六週二日に陣痛は始まった。

既に眠っていた信也を義父母に任せ、吾郎の運転で二人は産院へ向かった。窓は結露で白く、カーステレオからドリカムの『未来予想図Ⅱ』が流れるのを聞きながら、敬子は滴《したた》り落ちる雫を数えて痛みを紛らわせていた。

赤信号で車が停止したとき、

――お、蹴り返しよる。

運転席から吾郎が、敬子の下腹部をつついて愉快そうに笑った。せりだした腹のなかでむに、と小さな足が動くのがわかる。元気そうで、敬子の心はほっと温かくなった。

もうすぐ会える。正真正銘の、わたしたちの赤ちゃんに。

浮かんだそんな考えに、ちらりと信也に悪いな、とも思ったが、夫婦のどちらにも似ていない、浅黒い信也を見るたびに、一抹の寂しさを覚えてきたこともまた事実だった。

弟が産まれても、分け隔てなく可愛がらな、あかんよね。

決意を新たにしながら、

――お母さんも頑張るでね。

と呼びかけて、敬子もちょん、と自分の腹を指でつついてみる。小さな手が握り返すように触れた。

その時の感触が、敬子の手に残って、今も離れない。

産院に着くと、すぐ助産師が診察し、順調ですから先生を呼びますね、と微笑んだ。

診察を終え、廊下に出ようとした時、敬子は強い腹痛と尿意のようなものを感じる。心配そうな吾郎に、陣痛やから大丈夫、と敬子は答え、本能的に腹を押さえながらトイレへ向かった。引きずるように体を進めてなんとか用を足し、立ち上がった瞬間だった。

腹の中で爆弾が破裂した。

目の前が真っ白になる。

それは、爆発としか表現できない痛みだった。陣痛を遥かに超える激痛。

痛い、痛い、痛い、痛い……。

声すら出ない。

ざぁざぁと川の水が流れるような音が耳の奥で聞こえる。ずきん、どくん、ずきん、どくん、痛い、痛い、痛い、痛い……。

真っ白だった目の前が、どんどん灰色に淀んでくる。ガン、と便器に頭をぶつけ、あ、と思う暇《いとま》もなく目の前が床になる。

自分がよろめいて倒れたのだ、と遅れて気付く。目の前が真っ暗になっていく。帳《とばり》の中に痛みだけがある。股の間に温かいものが伝う。微《かす》かに見えたのは、赤い……血？

赤ちゃんは？　赤ちゃんは大丈夫？

薄れゆく意識の中で、敬子はそれだけを思った。

——中川さん！　しっかりして！

——大丈夫か⁉

助産師と吾郎の声が、どこか遠くで響く。赤ちゃんを……という言葉は、声にならない。

——救急車を！

という言葉が聞こえたのを最後に、敬子は意識を失った。


「目が覚めて、我に返ったとき、わたしのお腹はぺちゃんとしてて、中には、子宮も、赤子も、おらんくなってました」

一人きりになった病室で、静かに敬子は泣いた。十月十日《とつきとおか》、お腹の中で育んできた、本当はその日に会えるはずだった、赤子のために。もう二度と産まれることがなくなった、夫婦の正真正銘の子供のために。

泣いている敬子に看護師や医師が寄り添うように話しかけた。

――お辛いでしょう。わかります。でも、命があっただけでも感謝しなくては。もう少しで中川さんまで死ぬところだったんです。信也君がいるじゃないですか。彼を亡くなったお子さんの分まで可愛がってあげてください。

でも、その言葉をいくら聞いても、敬子の心は癒されることはなかった。それどころか、この世のどこにも、わたしの辛さを分かってくれる人はいないのだ、と実感した。

何度も何度も敬子は自分を責めた。

わたしが、自然の摂理に反して、子供を望んだから罰が当たったんじゃないか。だから、正真正銘の、夫婦の子を失ったんだ……。

一週間が経ち、敬子は退院の日を静かに迎えた。夫は家にいるとのことで、姑と舅が車で病院まで迎えに来た。三人とも無言のまま、ただ家路を急いだ。

家の玄関は暗かった。ただいま帰りました、と声をかけても出迎える姿はなく、洋室風にしつらえたダイニングに入ると、むっとするようなアルコールの臭気が鼻を刺した。日本酒の瓶とビールの空き缶がそこらじゅうに転がっていて、目が据わった吾郎が一人、テーブルについてビールを飲み干すと、立ち尽くす敬子の前で缶を床に投げ捨てた。かぁん、と金属音が耳を貫いた。

――信也は？

はっとして敬子が聞くと、知らん、と夫は吐き捨てたが、酒瓶を片手に、

――信也ぁ？　どこにいるんや？

と探し始めた。

少年はなかなか見つからなかった。かくれんぼが好きな子だったが、何もこんな時にせずとも、

と敬子は子宮を摘出した手術痕をさすりながら苛立った。家中を探し、最後に夫婦の寝室に入ると、使用する予定だったベビーベッドが真っ先に目に映って、胸がずきりと痛む。敬子が目を逸らしながら近づいた途端に、

——ばぁ。

信也はベビーベッドの布団の下から満面に笑みを湛えて飛び出した。

恐ろしいほど二人に似ていない顔が、蛍光灯の光の下でへらへらと笑っている。

「その時」と、中川敬子は小声で呟いた。「わたしの中で、何かが切れる音がしました」

次の瞬間、ガシャーンと酒瓶が割れる音が空間をつんざいて、どごっ、と人間が落ちる重苦しい音が続いた。粉々になったガラスの上に、信也は放りだされた。心の堤防が壊れたかのように、信也の上に馬乗りになって、吾郎は平手で延々と頰を張った。

ぎゃーっ、と耳をつんざくような泣き声も、殴られ続けるほどに徐々に静かになった。敬子はその全てを見ていた。立ち尽くしたまま、夫を止めようともしなかった。

夫が殴るのをようやくやめ、立ち上がるやいなや、信也がよろよろと起きて、逃げるように敬子の足に抱きついた。ガラスで切れた血が、べとりと足に付く。夫は怒鳴った。

——こいつや。こいつのせいで、俺らの子供は死んだんや。こいつが……このガキが殺したんや。こいつさえいなければよかったんや！

敬子は、信也へ目を落とした。

——おかあさん。

少年の、腫れた瞼の下の目が潤んでいた。

——たすけて……。

信也が手を伸ばしてくる。

「わたし……怖いって思ってしまったんです。得体のしれない、何者かが、手を伸ばしてきよるような。地獄に引きずりおろして、そのまま一生引きずっていくような。可愛がっていた自分の子供のはずやのに。自分の子供と、もう、思えなくなってしまったんです」

そして、敬子は、信也の手を振り払ってしまった。


これは、俺だ。もう一人の、俺の話だ。

武田は思った。胸が痛い。抉《えぐ》られるように。まさに五〇パーセントの確率で、自分は中川信也の立場だったのだ。

信也の絶望が胸に迫った。

どうして。つい、一週間前まで、あんなに可愛がってくれたのに。お母さん。なんで。

でも、武田には中川敬子をただ責めることはできそうになかった。

また、鹿威しが鳴った。

「あそこに離れがありますでしょ」

ガラスの向こうに目をやりながら、中川敬子が庭の端を指す。

「ええ」

「あの離れ、昔はあんなちゃんとしてなかったんです。殆ど物置みたいな、小さな小屋でした。夫は信也を、そこに閉じ込めました。顔を見たくもない、言うて」

閉じ込めた後、暴風雨のようになった夫は、敵討ちや、と念仏のように繰り返しながら、ベビーベッドを叩き壊し、買い与えていたおもちゃを全てゴミに出し、絵本を燃やした。

物置の中でおかあさーん、おかあさーん、と泣き叫ぶ声から、敬子は耳を塞いだ。それどころか、買ったばかりのプラレールが入ったゴミ袋を縛るのを手伝いさえした。いつしか、敬子自身、これは死んだわが子への弔《とむら》いなのだ、と思い込むようになっていた。

吾郎は人が変わったように酒に溺れては妻子に手を上げるようになっていった。折檻《せっかん》の対象になったのは殆どが信也だったが、敬子も何度も殴られた。竹刀《しない》を持ち出して、信也ともども、延々と打ち据えられたこともあった。

酔いの中、ふと我に返ると、夫は、敬子の前ではごめんなぁ、と何度も謝って泣くのだった。

——あいつが憎い。あいつはカッコウや。どこの馬の骨とも知らん野郎が、俺らの大事な子供を殺したんや……。

カッコウのヒナは、産みつけられた巣の卵を落として壊し、別の親に自分だけを育てさせる。吾郎の目には信也が害獣に見えていたのだろう、と中川敬子は言う。

ちょっと待ってくれよ、何を言ってるんや、という言葉を武田は寸前で飲みこんだ。胸がむかむかするような嫌悪感があった。俺は、中川信也は、好きで移植されたわけじゃない。確かに、移植されていなければ俺は生まれなかったのかもしれない。それでも、俺を、信也を産むことを選んだのは親の決断だったはずだ。

決断の結果として起きた出来事は確かに不幸なことだったが、その責任を先に産まれた子供に負わせるのは、あまりに身勝手な行為じゃないか……。

いつの間にか険しい顔になっていたらしく、

「……わたし、どうかしてたんです。夫が怖かった。信也を助けようともしなかったし、その頃は……殴られても仕方ない、とさえ思っていて、信也を無視し続けました。わたしは、親の資格がない、卑怯者やったんです」

つと目を逸らした中川敬子が、皺だらけの手に目を落としながら、か細い声で言う。

客間を漂う線香の香に導かれるように、不意に、父の記憶が蘇った。

あれは、小学校に上がったばかりだったか。『おおきくなったら』という、よくある作文を書いて、家に持って帰った。読んだ母は、父が帰るなり、その作文を見せた。

『おおきくなったら　おとうさんみたいに　りっぱなおいしゃさんになりたい』

書いた言葉を記憶しているわけではないけれど、母が何度も美談のように内容を振り返っていたので、小学校一年の自分は確かにそう書いたのだろう。

――おかあさん、見せたらはずかしいわぁ。

作文を取り返そうと手を伸ばしたその時、父の顔を見て驚く。

父、浩司は泣いていた。作文に滴り落ちたのは、生まれて初めて見る父の涙だった。

――……お父さんはな。航のことが、大好きやで。仕事であんまり家におられへんけど、いつだって、何があったって、航の味方やで。

あれは……あの言葉は……父の決意表明だったのだろうか。

中川敬子がまた語り始め、束の間の回想から武田は現実に引き戻された。

家庭は崩壊していたが、プライドの高い吾郎はそれを外に見せることは拒んだ。だから、信也はあざを隠しながら、普通に幼稚園に通ったし、小学校にも通うようになった。

子供は敏感で、残酷だ。親に似ておらず、満足に食事も与えられず、殴られた痛みでふらふら歩いている信也は格好のいじめの対象になった。彼はどこまでも孤独だったのだ。

「印象に残っていることがあるんです」と、中川敬子は言った。

信也が十一になるかならないかの頃だった。ある日、担任教師から電話がかかってきた。

──信也君が、学校で飼っていたウサギを殺したかもしれない、という話があって。

と教師は声をひそめた。複数人の目撃証言があるのだと。こちらからも厳重に注意したが、親もよく言い聞かせるように、とのことだった。

案の定、話を聞いて怒り狂った吾郎は、お前の方が死ねばいいんやと、めちゃくちゃに信也を殴り倒した。それでも、信也は、

──俺はやってない。

と頑として言い張った。俺が一番シロを可愛がってたんや。俺はやってない。やったのはそいつらや。俺を嵌《は》めようとしてるんや。

信也が自分の意思をきちんと言う姿を、敬子は初めて見たような気がして、ぼんやりと、

──これはほんまに、やってへんのかもしれへんな。

と思った。でも、それだけで、思っただけで、特に庇《かば》う気はなかった。それどころか、嘘でもええから、ぱっと認めた方が殴られんで済むのにな、とさえ思った。

──お母さん。俺はやってないんや。

必死に訴えてすがるように信也がこちらを見たが、ぎろりと睨む吾郎の目が怖くて、何事もないように無視して、いつものように炊事に敬子は出ていった。すぐに後ろで、目に反省の色がない、という怒鳴り声と、竹刀で殴打する音が響いたが、敬子は聞こえないふりをした。

しかし数日が経ち、真犯人がわかった、と担任から連絡が入る。信也の言っていたことは全て正しかった。彼をいじめていたグループの一員が、罪の重さに耐えかねて、担任に自白したのだ

という。信也が可愛がっていたウサギを殺し、彼に罪を着せる、というおぞましい行為に担任は恐縮し、疑ってすみませんでした、と平身低頭して詫びた。

真相を聞いても、吾郎は、あ、そうか、と言っただけで信也に詫びようともしなかったから、敬子の方も、わざわざ何か言おうとは思わなかった。

「その頃からだと思います。徐々に信也の様子が変わっていったのは」

一度、中川敬子は麦茶を口に運び、息を入れた。

信也の瞳からは完全に子供らしさが失われた。常に何かに怒っているような、暗い目で歩くようになり、その目が気に食わないと、ますます吾郎は手を上げるようになった。

信也の身長は急速に伸び始めた。幼く、細い体形だった少年は、徐々にがっしりとして大柄になっていった。そんなある日、いじめの主犯格だった少年が、猫の死骸《しがい》を片手に、数人を引き連れて信也を出せ、と家を訪れた。

家の外に少年たちは出ていき、息を殺して、敬子は庭の中から様子を窺《うかが》った。

──うちのミケ殺したんはお前やろ！

──違う。

言い放った信也の声は、別人かと思うほど冷然としている。

嘘つけ、と少年の怒号が大きくなり、怒気が殺到した瞬間、どごっ、というこもった音に続いて、人が倒れる気配がした。

──こいつ、石で殴りよった！

悲鳴に引き続いて、やばい、やばい、という焦った声がして、わーっと少年たちが去っていくのを敬子は聞いた。

ギィ、と門扉が開き、ゆらゆらと信也は入ってきた。右手は血まみれだった。同じくらい血まみれの、拳大の石をぽい、と無造作に投げ捨てると、立ち尽くす敬子をぎろりと睨んで、少年は家の中へ消えていった。

伸びてきた背を見ながら、潮目が変わった、と敬子は思った。嵐が来る前の重だるい湿気に飲みこまれるような気分で、彼の背を見送った。

その日を境に、ぴったりと信也へのいじめは止んだのだ、と中川敬子は語った。

武田は、改めて自分の成長期のことを思い出した。武田の成長期は小学校高学年から中学生にかけて訪れた。小学校を卒業するころには百七十センチを優に超えていて、身長はクラスの一番後ろだった。

「わたしを軽蔑《けいべつ》するでしょう」

じっとこちらの目を覗き込んで、中川敬子は言った。

「全てがゆっくり壊れていくのを、わたしはなんもせんと、我が身可愛さに、じっと見てるだけやったんですから」

呟く中川敬子は年老いていて、小柄で、あまりにも弱々しく見えた。ブラウスからちらと覗く右腕に古傷があって、殴られた時に負った傷かもしれないな、と思う。はっとして、やるせない怒りはどこか行き場を失ってしまった。

「夫は昔の人間で、小柄やったんです。百六十センチくらい。怒ると怖いけど、細っこくてね。信也が小学校を卒業する時分には、もう、信也の方が明らかに体格が良かった」

中川信也はおそらく、ずっと、復讐と下剋上のチャンスを狙って生きてきたのだ。

「義父母が亡くなって、信也が中学に入学してすぐでした。いつもみたいに、学校から帰ってきた信也を、夫が物置に閉じ込めようとして。でも、その日は腕をつかんで引っ張っても、信也は夫を睨みつけるだけで、何も言わないし、動こうともしなかった。逆上した夫が頬を張り飛ばそうとした瞬間、信也はすうって、平手打ちを避けて。よろけた夫の顔を、信也は拳で殴りつけました」

鼻骨が折れる嫌な音を、中川敬子は生々しく覚えていた。

鼻血をだらだらと流して床に伏し、完全に戦闘意欲を失った吾郎を、信也は足で踏みつけ、無言で蹴り続けた。加減をする気はさらさらないようで、どごっ、ごすっ、という鈍い音が家に響き、畳に血液と吐物が飛び散った。そのうちぴくりとも動かなくなった夫を見て、死ぬかもしれないと敬子は恐怖する。

もうやめて、と叫んだ敬子に、信也は冷たく言い放った。

――こいつのことは庇うんやな。俺のことは庇ってもくれへんかったくせに。

「もう、ね。返す言葉がありませんでしたよ」

でも、それでも、少し経って、信也は夫を蹴るのを止めてくれた、と中川敬子は言う。そこでなんとか、中川吾郎は命を取り留めたのだ。

「その日を境に、うちの家の主《あるじ》は、夫やのうて、信也になったんです」

そう、静かに中川敬子は言った。

夫が病院に搬送されていったあと、信也は絞りだすように吠えた。そのまま、荒れ狂う嵐のように、夫が使っていた竹刀で、夫の大事にしていた骨董品を全て叩き壊し、読んでいた本に火を点《つ》けた。触れると毛を逆立てる猛獣のようになってしまった信也だったが、敬子に手を上げることだけはしなかった。目の前で十年前と同じように展開される惨状を、十年前と同じように、敬子はただ見ているだけだった。

　吾郎の鼻は完全には元の形に戻らなかった。歪《ゆが》んだ鼻のまま、入院していた病院から帰宅した吾郎は、十年が経ったように老け込み、小さくなっていた。その姿を見て敬子は、吾郎がいつの間にかもう五十八になっていたことに気付く。虚勢を脱いだ吾郎は、六十を前にした、酒浸りの小男だった。

　夫がいない間、荒れる信也にへつらうように、十年ぶりに母屋で食事を共にしようと敬子は準備したが、二人で食卓を囲んでも、会話は殆ど無かった。信也は、母の愛情を信じるには、あまりにも傷つきすぎていたのだ。

「必死に笑顔を作るわたしを、まるで浅ましいものを見るかのように、軽蔑しきった目で信也は見てました」

　一度壊れた心は、人と人との関係は、元の形には戻らない。どんなに望もうとも。時は人と人との関係を刻一刻と変えていく。まるで波紋のように。

　信也は、退院した吾郎に、まず閉じ込められていた物置の改装を命じた。離れとして、自分が立てこもれる砦《とりで》を作ろうとしたのだ。どこから手に入れたのか、金属バットを畳に叩きつけながら要求する信也に、逆らうすべをもはや吾郎は持っていなかった。今までやられたことをお返しするのだ、とばかりに信也は吾郎を殴打しては、金をむしりとった。

　改装が済むと、信也は離れに住まうようになり、信也の仲間たちが離れに入り浸るようになった。孤独だった信也に仲間と呼べるものができたのだ。

　彼は気付いてしまった。

　暴力で人を屈服させ、支配することができること。暴力を振るえば、それに憧れてついてくる仲間もいること。

　この彼なりの真理に辿り着いてしまったことを、誰が責められるだろうか。

　信也は暴力によって支配され、暴力によって自由を勝ち取ったのだから。

　中川敬子の話を聞きながら、武田はそんなことを思った。

「わたしはやっぱり卑怯やったんです。離れで起こっていることについては、知るのが怖くて、目をつむり続けました」

「中で何かあったんですか」

「お酒飲んだり、煙草吸うて。たぶん、カツアゲなんかも。それに……」

　中川敬子が口ごもる。「教えてください」武田は畳みかけた。

「信也は高校の時に少なくとも一人、女の子を堕胎《だたい》させています。特別支援級の子でした」

　耳を疑った。強姦《ごうかん》したのか？

「それは、その……失礼なことを聞くのですが……警察は介入しなかったんですか」

　訊いた瞬間に気付いた。そうだ。後藤は言っていた。中川信也に前科はない。死の直前まで、彼は巧妙に立ち回り続けていたのだ。けして粗暴なだけの少年ではなかった……。

「殆ど喋れないような子やったんです。やで、わたしも勿論《もちろん》疑った。でも、証拠は無いんです。だって、愛してた、つきあってた、みたいなことをヘラヘラ語られたら、こっちも、向こうの親も、もうどうしようもない。だからお互い、真実には目をつぶって信也の話に乗りました。一番、そうやと信じたい話にね」

　胸がつぶれそうだった。

「なんで、そんなむごいことを」

中川敬子は少し口ごもり、「試してたんや、と思います」と小声で言った。

「試す、って何を」

「その……夫とは違う、ってことやと思います。たぶん。下世話な話やで、恐縮ですけど、夫が種なしで、信也は浮気相手の子や、とかそんな噂もありましたから」

言葉にならなかった。でも、ね、と敬子はさらに言葉を継いだ。

「女の子の親御さんに、お金渡した後、わたし、ふと思っちゃったんです」

あの子の子宮から、信也の子供が掻き出されるのだ。自分からは失われた、子宮から。あれほど望んでもついに手に入れることができなかった、血の繋がった子供が。

「むごくて、切なくて。あっけらかんとしてる、信也のことが許せなくて、でもそうとは言えなかったし、わたしも、夫も、怒れなかった。だから、信也のこと、早く死んだらいいのに、って」

泣き笑いのような表情で、敬子は言った。

だがそんな日々も、ある日突然終わりを告げる。

田舎から、俺はもう出ていく、と言って高校を中退した信也が家を飛び出したのだ。吾郎は言われるがまま、名古屋にマンションの一室を買い与えた。

穏便に厄介払いができた格好になり、信也が出ていくと、五年ぶりに敬子は思いっきり息が吸えるように感じたし、それは吾郎のほうも全く同じだった。

金の無心の知らせが届くたびに、二人は信也の言い値を払い続けた。それが一番手っ取り早いし、顔を合わせずに済むからだ。

「彼は何かお仕事をされていたんですか」

「さぁ……。全くわかりませんが、まっとうな職についていたとは思えません」

突き放したような言い方だった。

吾郎は五年前のある日、脳梗塞で帰らぬ人となる。七十三歳だった。

幸い吾郎は会社を幹部に譲り、事業を縮小し、めぼしい土地だけ残して売り払い、借地料と保険金を利用すれば敬子が生活に困らないようにしてくれていた。中川吾郎は、本質的には勤勉でやり手の実業家だったのだ。

それからの五年間、敬子はこの家で一人生きてきた。貯金を使用するだけの生活にも不安があり、生活費の足しになれば、と数十年ぶりにパートも始めた。信也がふらっと家を訪れたのは、そんな、今年の二月のことだった。

「何をしに来たんですか」

「さぁ。はっきりとはわからないんですが、夫の株や保険の証券、持っていた土地やなんか、金になりそうな書類を漁るつもりやったようです」

亡き吾郎の部屋を荒らす信也だったが、部屋の扉をそっと閉めて、敬子はいつものように見ないふりをした。

扉が再び開いたのは夕暮れ時だった。部屋から出てきた信也の顔を見て、敬子ははっとする。沈みゆく日に背を焼かれ、顔には影が差して暗かったが、瞳は充血しているように見えた。

信也の手には一枚の紙が握られていた。その紙に敬子は目を落とし、気付く。

生島京子と交わした契約書の控えだった。

——母さん。

最後に目を合わせてから、十年以上が過ぎていた。信也は母、敬子を見た。

——……なんで、俺を産んだんや。

泣いているような顔だった。

たすけて、と訴えた、三十年前の信也の目を、瞬間中川敬子は思い出した。

問いに答えることができず、立ちすくんだ敬子を背に、中川信也はとぼとぼと歩き、玄関へと向かう。

「……わたしが生きている信也を見たのは、それが最後でした」

そう言って、中川敬子は長い話を終えた。

「……別れた後、信也さんとは連絡を取られていたんですか」

あまりに重苦しい空気に、なんとか言わなあかん、と使命感に駆られて絞りだしたのはそんな質問だった。

「信也は、だいたい二か月に一度、いついつまでにいくら振り込め、みたいな電話をかけてきていました。それが、三月に入ってもなくて。あまりにも音沙汰がないんで、四月の頭に、一度電話したんです」

「何日か、覚えていますか」

えっと……といったん思案する様子を見せ、手帳を開いて敬子は答えた。「ああ、四日です」

四日か。確か、一日に生島京子は現金を下ろしていたはずだから、最後に中川信也が京子の元に現れた直後かもしれない。

「どんな様子だったか覚えていますか？」

聞くと、中川敬子は口ごもった。「その……生島病院に、ご迷惑をおかけしてないか気になって……二か月も放置してたわたしに、そんなことを言う権利はないんでしょうけど……。ほら、信也を怒らせるのが怖くて……」

「聞いたんですね？　生島病院に行っていないか」

突っ伏さんばかりに頭を沈め、ゆっくりと彼女は頷いた。

「案の定、信也は怒って……そこからは殆ど話になりませんでした。『いつだって保身ばっかりや』とか何とか言って、肝心なことは話そうともしないんは、いつも通りです」

「……なにか気になった言葉や、様子などはありませんでした？」

このぶんじゃ、何の情報もなさそうだ、と思ったのだが、中川敬子はこめかみに指をあて、目を閉じて考える様子を見せた。

「……五分の三」

へ、と思わず聞き返す。

「今、何と」

「$\frac{3}{5}$」

もう一度、今度ははっきりと中川敬子はそう、口にした。

「何ですか、それ」

「わたしにもわかりません。でも、口論に疲れ切って、電話を切ろうとしたとき、信也は確かに『五分の三』と呟いたんです。それが、わたしが聞いた、信也の最後の言葉でした」

さっぱり意味がわからない。

「やっぱり、気になって……悩みながら、四月二十日にもう一度電話してみたんです。そしたら、何度電話しても出ないから、なんか胸騒ぎがしてね。近畿の警察のホームページもチェックしていて、信也の情報に、偶然気付いたんです。危ない橋渡ってそうでしたから……そんなこともあるんかな、って思って。嫌な予感が当たってしまいました」

「警察の捜査が打ち切られる、と聞きましたが」

「……それで、ええんです。捜査したところで、信也が戻ってくるわけやありません。……もう、疲れましたから。このまま幕引きにしてもろたほうが、ええんです」

硬い声で言い切ると、中川敬子は口をつぐんだ。

何度問いただしても、『五分の三』について思い当たる節はない、と中川敬子は繰り返し、それからは二人とも口数少なく、ぽつぽつと言葉を交わす中で時間だけが過ぎた。

結局、中川敬子には知らせなかった。

武田が、中川信也が、生島京子の遺伝子を継いでいることを。

どうして言えるだろうか？　あなたたちが苛《さいな》んだ果てに道を踏み外し、死体で発見された中川信也は、生島京子が親友だったあなたを信頼して託した、京子の遺伝学的な子供だったんですよ、と告げるのか？

そんなことをしてもこの不幸で孤独な老女がさらに不幸になるだけだと、武田にはわかっていた。彼女には確かに中川信也を壊した責任の一端があるのだろう。だが、既に彼女は報いを受けているような気がしてならなかった。

全ての話を終え、家を去ろうと上り框に座り、靴を履いていると、中川敬子がおもむろに声をかけてきた。

「先生には、お子さんはいらっしゃいますか」

一瞬、どう答えたものかわからず、逡巡した末、正直に答えることにする。

「実は妻が妊娠中で、九月に生まれる予定なんです」

「……そうですか。無事にお生まれになったら、お子さんのこと、可愛がってあげてくださいね。幸せにしてあげてください。信也の分まで」

思わず、中川敬子の顔をまじまじと見た。ガラスの引き戸からは光が差し込んでいて、彼女の額に刻みつけられた年輪に僅かな影を落としている。

「先生、わたしね。先生に会うまで、ずーっと、逃げとったんです」

「逃げるって……何から、ですか」

「責任、からです。ずっと心のどこかで、うまくいかないのは、信也が滅茶苦茶になっていくのは、自分や夫のせいやのうて、信也のせいやと思ってきたんです。信也が、どこの馬の骨ともわからん誰かの子供やからや、って。全部、遺伝子のせいやと納得させてきたんです」

中川敬子の瞳は現在ではない、どこか遠くをとらえていた。

「やけど、武田先生を見て、はっとしました。わたしは、とんでもない勘違いをしてきたんやないか。信也も、きちんと愛情を持って、約束を守って育ててやっていれば、あんなことにはなっていなかったんやないか、って……」

透明な涙が老女の頰を滑り落ちる。

「先生。またいつか、墓参りにもきてやってください。ご家族で……。先生のお顔をもう一度見られるのを……楽しみにしとりますから」

何が正解かわからないまま、直感に従った。立ち上がって敬子に近づくと、彼女は胸に取りすがって何かが決壊したかのように声を上げて泣いた。老女の白髪交じりのつむじが震えるのを、呆然とただ、武田は見下ろしていた。

家を出ると、春の陽気が全身を包んだ。遠くで鶯《うぐいす》が鳴く声がする。異世界から現実に引き戻されたようで、心なしか体も軽くなった。どす黒い情念の残滓《ざんし》は、中川敬子の家全体に沈殿し、たった数時間の滞在だったが全身を蝕《むしば》んでいた。

中川信也の、あまりに過酷な人生を思った。彼が一生残る深い傷を負わせた、物言わぬ少女のことを思った。全く同じＤＮＡを持つ、双子の片割れ。五〇パーセントの確率で運命を分けた兄。恐らく何者かに殺害され、冷たい海の中で発見されたキュウキュウ十二のことを。

苛烈な虐待の中でも、ウサギを可愛がる心を残していた少年は、いつしか、暴力でより弱いものを踏みにじるようになってしまった。

三歳の冬の日を境に、彼の周りを包んでいた愛情は蜃気楼《しんきろう》のように消滅し、後は暴力だけが残された。踏みつけるか、踏みつけられるか。少年は戦場のような日々を生き延びて、世界を信頼できないまま、暴力による二択を他者に突き付けるようになった。

強姦？　もしそうだとしたら、中川信也の犯した行為は、絶対に許されないこと、裁かれるべきことだ。だが、彼はきっと知らなかったのだ。異性と、いや人間と、親密な関係を築く方法も、性行為が培《つちか》われた愛情の先にあるものだということも……。

胸が苦しかった。今、俺が、子供だった中川信也を、ウサギを殺された中川信也を抱きしめてやりたい、とさえ思った。もしかしたらそうできれば、愛情が彼の周りにあれば、少女は傷を負うことなく、彼が海に浮かぶことはなかったんじゃないだろうか……。

可能なら連絡が欲しい旨を城崎にメールし、ひとまず近くに開いていた蕎麦《そば》屋で冷やしたぬきそばを食べる。ここらでは人気らしく、昼食には遅い時間なのに店内は満席だった。

長良川沿いの土産物屋で約束の鮎菓子を買い、川縁をゆっくりと歩いて駐車場へ向かう。歩きながら、一つ一つ情報を整理し、考えを巡らせた。

中川信也が生島京子のところを訪れたのは、誓約書の控えを見て、自分の出生の秘密に気付いたからだ。

これはまず、間違いない。あの誓約書を見て、信也といえども一時は衝撃を受けたのだろうが、彼はそこで立ち止まるような感性の持ち主ではなかった。生物学的な母に興味を抱く一方で、格好のゆすりのネタと受け止めたはずだ。

タカハシユウイチと名乗り、代理人を装って生島京子の前に現れた信也は、何度かに分けて計六十万円を京子に支払わせたんじゃないか？　きっとそうだ。一回一回が少額なのは、払う心理的なハードルを下げるためだったのだろう。

生島京子は、タカハシユウイチと名乗る男が、本当は中川信也本人であることに気付いていたはずだ。でも、あえて詮索はしなかった。

改めて生島京子の心情を想像すると、胸が痛んだ。

親友に託し、きっと幸せに暮らしているはずだと思っていた、遺伝学的な子供。会っていなかったし、自分から親子関係を明かすつもりもなかったのだろうが、心のどこかでずっと気にはしていたはずだ。彼の生い立ちを京子も聞かされたのだろうか。

親友に裏切られ、子供に罵られ、金銭を要求される。三月から四月にかけて、生島京子の様子がおかしくなっていったのは、その心理的要因が大きかったのではないか。

信也との遺伝学的な親子関係について、生島京子は答えたのだろうか？

導き出した答えは、ＹＥＳ、だった。

聞く限り、生島京子は頭が良く、自らの信じる正義や信念を貫いて進むような人物像が浮かぶ。

そんな彼女が武田に対して「知る権利がある」と言ったのだ。中川信也に対しても、それは同じだったはずだ。

中川信也を殺す動機は生島京子自身も含めて、全員にある、と考えていいだろう。どう考えても危険な人物だし、恨まれそうな人物像だと思う。脅されていたであろう生島京子と、息子の蒼平には特に強い動機があったはずだ。

でも、生島京子も殺された。

なぜだ？　中川信也は既に死んでいるというのに。

クリニックを守るための犯行なら、京子を殺す意味がわからない。中川信也殺害に絡んで、何かトラブルでもあったのだろうか。

ここまで考えた時、ふと、目の前を羽虫が横切った。考えながら歩くうちに、いつの間にか道程は進み、気付けば長良川にかかる橋の上にいた。

虫はふわふわと漂うように飛んで、橋の欄干《らんかん》にとまった。

透明で薄い羽。か細い肢体から伸びる、三本の尾。

カゲロウだ、と気付いたその時、虫は飛び立って、川の上へと降りて行った。目を凝らすと、長良川の水面の上を大量のカゲロウが乱舞している。先ほどいた一匹のカゲロウは、集団の中に紛れ、すぐにどれだかわからなくなった。

昔、理科の教師が言っていた。カゲロウは成虫になってから、数時間しか生きることはできない。その数時間の間に交尾し、水面に降りて卵を産む。そうやって、三億年も種を保存してきたんだ。カゲロウは生きた化石なんだよ……。

中川信也も、この長良川を見たのだろうか。織田信長が見たように？　武田が今、目にしているように？　綿々と続く地球の歴史から見れば、人間の命も、カゲロウのようなものなのかもしれない。遺伝子を船に載せ、命のバトンを繋いでいくという行為も。

《せつなげだね》

　ふと、そのフレーズが頭の片隅に響いた。

　どこで読んだのだろう。カゲロウの、そして命の切なさを……。

　思いを馳《は》せていると、物思いを中断させるかのように携帯電話が鳴った。城崎からだ。

「仕事中に悪いな」

「処置もさっき終わって、今はちょうど手が空《あ》いてるんだ。話す時間はある」

　城崎の声は落ち着いていた。いつも通りの柔らかい声に、話す勇気を貰う。

「実は……」

　中川敬子から聞いた話を、要点を整理しながら、城崎に伝えていった。中川信也の生い立ち。人物像。ところどころ質問を挟みながら城崎は聞いていたが、

「五分の三」

　と告げた瞬間、電話の向こうで、はっと彼が息を飲んだのがわかった。

「どうしたんや」

　あまりにも長い沈黙に耐えかねて、もう一度城崎に声をかける。

「……そうか。そうだったんだ」

「そうか、ってなんや。一人だけで納得せんといてくれ」

「全てわかった」

「え？」

「犯人も、動機も、何故この事件が起こったのかも、全部だ。最後の鍵は、分数だった。それが、全てなんだよ」

声も出せずに握りしめた電話の向こうで、

「密室の鍵は、開かれた」

城崎は静かに、そう告げた。


真相を教えてくれ、と頼んだが、城崎は、まだ確かめたいこともあるから、とはぐらかした。兵庫に入ったらもう一度連絡するから、と押し切って電話を切る。

五分の三。分数。

何度考えても、それを聞いて全て解ける、意味がわからなかった。あいつの頭の中はどうなっているんだろう。

プリウスに乗り込み、岐阜市を出発したのは四時前だった。

警察に捕まらないギリギリの最高速度で家路を急ぐ。カースピーカーから流れてきたコブクロの『桜』が懐かしくて聞き入っていると、突然曲が切れて、代わりに携帯の着信音が鳴った。

何故か、胸騒ぎがした。電話に出る。

電話の向こうはざわざわと煩かった。電車の音が近くに聞こえる。駅なのか？

「ＪＲ芦屋駅駅員の高野《たかの》と言います。武田絵里香さんのご主人で間違いないでしょうか」

背筋が凍り付いた。

「夫の航です。絵里香が、どうかしたんですか」

落ち着いて聞いてください、と高野は言った。

「――絵里香さんが、芦屋駅のホームから転落されました」

第五章　真　実

事故を起こさなかったのが、奇跡と言うほかない。

さあっ、と耳の奥で血液が落ちる音がして、眼前の光景の輝度が下がる。無意識にブレーキを踏んでいたらしく、後方で激しいクラクションの音がする。車の右側ぎりぎりをトラックが危うく通り抜ける。

絵里香。絵里香が……。

「……ついて。落ち着いてください！」

スピーカーからがなり立てる駅員の声がやっと耳に入った。「はい」

「絵里香さんは無事です！」

えっ、と瞬《まばた》きをして聞き返す。すぐ横を、また高速で走る乗用車が抜かしていったのを見て、やっと危険に気付き、慌てて退避レーンへ車を移動させた。

「線路へ落下したのは、電車がホームに到着するよりかなり前です。落ち方も悪くなかった。駅員もすぐに降りて、退避スペースに誘導しました。大きな外傷は無さそうでしたが、妊娠中、とのことで、念のために救急車で芦屋労災病院に搬送しています」

全身の力が抜ける。ギアをパーキングに入れると、思わず顔を手で覆った。良かった。

「……何故絵里香が落ちたのか、わかりますか」

何者かに落とされたのだ、と勘は告げている。

「絵里香さんは背中を押された、とおっしゃっていますし、現場を見た駅員も、誰かが突き落としたようだ、と証言しています。たまたま人の多い時間で、どんな人物が押したのか、までは全くわからないのですが」

のんびりした返事に苛立った。駅員は全く悪くないとわかっているのだが。

「絵里香は危うく死ぬところだったんですよ？　最近ＪＲ芦屋駅で何人も女性が被害にあっている、と聞いてます。絶対犯人を捕まえてください！」

「はい。その……今までは軽微なものばかりだったので、こちらとしても動きにくかったのですが。今回こそ、警察とも連携して、全力で調査にあたりたいと思います」

恐縮した体《てい》で駅員が言う。絵里香を助けてもらったことを思い出し、ばつが悪くなってごにょごにょと礼を述べると、武田は電話を切った。

切ると同時に絵里香に電話をかけたが、コール音が響くのみで繋がらなかった。まだ搬送中なのかもしれない。ひとまず、ラインにメッセージを入れておく。

一刻も早く絵里香に会いたい。お腹の子供は？　無事だろうか？

呼吸を整え、手が震えないことを確かめると、ギアをドライブに戻しゆっくりとアクセルを踏み込んだ。もう、音楽を聴く気にはなれない。

絵里香の転落は、本当に『バックル野郎』の手によるものなんだろうか？　絵里香はＳＮＳは見る専門のはずで、インフルエンサーをやっている、なんて話はついぞ聞いたこともない。とすると、転落が今回の事件と関与している可能性はないのか？

たまたま岐阜へ俺が行ったタイミング。さらに言うと、中川敬子に会って、決定的なヒントを城崎が摑《つか》んだタイミングだ。

中川敬子が、誰かと繋がっている？　まさか。

とてもそんな風には思えなかった。だが、何もかも、誰が信頼できるのかすら、もはや判然としない。

まだある。もし同一犯だとすると、どうして絵里香が狙われたんだ？　それに……何故絵里香は助かった？

既に、一連の事件で二つの死体が転がっている。妊婦をホームから突き落とすのは、本来なら密室殺人よりはるかに容易《たやす》かったはずだ。電車が到着するかなり前に落とされた、というところからも、強い殺意があったようには思えない。

となると、何のために？　俺への警告のつもりか？　この件から手を引け、という。日曜だから、クリニックは休診。六人とも動けたはずだ。

くそっ、と内心吐き捨てた瞬間、最も狙われる可能性が高い人間がいることに気付いた。

城崎だ。

繋がれ、繋がれ、と念じながら電話をかける。時刻は午後六時十分。城崎は既に日直を終えて、病院を出てしまったのだろうか。コール音は鳴りっぱなしで、一向に出る気配がなかった。ミステリードラマで何度となく繰り返されてきた、真相を知った人間が殺される場面が蘇る。

——現在、電話に出ることができません……。

「くそっ！」

今度は実際に声に出し、ハンドルを力任せに叩いた時、コールがあった。着信画面を見て胸を撫でおろす。

「城崎？　無事か？」

大げさな、と城崎は笑ってみせたが、すぐに真剣な声になった。「何かあったの」

「絵里香が芦屋駅でホームから突き落とされた」

息を飲む気配がした。

「絵里香さんは？　無事か？」

「ああ。落ちたのが電車が到着する前で、助かった。怪我も殆《ほとん》どない、っていう話や。今、俺は搬送先の芦屋労災病院に向かってる」

「良かった」

厳しい声で城崎が呟《つぶや》くように言う。スピーカーの上の車窓を、落ちかけた日に照らされた標識が飛ぶように通り過ぎていった。ちょうど、滋賀から京都に入るところだ。

「無事ならええんや。お前も狙われるかもしれんから、くれぐれも気をつけてくれ」

「……武田君」

「なんや」

「全ての真相を話すよ。ただし、今は駄目だ。直接会って話したい」

今度はこちらが息を飲む番だった。「わかった。頼む」

自宅で落ち合うことになり、芦屋労災病院を出る時に連絡を入れると約束する。

電話を切った後も動悸《どうき》はまだ、おさまらなかった。——とうとう、旅が終わるのか。


芦屋労災病院に辿り着いたのは、午後七時を少し過ぎた頃だった。

暮れなずむ空の下、外駐車場に車を停めて救急外来へ走る。朝は雲一つなかったのに、いつの間にか雲がかかり、朱から紫へ変わりゆく頭上を重苦しく圧迫していた。

時間外入り口から入ると、すぐそこが救急外来の待合で、蛍光灯に照らされた古いベンチにぽつりぽつりと患者が待っているのが見える。絵里香を探しかけたところ、ちょうど救急外来のドアが開き、ちらりと白いワンピースが覗いた。

考える前に体が動いていた。「絵里香！」

走り寄ってぎゅっと抱きしめる。周りの患者が振り返ったが、構うものか。

「もう、こんなところで、恥ずかしいったら」

絵里香は照れくさそうに笑いながら、それでも脇の下から腕を差し入れて抱き返し、ありがとう、と小声で呟いて、顔を胸にもたせかけてきた。

ゆっくりと二人でベンチまで移動する。肩を貸そうとしたが、絵里香はいらない、と断った。確かに想像していたより遥かに足取りはしっかりしていて、胸を撫でおろす。

ベンチに絵里香を座らせ、自分は床に膝をついて怪我をあらためた。白のカーディガンもレースワンピースも土で汚れ、一部破れてはいたが、怪我の程度は重くない。打撲と脛《すね》の擦過傷《さっかしょう》のみで、幸い捻挫《ねんざ》もしていなそうだ。擦過傷もよく洗浄してあるし、この程度なら破傷風の危険もないだろう。

「痛くないか？　頭は打たんかったか？」

「そりゃ、まだ痛いけど大丈夫。頭も打ってないよ」

「誰に押されたんや？　犯人は見てへんのか？　赤ちゃんのことは何か言われたか？」

傷に包帯を巻きなおしながら矢継ぎ早に質問すると、絵里香は苦笑した。

「産科の先生にも診《み》てもらったけど、赤ちゃんは無事だって。犯人は見てない。ぼーっとしてたら背中を押されて、次の瞬間にはもう落ちてたから……」

そうか、と短く答える。ちょうど包帯が巻き上がったので立ち上がって、絵里香の隣に腰を下ろした。蛍光灯は薄暗く、端にある自動販売機の発する光と、ブーン……という音が少し古びた待合に存在感を放っている。

「無事でよかった……絵里香がどうかなったら、俺、生きていかれへんわ」

普段なら気恥ずかしくて言えないような台詞《せりふ》が、思わず口をついて出た。本心だ。どれだけかけがえのない存在かを、思い知らされた気分だった。

「航くん、大げさなんだから」と言いながらも、絵里香の目は潤んでいた。「ごめんね。ほんとにごめん。心配かけて……」

「謝らんでいい。悪いのは全部、突き落としたクソ野郎や」

謝らなくていい、と言ったのに、ごめん、と繰り返して絵里香が俯《うつむ》く。犯人に怒りを覚えながらも、差し当たってできるのは絵里香の背を擦《さす》ることくらいだった。

こほん、と咳払いの音に顔を上げ、やっと目の前に男性が立っていることに気付いた。青いスクラブに身を包んだ、眼鏡の若い男。

「到着されたご家族様でしょうか？　検査結果が全て揃いましたので、ご一緒に外来にお入りください」

救急当直の専攻医だろうか、と思いながら慌てて立ち上がり、絵里香を伴って、どうぞこちらへ、と案内する彼の後に続く。

「下肢に擦過傷はありますが、腹部は打っていない、とおっしゃっていて。落ちながら、本能的に腹部を守る形で受け身を取ったんでしょうね。それが幸いでした。

産婦人科当直によると、赤ちゃんも元気そうで、特に早産の兆候も見当たりません」

当直医の話しぶりは、落ち着いていて、温かかった。自分が患者側になると、話しぶり一つで安心を得られるものなのだな、と改めて思う。

話が終わりかけた時にPHSが鳴り、こちらに手を挙げてみせながら、若い医師はその場を離れていった。もう一度産婦人科の診察がある、とのことでいったん、武田だけが待合に戻る。しばらく待つと絵里香が出てきて、神妙な表情で、「一泊、経過観察入院だって」と告げた。

「何か悪かったんか？」

「そういうわけじゃないんだけど、念のために、って」

絵里香と離れることに、若干の不安がよぎったが、院内にいる限りはめったなことは起きないだろう。一泊だけなので特に荷物も不要、というから、くれぐれも何かあればすぐに連絡するように言い含めて、武田は病院を後にした。

外扉を出ると、いつの間にかすっかり日は落ちて、辺りは暗くなっていた。見上げても曇り空には月も星もない。駐車場までの僅《わず》かな道程を歩くだけで、長袖《ながそで》シャツの下が汗ばんだ。湿気が出てきているらしい。握りしめたスマートフォンの着信画面が、ぼうと暗闇に浮かぶ。

《了解。今から向かう》城崎の返事は簡明だ。

夜九時を過ぎて、芦屋から鳴宮へ向かう道路は空《す》いていた。街灯が静かに照らす下道を急ぐ。途中で一度、ガソリンを入れた。思えば今日は朝からずっとプリウスに乗りっぱなしだ。

家に到着してガレージに車を入れ、シャッターを閉めようとした時、外から眩《まぶ》しい光が差し込んできた。黒いＢＭＷ。――城崎だ。

夜と同じ紺色のシャツを着た城崎は、まるで静かな闇のように、車を停めると家の中へ滑り込んできた。しん、と静まり返った暗い家の中で、城崎と二人きり。急に言い知れぬ不安と緊張が体の裡《うち》へ湧き上がってくる。

「明日も仕事やのに、遅くに悪いな」

「構わないよ。それより、絵里香さんは大丈夫？」

ああ、と病院でのいきさつを伝えながら、不安を追いやるようにリビングの扉を開けて、手探りで照明のスイッチを押した。暖色光が瞬く間《またたくま》に部屋中に満ちて闇を追い払い、思わずほっとため息をもらす。

「夕食は？」

「僕は済ませてからきた」

その言葉に一安心した。自らを振り返ってみれば、昼食が遅かったこともあってか、全くと言っていいほど食欲がない。

ダイニングの椅子を城崎に勧め、当たり障りのない会話を続けながら、何か飲み物をと台所に立ったが、キッチンの主《ぬし》、絵里香不在ではどこに何があるものやら、よくわからなかった。アイスコーヒーも無糖だから彼の口には合わないだろう。ガムシロップやら、コーラやらがないかと探しながら、蟻《あり》に餌をやるみたいだな、と一人苦笑する。

探しているうちに、そのうち絵里香と開けようと思って買っておいたノンアルコールのシャンパンが冷蔵庫で冷やされているのを見つけた。高いものではないし、これくらいならまた買えばいいだろう。

キッチンナイフで開封し、力を籠《こ》めるとぽん、と景気のいい音を立ててシャンパンの栓が抜け、葡萄《ぶどう》の爽やかな香りが鼻をくすぐった。城崎の前にワイングラスを置き、慣れない手つきで注ぐと、炭酸が弾ける音と共に、ロゼの明るい紅《あか》が中に満ちていく。

手酌で自分の分もグラスに注ぎながら着席すると、城崎は真剣な眼差しをこちらに向けた。

「そろそろ始めようか」

武田はごくり、と唾を飲みこんだ。友人の黒に近いダークグレーの瞳が、紅を反射して煌《きら》めいている。マスクを外した城崎は一度、グラスを回して華やかな香りを愉《たの》しむと、こつん、と音を立ててテーブルの上に置いた。

「昔読んだ本で、探偵が言っていたんだ。探偵は、『さて……』という言葉で、推理を始めるものだ、って」

「何の本や、それ」

「さぁ。なんだったかな」

城崎が少しだけ頬を緩める。

「さて……」


「まず、今回の事件を時系列順に整理してみよう。

一つ目は、四月十七日に、中川信也が全裸の溺死体《できしたい》となって発見された事件。

二つ目は、五月六日に、京子先生が密室で縊死体《いしたい》で発見された事件。

三つ目は、今日、絵里香さんが何者かに押されてホームから転落した事件だ。

では、この三つの事件のうち、どの事件の犯人を検討するのが最も容易いだろうか？」

すこし考えて答える。

「二つ目の事件や。一つ目と、三つ目は、手掛かりが少なすぎるし、単独では犯人を誰かに絞り込むことはできへん。不特定多数が容疑者になってまう」

「その通り。それに一連の事件の最も興味深いところは、二つ目の事件と密室の謎が解ければ、事件の全貌《ぜんぼう》が明らかになるところなんだ」

城崎はこめかみに白く長い指を当てた。

「まず、京子先生が殺害された、という仮説を立て、犯人をXとする。できるだけ詳細に、六日の事件におけるXの行動を整理すると、どうなる？」

相変わらず数学の授業のようだ。自分なりに整理し、何回か頭の中で反芻《はんすう》してから口に出す。

「よーし、こうや。五月六日、Xは京子先生に睡眠薬入りのコーヒーを飲ませ、眠った先生をドアノブに吊るして遺書メールを送信予約し、痕跡《こんせき》を消した。理事長室に鍵をかけてカルテを持ち去り、院外のどこかに保管してから帰院して、死体発見時に鍵を戻した」

「流石《さすが》だね。完璧な解答だ」

一瞬褒《ほ》められた、と気を良くしたが、続く「話が早くて助かる」という一言に鼻白んだ。

「大きく思える問題も、きちんと分解して整理すれば答えは見えてくる。あの時『鍵の推理』の弱点を、僕が何と言っていたか、覚えてる？」

「確か一つ目は、犯人が慌てて鍵をかけてしまい、どさくさに紛れてこれ幸いと鍵を返した可能性を除外できないこと。二つ目は、鍵をかけた人物と殺人犯が別人で、かつ共犯である可能性を除外できないこと。やなかったっけ？」

答えながら、城崎の披露した『鍵の推理』の要諦《ようてい》をもう一度頭の中で整理した。

――黄を除けば、七時過ぎに理事長室に入れる人間以外、鍵をかけることはできない。

その通りだ、と肯定しながら城崎はグラスを手に取り、一口飲んで息を入れた。

「いきなりだけど、一つ目、『慌てて思わず鍵をかけた』仮説はまず否定できる」

「なんでや」

「ドアノブと部屋の中の指紋が拭き取られていたからだ。冷静に行動できる人物が、慌てて返せない鍵を持ち出すはずがない」

確かに、理事長室の鍵は、要は持っていれば即犯人と断定できる証拠品だ。用心深い犯人なら、流石に返せるあてもない鍵を衝動的に持ち出そうとはしないだろう。

「ＯＫ。ここまでは納得する」

「密室殺人は二つの要素で成り立っている。一つ目は、被害者を殺すこと。二つ目は、密室を作ることだ。こう分解すると、僕らが考えないといけないパターンは限られてくる。

この間、鍵を戻す機会のない金山さん、緑川先生、黒田さんには鍵をかけられない。赤坂さん、蒼平先生、黄さんにはその機会があるから鍵をかけられる、と説明したよね？」

「ああ」

「鍵をかけられないグループをＡ、かけられるグループをＢと定義すると、残された可能性は次の三つになる。

①　Ｂの単独犯
②　Ｂ同士の共犯
③　Ａが殺害し、Ｂが鍵を戻した」

「……なるほど」

理解するまでに若干の時間を要した。だが、よく考えれば原理は当たり前だ。『殺害』と『施錠』、二つのプロセスを経ないと、密室殺人はできない、と言っているにすぎない。Ａは鍵をかけられないのだから、必ず何らかの形でＢグループが犯行に関与する必要がある、ということになる。

「理事長室へ向かうには、従業員用通路か廊下を使うしかない。金山さんともう一人の看護師の証言から、十一時半から十二時までは従業員用通路を使用した人物はいなかった。死亡推定時刻は五月六日の十一時半から一時半の間だから、Xが京子先生を殺害できる条件はこうだ――。

①十二時以降に従業員用通路、もしくは廊下を往復できた人物

②十一時半から十二時の間に廊下を戻ることができた人物」

「戻る？」

「死亡推定時刻から、殺害した後の帰り道は必ず十一時半以降になるでしょう？」

それはそうか。

「Bグループから考えてみよう。

まず、蒼平先生。彼は十一時二十分にタクシーに乗っているから、実行犯ではない」

長い指を一本、彼は立ててみせた。

「ここで重要になってくるのが、山田先生の証言だ。彼女は、『十一時半から五十分まで、廊下で話していたが、誰も通らなかった』と証言している」

「それがそんなに重要なんか？」

「そう。さっきの話を思い出して……金山さんが働いていたから十二時までは、従業員用通路を使えなかったんだ。つまり、犯人が十二時までに犯行をすませるには、十一時五十分から十二時の間に廊下を歩くしかなかったことになる」

十一時四十三分、赤坂が病院を出て、『マゼンタ』に入る。

「……そうか、赤坂さんにも犯行は無理だ」

城崎が頷《うなず》く。

「残るのは黄さんだ。彼は最も疑わしい人物に違いない。犯行機会もあるし、鍵をかけることもできる。でも、彼は犯人ではあ・り・え・な・い」

「なんでや！」

思わず大声を出したが、

「カ・ル・テ・が・持・ち・さ・ら・れ・て・い・た・か・ら・だ」と、静かに城崎は答えた。

「防犯カメラの映像によると、黄さんは院内から出ていない。だから、彼が犯人なら、消えたカルテと茶色い紙袋は必ず院内にあることになる。警察が徹底的に院内を探して、不審な書類などを発見していない、ということを考え合わせると、黄さんに犯行は不可能だった」

「黄が殺して、カルテを別の奴が持ち出した可能性はないんか？」

「ありえない。黄さんが僕らと会うまで、誰も院内に立ち入っていないんだから」

「逆はどうや？　誰かがカルテを奪った後に、黄が殺した」

「京子先生に縛られた痕《あと》はなかったし、携帯も残されていた。共犯者に先にカルテを奪われていたなら何らかのメッセージを残したはずだし、部屋から逃げるだろう」

「トイレに流した」

「あんな太い普通紙の束をトイレに流したら詰まるよ。それにそんな時間もないでしょう」

城崎の黒みがかったグレーの瞳が、こちらを覗き込んだ。

「黄さんは一人異質だ。彼は僕らが二時から京子先生と会うことを知っていたし、犯行機会もあった。けれど、彼は、院内で一人になった十二時四十五分から一時半の間で、他五人の容疑者と会うことも、カルテを持ち出すこともできなかったんだ」

いつのまにか殆ど息をするのも忘れながら、城崎の話に聞き入っていた。

「さぁ、これでBの単独犯の可能性も、B同士が組んだ可能性も消える。残るのは③、Aが殺し、Bが鍵を戻すパターンのみだ。

では、A群の犯行機会についてはどうだろうか？　黒田さんは十二時十五分。金山さんは十二時半。緑川先生は十二時四十五分に院外に出ているのだから、この三人は全員殺害自体は可能だった」

「鍵はかけられへんけど、殺すことはできる、ちゅうわけか」

「そう。だけど、③のパターンを成立させるためには、極めて重要な条件がある。

Aは殺害し、鍵をかけたあと、七時までにBに鍵を渡さなくてはいけない。少なくとも、蒼平先生が携帯を家に忘れたと聞いた朝の段階では鍵を直接受け渡す予定じゃないとおかしい。二時に死体が発見されることは犯人にとって想定外の事象なんだから」

七時予定の死体発見現場にA群は全員赴《おもむ》けないのだから、確かにそうならざるを得ない。

白く長い指を、城崎はゆっくりと三本立てた。

「ここからが推理の核心になる。

まず黄さん。彼は共犯ではない。彼がもし、施錠を頼まれた共犯者であれば、殺害犯は必ず、二時の約束を知っていたことになる。となると、わざわざ鍵の受け渡しまでしてあの部屋に鍵をかける意義が消失する」

まず一つ、城崎は指を折った。

「蒼平先生。彼も違う。彼が共犯者なら、カルテの紛失を僕らに伝えるはずがない。彼さえ黙っていれば、紛失は永久に闇のなかだったし、黄さんが容疑者から外れることもなかったんだから」

もう一つ、城崎は指を折った。残ったのは一本だ。

「赤坂さんか」

「そう。でも彼も共犯者ではありえない。

赤坂さんは三時から勉強会の予定だったから、鍵の受け渡しをするなら、会場に向かう前に済ます必要があった。それなのに、彼は自分が取り付けた防犯カメラが正面の喫茶店、『マゼンタ』の軒先まで映していることを知っていたのに、二時二十分まで『マゼンタ』で休憩をとって、誰にも会わずに院内に戻り、すぐ三階へあがったんだ」

城崎は最後の指を折った。

「さぁ、これで③の可能性も潰えた。全ての場合を網羅したね。Q・E・D。証明終了だ」

「は？　いや、ちょっと待てよ。どういうことや？　犯人がまだ、わかってへんやないか」

「背理法だよ、武田君」

整った顔が崩れて、城崎の紅い唇が笑う形に歪《ゆが》んだ。

「命題を証明する過程で矛盾が生じた場合、命題そのものが偽であることが示される。つまり、京子先生が殺された、という仮説そのものが偽なんだ。

京子先生は自殺したんだよ」

一瞬時が止まる。まさか。

「いや、そんなアホな話ないやろ。俺に直後に会う予定なのに、死ぬわけない、ってお前も言ってたやないか」

「『不可能なものを除外していって残ったものが、いかにありそうもなくてもそれが真相なんだ』って、ある名探偵が言ってたね」

「ホームズか」

「正解」

城崎はくすりと笑った。

「そもそも自殺やったら、遺書は普通手書きで……」

言いかけて気付く。「まさか」

「気付いたみたいだね。京子先生はあの時右手親指を怪我してたんだ。カルテを探すときに突き指でもしたんだろうけど……。腫れていて綺麗な字を書ける状態じゃなかった」

「……予約送信は？　それだけなら普通に送ればよかったはずやろ」

「あの日、蒼平先生は一時半まで講演会があったんだ。せっかくの会をぶち壊さないための配慮さ。朝のカンファレンスに出ていない京子先生は、蒼平先生が携帯を家に忘れていることをそもそも知らなかったんだから」

忙しく頭の中でロジックの穴を考えていたが、全く思いつかない。でも納得はできなかった。

「証拠はあるんか」

「今はない。消えてしまった。でも僕らは、決定的な証拠をあの時見ているんだ」

思わず唾を飲みこんだ。「何や、それ」

「死斑だ。京子先生をストレッチャーに乗せ換えた時のことを覚えてる？　あの時、スカートがめくれたね」

「……そうやったかな。全然覚えてへんわ」

「僕も武田君も、蘇生に必死だった。だから目に映ったものを、意味を考えることもなく、そのまま忘れ去ってしまった。でも、君も確かに見ているはずなんだ。僕と同じものを。全く左右対称に赤黒くなった、京子先生の両膝から脛にかけての痣を」

左右対称だった、とはこのことだったのか。だが、答えを聞いてもなお、それが決定的な証拠になるのかはわからなかった。

「俺たちが鑑識の宗形さんと死体を確認した時、脛に死斑《しはん》はなかったやないか」

「その通りだ。だからこそ僕も、極めて重要なこの事実を忘れてしまっていたんだ。出始めたばかりの死斑は、重力に従って容易に移動する。

蘇生処置をしていた三十分の間に、膝から脛にかけての死斑は、ふくらはぎや、尻や背中に移動してしまったんだ」

ぽかん、と武田は口を開けた。決定的な証拠が移動し、消失してしまっていた、ということか。さながら、時間経過と共に溶ける氷のように。いくら後から検死を重ねようがわからない、重大な事実が。

城崎がズボンのポケットに手を入れる。中から引っ張り出されたのは、よくある荷物用のビニール紐だ。しっかり結び合わされ、輪になっている。

「百聞は一見に如《し》かず。今からあの日あの部屋で起こったことを再現してみよう。この紐と、そこにあるリビングのドアノブを使ってね」

ゆっくりと美貌の友人は立ち上がった。こちらも慌てて立って、彼の背を追いかける。ドアノブの前で城崎は立ち止まり、真鍮《しんちゅう》色のレバーハンドル式ドアノブの取っ手に輪をかけた。ドアは居間側から引いて開ける仕様である。目の前に、あの日と全く同じ状況が展開された。

「非定型縊死では、両側の頸動脈の血流が遮断されることが死因になる。レバーハンドルから輪っかで首を吊るす場合、両側の頸動脈を均等に締め付けよう、としたらどうするのが一番自然だろうか？」

跪《ひざまず》いてみる。実際に輪をもてあそびながらイメージを行い……はたと結論に辿り着いた。

「正座か」

「正解」

なるほど、正座であれば、下肢前面に残っていたという、左右対称の死斑にも合致する。睡眠薬で昏睡状態の京子の首を正座させて吊るした後、身体を下に引っ張れば、殺害も容易だろう。もしかすると引っ張る必要すらないかもしれない。

「じゃあ、正座によってできた左右対称の死斑が京子先生に残されていたことは、一体何を意味すると思う？」

「京子先生が正座の姿勢で首を吊るされた、ってことやろ？」

しかし、城崎は違う、と首を振った。

「そうじゃない。僕たちがドアを開ける直前まで、京子先生の死体が正座していた、ってことだ。死斑は容易に移動するんだから」

城崎は白い紐の輪を手にとり、八の字の形にした。あの時と全く同じだ。

「今から僕が京子先生の役をやる。武田君はXになりきって、この部屋を脱出してほしい」

言いながら城崎は自ら輪に首を通し、両手で輪を保持して締まらないようにすると、正座して体重を輪にかけ、それきり押し黙った。

犯人Xになったつもりで、か。胸がぐうっと締め上げられるような嫌な感じがした。ゆっくりと動かず、吊られている——ふりをした——城崎の方に近づく。細く長い首がドアノブの下で揺れていた。うなじは滑らかで、艶《なま》めかしいほど白い。まるで死体のように。

　フラッシュバックのように、あの日の京子の姿が眼前に蘇った。ぶらんぶらんと身体を投げ出して、生島京子は首だけを引っかけて揺れていた。駆け寄る……心臓マッサージ……スカートがめくれあがって……そうか、確かに、京子の両脛は赤黒く変色していた。城崎の言う通りだ。

気をとりなおし、あらためて現場検証に移る。京子を殺害したXはどうしただろうか？　京子が死んでいることを確認する。やるべきことをすませ、京子の首が輪から抜けないように気をつけながらそっとドアノブを下げて、ドアを引き……。

　えっ？

　雷撃が落ちるように気付いた。まさか。

　もう一度やってもええか、と聞くと、気の済むまで、と俯いた頭が答える。

「気付いたみたいだね」と、実験を終え、立ち上がった城崎は重々しく告げた。

「ドアを引き、人ひとりが通れる隙間を作らないと部屋から出ることはできない。でも、そうすると……」

「必ず、死体の正座が崩れてしまう」

　何回やり直しても結果は変わらなかった。

「正座が崩れた場合、あの左右対称に両膝から脛にかけて出る死斑は出現しえない。これが意味するところは何か。

　そう……京子先生が亡くなった後に、あの部屋から脱出した人物は存在しないんだ」

　リビングが、死のような静寂に満たされた。

自殺？　確かに、記憶が正しいなら、もはや動かしようのない事実なのかもしれない。だが、それならそれで、疑問が湧き水のようにあふれ出すのを感じる。

「でも、どういうことや？　京子先生はわざわざ弁当まで作ってきてたんやで？　それに、指紋はどうなる？　カルテのこともある。カルテを持ち去られている、ってことは、何者かがあの部屋で京子先生に会って、カルテを奪った、っていうことやないか。それを止めないのもおかしいし、すぐ後に自殺するなんて、不自然すぎるわ」

「そう。武田君の言う通りだ。これが自殺だとすると、京子先生の行動は極めて不可解なものになる。

　四月二十九日に僕たちと『五月六日、二時』に会う約束をしておきながら『五月六日の二時より前』に何者か――X――と会い、Xにカルテを渡し、Xが何者かを知りながらも一切の痕跡を消して息子にメールを送り、朝の段階では死ぬ気なんて全くなかったのに、二時が来る前に自ら命を絶った、ということになるんだ」

　今まで考えてきた仮説と百八十度違って眩暈《めまい》がする。まるで、世界が反転したようだ。

「京子先生にそんなことをさせることができる人物がおるとは、とても思われへん」

「僕もそう思った。だから謎がなかなか解けなかった……あの言葉を聞くまでは」

　はっとした。城崎の言葉。分数。

「五分の三、か」

　城崎が頷く。

「さて……何故、Xはカルテを持ち去ったんだろうか？　持ち去ったのは、果たして誰のカルテだったのか？　武田君と、中川信也のカルテなら、何故持ち去ったんだろうか？　そして――何故、京子先生はXがカルテを持ち去るのを黙認したのだろうか？」

　黙認した？　そういえば、城崎はさっきも「カルテを渡した」と言っていた。

「京子先生がカルテを渡した、ってなんで思うんや。睡眠薬を飲まされて、カルテを奪われた可能性やってあるやろ」

　武田君、と城崎は慈愛に満ちた聖母のような眼差しでこちらを見た。

「京子先生は自ら鍵をかけて自殺したんだ。寝てたらそんなことできないでしょ」

　そりゃそうか、と反論を一瞬でひっこめる。自分が馬鹿になったみたいで悔しい。

「あの部屋には全く争った形跡がなかった。それに、もしカルテを無理やり奪われていたのなら、犯人Xの名前や、奪われた経緯をいくらでも書くことができたんだ。でも、京子先生はそうしなかった」

「そもそもあの部屋に京子先生がカルテを持ち込まずに捨ててた、ってのはどうや」

「消えた紙袋の整合性がとれない」

「でもそれを言うなら、なんで見せる予定やった俺のカルテを無断で他人に渡して自殺するんや。そう考える方がおかしいやろ」

「京子先生にとって、そうすべきだと考えるだけの切迫した事情があったからだ」

　友人は断定するように言い切った。こちらを見透かすようなダークグレーの瞳に、思わず気圧《けお》される。

「ここで、中川信也が残した分数が、大きな意味を持ってくる。

　$\frac{3}{5}$。これを、小数に変えると」

「〇・六」

「そう、六割だ」

六割？　その言葉を最近聞いた気がした。どこでだ？

「さて……赤坂さんの言っていた言葉を、もう一度思い出してほしい。凍結融解胚盤胞移植の成功率を、彼は何割だと言っていたか」

脳天を殴られるような衝撃を受けた。まさか。

「……六割」

「僕らは、とんでもない勘違いをしていたんだ。凍結融解胚盤胞《とうけつゆうかいはいばんほう》移植の成功率が百パーセントのはずがない。武田君と、中川信也は、成功例のうちの二例にすぎないんだ。

五個の胚盤胞が移植されて、三人の赤ちゃんが産まれた。

五分の三。

武田君は双子じゃない。三つ子だ。

Xは、三人目の子供なんだよ」

「……まさか。そんな証拠、どこにあるんや」

「これは『3/5』という数字から導き出した、ただの推論にすぎない。でも、この三人目の子供、Xを仮定すると、驚くほどすんなりと、全ての謎が解けるんだ」

　城崎の言葉は淀《よど》みがなかった。

「何故、Xはやすやすとカルテを手に入れることができたのか？　それは、X自身のカルテも、京子先生が持ってきた書類の中にあったからだ。京子先生が持ち込んだカルテは二束じゃない。五束だ。京子先生は、僕らに全てを話すつもりでカルテを院内に持ち込んだんだ。自殺する意思を固めたのはXに会ってからだ。

おそらく、明晰《めいせき》な京子先生は悟ってしまったんだ。Xが中川信也を殺した張本人であることを。その責任が自分にあることを。だから京子先生は自ら、Xの指紋と痕跡を拭《ぬぐ》い去ってから自殺したんだ。Xを庇うために」

「今わかってるのは、Xがカルテを奪ったことだけとちゃうんか?」

「正確にはそうだ。でも、Xを三人目の子供だと仮定すると、推測できることはある。そもそも、何故このタイミングでXは生島京子の目の前に現れたのだろう? どういう経路で自分が、非配偶者間凍結融解胚盤胞移植で産まれた子供だと知ったのだろう?

それに、中川信也だ。おかしいとは思わなかったか?

僕たちが最初クリニックに行ったとき、京子先生は『もう、話はついているはず』だと言ったんだ。中川信也は一月足らずで六十万を京子先生から巻き上げている。でも、彼は非配偶者間の胚盤胞移植を京子先生が行っていた証拠を握っていたんだ。

話を終わらせるには、あまりに少額じゃないか?

それに、彼は正確な数字を知っていたんだ。五分の三という。

もうわかるだろ? 追いつめられた京子先生が苦し紛れに、どうやって話をつけてしまったのか」

「中川信也に、自分の兄弟――正確には三つ子のあと二人――の名前を教えたのか」

「そうだ。京子先生のほうも、これ以上つきまとうと弁護士に相談する、とでも釘を刺したんだろう。だから、中川信也はターゲットを変えたんだ。

中川信也があの日、会いに行ったのはXだ。Xは中川信也から聞いて、自分の出生の秘密を知った。そして——中川信也を殺したんだ」

城崎の言葉は厳然としてそこにあった。論理を積み上げるとは、こういうことをいうのか。ロジックがベースにあると、推論を積み上げてもここまで明瞭に視界が開けるのか。

「確かに、三人目を想定すると、京子先生の行動も理解できなくはない気はする……まだ信じられへんけど。で？　三人目、とは誰か、見当はついてるんか？」

城崎が頷く。推理の核心がもう近いことを肌で感じた。

その時、車の音がどんどんと近づき、家の前で止まったのがわかった。「何やろ」思わず玄関の方を見ると、

「ああ……そろそろ到着する頃だと思っていたんだ」

と城崎が言った。

「到着？　誰が？」

「Xだよ」

こともなげに城崎は短く答え、武田は唖然《あぜん》とした。

来るというのか？　今からここに？　俺の三つ子の片割れにして、殺人犯が？

しかし城崎は焦る様子もなく、そのまま、ゆっくりと話を続けた。

「三人目——Xの条件は四つある。

一つ目は、『あの日、院内からカルテを持ち出すことができた人物』。

これは、今までの推論からすると自明だろ？」

「ああ」

だから、黄ではない、ということになる。

「その黄さんが、不審な人物は誰も中待合に向かっていない、と言ってたな」

「そう。だから、これが二つ目の条件になる。

二つ目は、『中待合に向かっても自然で、疑われない人物』」

城崎がそう告げたとき、車のドアがバタン、と閉まる音と、ブロロロ……と走り去っていく車のエンジン音がした。

「次の条件はこれだ。

三つ目は、『一九八九年四月から、一九九四年一月までの間に出生した人物』」

「ちょっと待て。なんで、そうなるんや？」

「この推理はXが三人目の子供だ、という前提の上に成り立っているからだ。クリニックの開設は一九八八年八月で、非配偶者間の移植はジェイムズの死亡した一九九三年の春まで行われていた。受精卵を移植してから、出生するまで十月十日《とつきとおか》かかることを計算に入れると、君の兄弟の条件はこうなる」

そうか。だから、蒼平でも、赤坂でもありえない。金山もそうだ。黒田も若すぎる。

緑川はどうだろうか？　いや、あいつは二浪しているんだ。待てよ、とすると、一九八九年三月までに出生しているはずじゃないか……。

思わずごくりと唾を飲みこむ。ああ、誰だ？　誰がやってくるんだ？

「最後の条件はなんや？」

「あのタイミングで、わざわざ、僕らと京子先生が会う前にカルテを持ち帰った理由は、これしか考えられない。

四つ目は、『あの日の二時から僕たちが京子先生と会うことを知っていた人物』。

Xがあの場からカルテを持ち去ったのは、武田君、君に見られたくなかったからだ」

「俺に？」

まだ、良くわからなかった。

「武田君。君は、大事なメモや手紙を、財布に入れる癖があるよね」

ああ、よくわかったな、と応じながら、胸騒ぎが大きくなるのを感じた。

「この一か月一緒に行動しただけで、僕にもそのことがわかったんだ」

城崎がゆっくりと顔を上げて玄関の方を見た。

「この四つの条件を満たすのは、この世で一人しかありえない。

院内からカルテを持ち出すことができ、産婦人科を受診しても全く不自然ではなく、三十歳で、財布に入った生島京子からの手紙を盗み見ることができ、電話番号を通じて生島京子に直接連絡を取ることができた人物。その人物とは……」

カチャリ。玄関の鍵が開いた。

まさかまさかまさか。

今、目の前で起こっていることが現実だと思えない。

スローモーションのように、悪夢の始まりのように、リビングのドアが開く。

そこに、彼女が立っていた。暖色の光が、白いワンピースを包み込む。

ただいま、という形に口が開き、城崎と目が合った瞬間、彼女の表情がはっきりと凍り付くのが分かった。

城崎の白く長い指が、彼女を指し示す。

「武田絵里香さん。彼女がXだ」

絵里香がハンドバッグを取り落とす音がリビングにどさり、と響いた。

「……絵里香、お前……なんでここにいるんや」

混乱のあまりに、頭が動きを止めている。経過観察入院、じゃなかったのか？

絵里香は無言だった。代わりに喘ぐように息を吸い、城崎の顔をじっと見つめた。

「ああ……芦屋労災病院の今日の救急当直医は僕の後輩でね。連絡して話をつけておいた。絵里香さんは診察のあと、別室で警察から今日の事件について聴取を受けていただけだ。彼女は君に聴取に立ち会ってほしくなかったから、『経過観察入院ということにして、先に君に帰ってもらう』という提案に自ら乗ったんだ」

「おい、絵里香……城崎の言うてることはほんまなんか？　嘘やろ？　な？」

嘘だと言ってほしい。否定して、城崎を笑い飛ばしてほしい。だが、明らかに彼女の反応は遅かった。一拍以上遅れて、

「……わたしは、夫を待たせたくなかっただけです。先生こそ、なんでここにいらっしゃるんですか」

と、こちらからは目線を逸《そ》らしたまま、城崎に向けて絵里香は言った。

「僕は、全ての真実を明らかにするために、今日ここに来たんですよ、絵里香さん。四月十六日。あの日、何があったのか。五月六日。あなたが何故、生島京子先生に会いに行ったのか」

「なんの話かわかりませんけど」

「それは違いますね。あなたは知っているはずだ」

「何を」

「絵里香さん、あなたが生島京子先生の血を引く三人目の子供だということを、です。あなたの夫であり、お腹の子の父である、武田君とあなたが兄妹だという事実を。二人が結婚していることを知らない生島京子理事長は、武田君に血縁関係と、兄妹の存在を話そうとしていた。だからそれを阻止するために、あなたはあの日、京子先生に会いに行ったんでしょう？　秘密を隠し通すためにね」

絵里香が拳をきゅっと握り、城崎を睨《にら》みつける。挑むように見返す姿は鮮烈で、自分の知らない妻がそこに立っていて、とてつもなく遠い場所に二人がいるように錯覚した。

「兄妹？　まさか。想像力が豊かですね」

ふふ、と絵里香は笑ってみせたが、その拳が震えているのがちらりと目の端に映った。いてもたってもいられず、歩み寄って絵里香の肩を抱く。彼女は小刻みに震えながら、それでもリングに立つボクサーのように、前を向いていた。

美貌の友人は余裕のある表情で、

「ジェネティック・セクシュアル・アトラクション、というのを聞いたことがありますか」

と言った。

「知らん、そんなの」

絵里香に代わって、早口で武田は反駁《はんばく》した。そうせねばならないと思った。

「本来、人にはウェスターマーク効果、と言って、同じ環境で一緒に育った人を性的対象として見ることができない、という心理的な防壁が備わっている、と言われているんだ。

ただ、逆に、何らかの事情で生き別れになった兄妹や親子などが偶然出会ってしまった時、遺伝子の相似性を本能的に嗅ぎ取って、強く惹かれ合ってしまう。これをジェネティック・セクシュアル・アトラクションと呼ぶ。古くは、ギリシャ悲劇のオイディプス王も、これを扱った物語だ」

絵里香と出会ったときのことが脳裏に蘇る。

あれは、後期研修医、三年目になりたての頃だった。当直中、慣れない救急診療に四苦八苦していると、病棟から救命センターに応援に来ていた絵里香が、そっと淹れたてのブラックコーヒーを差し出してくれた。

「よければどうぞ。あいにくスティックシュガーを切らしてて。ごめんなさい」

「幸い俺はブラック派なんです。ありがとう」

「良かったぁ」

四月から救命センターに配属されたばかりだという絵里香が、実はわたしもブラック派で、と言って悪戯《いたずら》っぽく微笑《ほほえ》む。その表情が可愛くて、一瞬で恋に落ちた。

それは幸運なことに、絵里香のほうも全く同じだったらしい。

当直明けに連絡先を交換し、勇気を出して夕食に誘うと、二つ返事でついてきてくれた。一緒に行ったのは、赤提灯《あかちょうちん》の居酒屋だったが、生ジョッキで乾杯して、瞬く間に意気投合した。これほど話が合う、居心地がいい相手が、この世に存在することが驚きだった。

どちらともなく帰り道にキスをして、そのまま付き合い始め、月日が流れ、結婚し、子供ができた。ただの、どこにでもある幸運なストーリーだと信じていたのに。

マルゲリータが好きなのも、コーヒーはブラック派なのも、鯛《たい》焼きを尻尾から食べるのも、数えきれないほどある絵里香との共通点は、遺伝子に仕組まれたものだというのか？　そんな馬鹿な。

「そんな言葉は知りませんでしたけど……だからなんだと言うんですか」

「そうや、証拠はあるんか。ないやろ、そんなもん」

城崎は首を振った。

「僕の想像が正しければ……決定的な証拠は今、この家の中にあるはずです。そのことを、絵里香さん、あなたが一番わかっているはずだ」

思わず絵里香の顔を覗く。彼女は蒼白になっていた。もともと色素の薄い肌に血の気がなくなって、凍てついたように白い。

「確かに中川信也の携帯や身分証、服などの証拠品は全て処分したんでしょう。でも、絵里香さん、あなたは看護師だ。他のものは捨てられても、人のカルテは捨てられない。心理的にブレーキがかかるはずです。三十年も前の胚盤胞移植についての資料も同様だ。あなたには、医学史上どれだけ貴重な記録なのかわかったはずだから」

ぴくりとも絵里香は動かず、言葉も発しない。肩を抱いた手から伝わってくる震えは、もはや隠せないほどになっていた。

「カルテを持ち出した絵里香さんはどうしただろう？」

呟くように言いながら城崎は歩き始めた。

「一番確実なのは、常に手元に置いておくことだ。でも、今日は持ち出さなかったはず……となると……」

彼が向かった先に、床にぽつんと置かれた一つのカバンがあった。

黒いリュックサック。

やめろ！　と叫ぶのと、城崎がリュックサックのファスナーを開け放すのがほぼ同時だった。無言で城崎がリュックの中に手を突っ込み、茶色の紙袋を引っ張り出す。一歩も動けない我々の目の前で、彼は無造作にリビングテーブルの上に中身を放った。
トランプのように紙の束が開いて、手元に滑ってくる。
一枚目の表紙には、『武田美由紀（子　武田航）』
二枚目の表紙には、『中川敬子（子　中川信也）』
三枚目の表紙には、『山本由美子《やまもとゆみこ》（子　山本絵里香）』
そう、書かれていた。

目の前で起こっていることが、現実だと思えなかった。絵里香が妹だって？　中川信也を殺したのが絵里香だって？　そんなはずがない。悪夢なら醒《さ》めてくれ、頼む。

だが、腕の中の絵里香の温かさはあまりにもリアルで、彼女の荒い息も、僅かな震えも、今いるここが現実だと告げていた。

不意にがくり、と膝を折り、絵里香が床にへたりこんだ。「大丈夫か？」慌てて追うように、自分もしゃがみこんで背中を支えるように抱く。先ほどまで見せていた強い目の光は消えて、呆然と、虚空の一点を絵里香は見つめていた。

「——京子先生を死に追いやった『罪』とはなんだったのか？」

城崎は我々を意にも介していないかのように、リビングをゆっくり闊歩《かっぽ》しながら話す。

「京子先生はただ、不妊治療の発展と妊婦の安全を願い、研究していただけだった。少なくとも彼女はそう考え、夫と信じる道を突き進み、そのために学会にも逆らって、密かに非配偶者間の移植を推し進めることも厭《いと》わなかった。だけど」

いったん彼は言葉を切った。

「結果的に京子先生と夫の遺伝子を継ぐ子供たち、三人のうちの一人は虐待されたあげくに娘の手によって命を落とし、娘は息子と結婚して、偶発的近親相姦で子供をなしていたんだ。そのことを知ってしまった。もう少しで何も知らない息子がやってくる……武田君、京子先生は君に合わせる顔がなかったんだ。最後の最後に、京子先生は母として、自分の死をもって絵里香さんを庇《かば》おうとした。カルテを引き渡し、指紋を拭きとってね……そう考えると全ての辻褄《つじつま》が合うんだよ」

こちらに向けられた城崎の瞳は憐憫《れんびん》の情を湛《たた》えているようにさえ見える。

「近親相姦、ってお前」

「どんなに言葉を選んでも、事実は変えようがない」

だが、彼の声音は冷然としていた。

「過去の事件の全貌はこうだ。ジェイムズ先生と、京子先生の精子と卵子を用いてできた受精卵は四つ。四つの受精卵の内の一つが、二つに分裂して二つの胚盤胞になった。一卵性双生児の胚盤胞二つと、一つの精子と一つの卵子が結合してできた胚盤胞が三つ。合わせて五つの胚盤胞を五人に移植し、一組の一卵性双生児――武田君と、中川信也――と、いわば二卵性双生児にあたる――絵里香さん――の三人が産まれたんだ。

二卵性双生児は同時に産まれる兄妹、のようなものだし、絵里香さんは実際に三年遅れて産まれている。遺伝子の共有率も、兄妹と同じ、約五〇パーセントだ。だけど、どんなに言葉を選んでも、遺伝的に兄妹間の結婚である事実は揺るがない」

死刑宣告のように、城崎の言葉が体中に冷たく染みこんでくる。だが、妹だと聞かされても不思議に、絵里香への想いは変わらなかった。守りたい。——何を犠牲にしてでも。

「さぁ、第一の事件に話を進めようか」

と言って、旧友は悠然と微笑んだ。

「……そうや。確かに、絵里香は妹なんかもしれへん。京子先生からカルテを受け取ったのも事実なんかもしれへん。でも、だからって中川信也を殺したのが絵里香や、ってことにはならんはずや」

「状況証拠は揃っている」

城崎は揺らがない。

「何故絵里香さんが京子先生にあのタイミングで会いにいったのか？　リスクを犯してまで対話を阻止しようとした理由は何か？　それは手紙を見た時点で、武田君が兄だと知っていたから、としか考えられない。そして、三者の関係を知っていた人物はあの時点で世界に二人だけだ。京子先生と、中川信也。となると、自動的に死んだ中川信也から絵里香さんは血縁関係を聞かされたことになる。二人が邂逅《かいこう》したのは明らかだし、だからこそ絵里香さんは、手紙を盗み見てすぐ、出生に関わったのが京子先生だと悟ったんだ」

ぐっ、と喉が鳴った。絵里香は無言で俯いたままだ。

「……直接会ってない可能性やってあるやろ。電話なり、メールなりで聞かされたとか」

そうだね、と城崎は思いがけず簡単に肯定した。「じゃあ」

「だけど今回のケースでは違うはずだ。生島京子先生が最後に現金を下ろしたのが四月一日。中川信也に会って三人の名を告げたのはその後だ。彼が死んだ四月十六日までに、こちらのメールアドレスや電話番号を突き止めて連絡を取るには、少々期間が短い」

「苦しいな。期間だけで否定するのは、ただの空想やろ」

空想か、と整った唇を僅かに城崎はゆがめた。

「じゃあ、今度は中川信也の立場で、どう考えたかを空想してみよう。五つの胚盤胞から生まれた、三人の名前を手に入れた彼はどうしただろう？　愛情にも繋がりにも欠けていた彼が、まだ見ぬ弟妹を知りたい、と考えたのはごく自然なことだ。まず行ったのは、君たちの名前を検索することだっただろう。今は本名で行うＳＮＳもあるし、病院も医者の名前を載せてる」

そして、中川信也は知ったのか。俺たちのことを。

「最初は興味だけで、積極的な悪意はなかったのかもしれない。でも、彼は、武田君が、絵里香さんが、幸せに暮らしていることを知ってしまった。親からの愛情に恵まれ、普通に学生生活を送り、部活を楽しみ、結婚して子供も生まれようとしている君たちのことを。

子供として本来得られるべきまっとうな教育も愛情も受けられず、酒と暴力の世界で中川信也は生きていた。おそらく、中川信也は『五分の三か……』って言ったんだよ、武田君。自嘲《じちょう》するように。一貫して、彼と向き合うことを避けて保身を続ける中川敬子に、彼は絶望したんだ。同じ遺伝子を継ぐ弟妹だったはずなのに、人生に開きができた。少なくとも、彼はそう感じたはずだ。強烈な嫉妬《しっと》は、強い憎しみに変わった」

虐待の果てに道を踏み外して死んだ兄のことを哀れに思っていた。だが……その視点こそ、見下した、傲慢なものだったのではないか？　彼が渇望しながら、決して手に入れることができなかった愛情を思った。

不公平や。こんなの許されるわけがない。全部めちゃくちゃにしてやる……。

すぐ傍《そば》で、自分そっくりの呪詛のような声が聞こえた気がして、武田はぞっとした。

「君に憎しみの矛先《ほこさき》を向けた中川信也が、絵里香さんをターゲットに選ぶのはごく当然の発想だ。それに、彼は、絵里香さんを脅す決定的な材料を持っていた」

「なんや、それは」

「実は、君たちの結婚は法的に無効なんだ」

一瞬時が止まった。

「は？　俺と絵里香は結婚してるし、それに、血縁関係があるなんて知りようもない状態やった。そんなアホな話ないやろ」

「言いたいことはわかる。でも、『偶発的近親婚に関しては、それを無効とする』残念ながら、世界ではその判例が一般的だ。少し調べるだけでわかる話でもある。

イギリスでも、生き別れでお互い養子に出された二卵性双生児がそうとは知らずに結婚してしまう例があった。この夫婦は不妊治療の際に遺伝子検査を受けて、初めて血縁関係が判明したんだ。裁判になった。判決は、『婚姻《こんいん》は無効』。夫婦は離婚させられた」

目を落とした先に、絵里香の拳がある。城崎の言葉を聞きながら、爪の痕が残るほどに強く握りしめていた。ひたひたと嫌な確信が満ちる。――絵里香は知っていたのか？　中川信也に聞かされて。

「絵里香さんは彼にとって理想的なターゲットだ。彼が絵里香さんに対して何をしようが、絵里香さんは中川信也を訴えることができない。絵里香さんと、武田君、中川信也の血縁関係がバレたら、その時点で婚姻が破綻《はたん》するからだ。

それだけじゃない。中川信也が絵里香さんを強姦したところで、絶対に捕まることはないんだ。

武田君と、中川信也は一卵性双生児だから。強姦《ごうかん》事件では精液のＤＮＡ鑑定が重要な意味を持つ。でも、ＤＮＡが同一、しかも夫と同じなら、もうどうしようもない。子供ができたところで、どちらの子供か証明することもできない」

「……殺してやりたい」

「もう彼は死んだよ」

　城崎と目が合った。ダークグレーの瞳が、静かにこちらを見つめている。彼はおもむろに、ビニールの輪がかけられたままの、リビングのドアへ向かっていった。足の力が抜けた絵里香を助け起こし、肩を貸しながらその背を追う。

「絵里香さんに狙いを定めた彼がどうしたか？　危害を加えるつもりならば、住所を突き止め、家の中の情報を得る方が遙かに容易で有用だ。少なくとも僕ならそう考える」

「電話番号を調べるより、住所を突き止める方が簡単やって？　そんなはずないやろ。尾行したとでも言いたいんか？」

「今回のケースに関しては極めて簡単だね。病院はご丁寧にも医者全員の名前をホームページに記載しているんだから」

　リビングのドアを抜けて、城崎は玄関に入った。

「武田君は、毎日、自転車をどこに停めてるの」

「病院の駐輪場やけど……」

　彼はビルトインガレージのドアを開け放していた。プリウスの隣には、普段通勤に使用しているロードバイクがある。

「ロードバイクは高価だから、家の中に停める人が多い。それに、君と同じ顔の人間が君の自転車を触っていても、誰一人気には留めないだろうね」

ごそごそとロードバイクのサドル裏を探っていた城崎が、無造作に何かを取り出した。手の中には両面テープで取り付けられた、黒く小さなキーホルダーのようなものがある。

「GPS発信機能付きの盗聴器だ。最近の機械は性能がいいから、リビングはさすがに無理でも、玄関の会話くらいなら十分拾えただろう。武田君の行動も予定も住所も、中川信也には筒抜けだった」

目が吸い寄せられて、離せなかった。その小さな黒い塊《かたまり》から、死者の悪意がほとばしっているような気がした。憎しみを目の当たりにして、背筋が寒くなる。中川信也が生きていた痕跡を、まさかこんな形で目にするなんて。

「……全然、気がつかへんかった」

「ストーカーの常套《じょうとう》手段なんだけどね。普通は確認しない場所だから、武田君が気付かないのも無理はない」

武田君はいい人なんだね、と城崎が笑った時のことを唐突に思い出した。つい二週間前の出来事が遠い昔のように思える。

絵里香は衝撃を受けた様子で、震えながら口元に手を当て、じっと盗聴器を見つめていた。盗聴器を手にした城崎はリビングに戻って、カルテを広げたリビングテーブル上にそれを置くと、自分は先にソファに座り、仕草でこちらにも座るように勧めてきた。

Lの字形に配置されたソファの、城崎の反対側に、妊婦の絵里香を気遣いながら先に座らせた。城崎との間に割り込むようにして、自分も追いかけて腰掛ける。

「四月十六日に同窓会が開催される予定だと知った中川信也は、これは僥倖《ぎょうこう》だと喜んだことだろう。コロナ禍で医療者の飲み会の機会は激減している。これ以上ないチャンスとみた彼は、決行の日を十六日に定めたに違いない。妊婦一人を相手取るのと、夫もいるのとでは襲撃の難易度が全く違う。武田君の当直中に家を訪れたら、絵里香さんが不審に思う可能性があったが、その点、同窓会ならガードは下がるはずだ。それに、万が一犯行途中で君が帰ってきたとしても、酔った君を制圧するのは容易だ」

城崎の言葉は淀みなく、どこか楽しそうにさえ見えた。また思う。こいつの性格は、探偵より犯罪者に親和性が高いんじゃないか……。

「絵里香さん」

城崎が絵里香の方を見る。はい、とか細い声で答えて、絵里香は顔を上げた。

「僕は、中川信也が死に至ったきっかけは、正当防衛か不幸な事故に近い、極めてアクシデンタルなものだったと考えています」

彼の声も表情も優しく、絵里香がはっとした顔をする。頭の隅で微《かす》かに警報音のようなものが鳴り始めた。

「中川信也があなたたちへ向けていた悪意ははっきりしています。しかもこちらの行動は向こうに筒抜けで、圧倒的に不利でした。計画殺人をできる状況じゃないし、少なくともあなたは殺害方法に撲殺《ぼくさつ》は選ばないはずです。そう、だから……」

ダークグレーの瞳が、ダイニングとリビング、一続きの部屋をくまなく探り始める。やがて、彼の視線はある一点で留まった。視線の先にあるのは……。

黒い大理石のカウンターキッチン。

「現場はそこですか？」

その言葉には、質問、というより殆ど確認に近い響きがあった。甘い声音は、船乗りを海底に誘い込むセイレーンの歌のように聞こえる。「……絵里香」

顔を伏せた絵里香は、一瞬、躊躇《ためら》っているように見えた。

「絵里香。何も言わんでいい」

だが、彼女は首を振った。

「……先生のおっしゃる通りです」

苦しげに吐き出すと、絵里香はくずおれるように顔を覆った。

四月十六日、夜八時。夫を同窓会に送り出し、絵里香が軽い夕食を食べて片付け物をしていると、家のベルが鳴った。その時、異常に気付いてさえいれば、全てのことは回避できたのかもしれない。

インターホン越しに忘れ物を取りに帰ってきた、と話す『夫』を見て、特に警戒することもなく、鍵を開ける。玄関で出迎えると同時に、バタフライナイフを携えて押し入ってきた中川信也に平手打ちされ、絵里香はつんのめって床に転がった。そこからのことは朧《おぼろ》げにしか覚えていない。

彼は夫と同じ顔をしていたが、まるで異なっていた。彼は憎しみをぶつけるように絵里香を殴り、三人の出生について話し、助けが来ないことを伝えて、絶望の淵へ追い込んだ。何故彼がどこか悲しそうで、ここまで怒っているのか、絵里香にはわからなかった。ただ一つ、漠然と感じ取っていたことがあった。――このままでは、夫と子供が危ない。

一度だけ、彼は口に舌をねじ込んできた。むっとするような酒のにおいに、吐き気を催した。

服をはぎ取られ、中に入られ、恐怖と痛みと闘いながら、絵里香は無我夢中で、僅かな反撃の機会を待った。

　そして彼が立ち上がり、ナイフを置いて背を向けた、僅かな隙をついて絵里香は抗《あらが》った。守りたかった……夫を。子供を。家族を。

　残された全ての力を振り絞って、思いっきり体当たりすると、中川信也は宙に浮いた。驚愕《きょうがく》の表情が振り向きざま、彼の顔に浮かぶ。え、と小さな声が漏れる。頭蓋骨が大理石の角にぶつかる。鈍い音。鮮血が床に散る。巨木が倒れるように、スローモーションのように、ゆっくりと侵入者が床に転がる。

「……そのまま、彼は動かなくなりました」

　絵里香の声は震えていた。

　呆然と、武田は彼女の青ざめた顔を見つめた。過去の自分をここまで悔いたことは記憶になかった。絵里香が酷い目にあっていた時に、俺は、あろうことか友人と飲んでいたというのか。自分だけが苦しい、と思い込んで、隣に眠る絵里香の秘めていた苦悩に、気付きもしなかった。誰よりも大事な人を、守れなかった。謝っても謝り切れない。一生残る心の傷を負わせてしまった。

　血がにじむほどに強く握りしめた右手の拳を、不意に小さな掌が包む。はっとして顔を覗き込むと、絵里香は涙をいっぱいに溜めた目でこちらを見て首を振り、身体をもたせかけてきた。

「病状からすると、中川信也はすぐに意識混濁を起こしたはずです。違いますか？」

　城崎の言葉に、絵里香が頷く。

　体当たりして自由を得た絵里香は階段を駆け上がり、寝室へ逃げ込んで電話を握った。

　誰か、誰か、誰か！　ボタンを押そうとして、絵里香は立ちすくむ。……誰に？

悪夢のように中川信也の言葉が脳裏に蘇った。警察？　そうすれば彼は逮捕されるかもしれない。だが、三者の関係を話されれば全てが終わる。病院もだめだ。マスコミに、全てを土足で踏み荒らされるだろう。それに、彼の性的暴行を証明することができるのか？

航くんは？　そこまで考えて、涙が出そうになる。少々そそっかしいところはあるが、正義感が強くて、お人よしで優しい、そんな夫を絵里香は好きだった。分かちがたいような居心地の良さがあって、誰よりも特別な、この世でただ一人の……彼が、兄だなんて。

知らずにいてほしい、と願った。暴行されたことも、兄であることも。何もかも知らないまま、このまま自分の大事な夫で、子供の父親であってほしい。

電話を元の位置にひとまず戻した時、初めて、階下から全く物音が聞こえないことに絵里香は思い至った。

「恐る恐る様子を見に行ったあなたは、中川信也の怪我が想像以上に重いことに気付いた」

リビングに響く、いびきのような呼吸音におっかなびっくり近寄ると、中川信也は最後に見た、そのままの体勢で倒れていた。思わず普段の癖で駆け寄り、気道確保を行う。

「その時、一度、彼は目を見開いたんです」

と言いながら絵里香は顔を伏せた。

「わたしを睨みつけて、手首を思いっきり握ってきました」

もしかすると無意識下の反応だったのかもしれない。だが、絵里香を恐怖させるのに十分だった。掴まれた手を振り払い、思わず突き飛ばした絵里香の腹の中で、赤子がふにゃりと動く。この子を守らなければ。――彼を生かしておくわけにはいかない。

「……なんで、俺に相談してくれへんかったんや」

それならば、絶対に絵里香の手を汚させはしなかったのに。内心を見透かしたかのように、絵里香は「ほら、そうなるでしょ」と言って半べそをかいたような顔で笑う。

覚悟を決めてからは、妙に絵里香は冷静だった。迎えに行く時刻が迫っていたが、待ち合わせの前に海に落とすしかない。夫に気付かれないよう、シャワーを浴びて身なりを整え、手早く侵入者の持ち物や服を処分する。携帯のGPSが切られていたので助かった。

手持ちの前開きの洋服に着替えさせ、介護に使っていた折りたたみ式の車椅子と一緒に、中川信也をトランクに押し込む。病棟での経験がこんなことで生きるとは思わず、ぐにゃりと歪む、夫そっくりの男を支えながら、涙がにじんだ。

海岸に着いた時、夜は深く、曇天に月は無かった。釣り人がいないことを確かめてから、絵里香は中川信也を車椅子に乗せ、海岸に向かって歩き出した。ごぉごぉといびきをかいている中川信也の寝顔は夫そっくりで、思いがけぬほど穏やかだったので、決心が鈍らぬようにと、痛みと恐怖をあえて思い出して顔から目を逸らす。子供と夫のためだ、と自分を奮い立たせた。もしこのまま彼を助けたら、必ずいつか家族が狙われるに違いない。

潮風が髪を乱す。車椅子の軋《きし》みも、絵里香の足音も、全て覆いつくすように潮騒が鳴る。真っ暗な中を照らすのは携帯電話の光のみだった。深い海。護岸された埠頭《ふとう》まで、ついに二人は辿りついた。

最後、裁ちばさみも使って衣服を脱がせ……車椅子を海へ向けて傾ける。

――さよなら。

夫と同じ顔を持つ男は、春の海に溶けるようにあっけなく、夜の底へ沈んでいった。あれだけ恐怖していたのが、異世界の出来事だったのではないか、と錯覚するほど。こぽこぽと一瞬浮いた泡も、すぐ消えた。

それっきりだった。

長い話を終えた絵里香は、放心したような、でもどこか安心したような、頼りなげな少女のような表情で目を閉じた。武田は、その華奢《きゃしゃ》な身体を受け止めるように抱いた。

「……怖かったな。辛かったよな。ごめんな。ごめんな……」

謝る以外の何ができるだろう？　自らの無力さにも、今まで気付かなかった能天気さにも、絵里香を苛《さいな》んだ中川信也にも、今、これを話させた城崎にも、この世の全てに腹が立ち、何もかもぶち壊してしまいたかった。何をしてでも彼女を守らなければ。今は、その思いだけが体を支えている。

「正当防衛や。絵里香は全く悪くない」

武田は城崎に、指を立てて突き付けながら言った。指は震え、声はかすれている。

それは違う、と城崎は普段と変わらない穏やかなトーンで宣告した。

「確かに、急性硬膜下血腫を発症したところまでなら、正当防衛が成立するだろう。そのまま放置したせいで死に至っても、正当防衛は成立したと思う。でも、絵里香さんはそうはしなかった。わざわざ衣類を剝《は》ぎ、持ち物を処分し、生きていた中川信也を海に突き落としたんだ。百歩譲っても、明らかに過剰防衛だ」

「絵里香は暴行されたんやぞ！」

「僕は事の善悪じゃなくて、法律上の解釈の話をしている」

くそっ、と吐き捨てながら腕の中の絵里香を見る。どうすればいい？

その時、カチリ、という音に、思わず顔を上げた。城崎がゆっくりと胸ポケットからペン状の何かを取り出すのに、視線が吸い寄せられる。

ペン形のボイスレコーダー。

「第一の事件は物証が無かったからね。証拠として、自白が必要だったんだ」

そう、城崎は言って微笑んだ。


「……おい、お前、どういうつもりや」

自分でも制御できない、煮えたぎるような怒りが急速に湧きあがった。

「それを俺に渡せ」

無言でペンを握りしめたまま、城崎が目を細める。凶暴な衝動が内に満ちた。

「渡せって言ってるやろ！」

席を蹴って立ち上がり、ボイスレコーダーに手を伸ばす。振り上げた手は空を切った。そのまま手を拳に変え、憎らしいほど整った顔めがけて叩きつける。これも城崎はぎりぎりでかわしたが、バランスを崩してソファに倒れ込んだ。

無防備な腹の上に馬乗りになろうとしたところで、

「お願い、やめて！」

という叫び声と共に、腰がぐん、と引かれた。振り向くと絵里香が腰にしがみついている。力が抜けた隙に城崎は転がるように跳ね起き、少し距離を取って服の埃を払った。

「絵里香お前、あいつが何やってるかわかって言ってるんか」

「もういいの、もう、いいから、やめて……」

絵里香は顔を覆い、ゆっくりとソファに腰を下ろした。武田は城崎を睨みつけた。彼は平然として、微笑《びしょう》すら湛えながら、ドアを背に油断なく立っている。

「もう一度聞く。お前……それをどうするつもりや」

城崎はやはり無言で答えなかった。

「それで俺らを脅すつもりか？　金が欲しいのか？」

「そんなつもりはないよ」

「……お願いやめて」

「警察に出してみぃ、ぶっ殺すぞ！」

「やめてって言ってるでしょ！」

いったんは座ったソファから立ち上がり、泣き声で絵里香が叫んだ。黒いシャツの袖がぎゅっと握りしめられる。息を入れると、ゆっくりと絵里香の手を服から剝がした。

くそっ、どうする？　どうすればいい？

その時、耳元で自分と同じ声が囁《ささや》いたような気がした。――城崎がいなくなればいい。

「……ちょっと頭冷やしに、水飲んでくる」

言いおいてキッチンへ向かった。嫌でもアイランドキッチンのカウンターが目に入る。ここで中川信也は倒れたのか。

城崎さえ消えてしまえば、今、絵里香の犯行を証明するのはあのボイスレコーダーだけだ。カルテも盗聴器も処分してしまえばいい。三者の関係から足がつくことはないだろう。絵里香を守るために、今自分にできることは、もう、それしかない。

覚悟を決めて、大きく息を吸う。グラスを出し、蛇口の栓をひねると、水がこぽこぽと音を立てて溜まっていった。静かだった。

流しの中には、目的の物が無防備に置かれている。

シャンパンの栓を開けた、キッチンナイフ。ポケットに隠せるほどの大きさだ。

キッチンナイフを抜き身のまま、こっそりズボンのポケットに入れる。グラスの水をぐいっと一気飲みして、口元を袖で拭った。

昔、そんな内容の漫画を読んだことがあった気がする。主人公の男が、家族を守るために殺人に手を染めるのだ。

キッチンを出て、ゆっくりとリビングに向けて歩を進めた。頭は目まぐるしく回り続けている。もし、絵里香が逮捕されたらどうなるのだろう。あっという間に三人の関係と子の出生の秘密は日本中の知るところになるはずだ。マスコミが好きそうなネタだ。『同情』というベールにくるんだ、ただの野次馬根性によって、俺たち家族の人生は破壊される。

どんどん腹が大きくなる毎日を、拘置所で絵里香は過ごすのか。赤子を産み落としてすぐ、絵里香は監獄に引き戻されて、離婚させられ、子供とそのまま会えなくなるのか。考えただけで気が狂いそうだ。

城崎にもう一度頭を下げて、ボイスレコーダーを譲り受けるか？……いや、そういう誘いに乗る男ではないだろう。彼は優しいふりをしながら、決して曲げない自分の論理に基づいて生きている。城崎なら、パートナーが逮捕されたとしても、次の瞬間には、どうやって刑期を短くするか、や、自分に被る影響を最小限にするか、を考え始めるだろうし、結論が出た途端に夕食のことを考えているはずだ。

ダイニングに入った。一歩一歩、ソファに近づいていく。

どこを刺せば確実だろうか？

心嚢穿刺《しんのうせんし》の時と同じ、胸骨左縁アプローチか？　いや、胸を刺すのは腕で庇われるリスクがある。

やはり、頸動脈か。

城崎は絵里香の隣に腰かけ、ちょうどこちらに背を向けていた。ソファの上から白く長い首が覗いている。死体のように項垂《うなだ》れ、ドアノブの下で揺れていた姿を思い出した。

頸動脈を切れば、あっという間に失血死するだろう。脳血流も落ちるはずだ。

切れかけた頸動脈を初療室で何度も目にしてきた。目の前で真っ赤に染まる視野を、まざまざと思い出した。

今度は、俺が切るのか。今から。

リアルに想像した途端に、体全体が冷たくなる。頭に上っていた血が瞬時に引いた。

泥のように飴《あめ》のように体に粘りつく、時間と空間の中を、一歩一歩前に進む。

心が冷たい。手も。足と脳にだけ血液が存在するようだ。

耳の奥でざぁざぁと響く血流の音がした。鼓動が響く。どくん、どくん。

ダイニングを抜けた。ソファまでもう少し。キッチンナイフを握り直す。

頼むから、こっちを向くなよ。顔を見たら、決心が鈍るから……。

殺した後については、もう覚悟を決めている。

城崎のＢＭＷはどう考えても処分に困る。だから、城崎の死体と一緒に、車ごと、どこか遠い海に飛び込むつもりだった。二人とも行方不明として処理されたらいいのだが。

悪いな、城崎。巻き込んで、悪かった。俺もすぐに追いかけるから。

絵里香と、お腹の子供さえ生き延びてくれたら、それでいい。

不意に城崎が振り向いた。
相も変わらず怖いほどに整った容貌。ああ。もっと憎々しい顔なら良かったのに。
フラッシュバック。これは立花か。
――だからわたし、城崎先生のこと、優しい人だって思ってるんです……。
だめだ、こんなことを考えては。
後ろ手に持ったキッチンナイフを握り直す。
「どうしたの」
「なんでもない」
へらりと笑った。うまく笑顔が作れたかは、もはやわからなかった。
城崎がもう一度、こちらに背を向ける。
今だ。
キッチンナイフを構える。ナイフを握りしめた手は小刻みに震えている。
その瞬間、絵里香が振り返った。
目が合った顔がそのまま凍り付く。
恐怖に満ちた表情。
違うんだ、絵里香。お前のために……。
――いなくなればいい。
俺の声か？　雷光が閃《ひらめ》くように、ちがう、これは俺じゃない、と思った。
違う。それは、違う。ああ、俺は、俺は、
どくん、どくん、どくん、どくん。

心臓の音が、音が、音が。

「やめてぇぇ！」

絵里香の絶叫。

振り絞るように吠える。

ナイフを振り上げて……


床に放り投げた。


フローリングに乾いた音が響く。

ナイフを投げるのとほぼ同時に、絵里香は覆いかぶさるように城崎を庇っていた。

もし、ナイフを捨てていなければ、俺は、絵里香を刺していただろう。

城崎がゆっくりと振り返る。ぽたぽたと涙がこぼれるのを、もう止められなかった。

「ごめん、絵里香。ごめん。ほんまにごめん。肝心な時に俺は役立たずや。意気地なしのくそったれや。絵里香を守りたいのに、何にもできへん……」

「いいの。これでいいんだよ。航くんは、人を刺せる人じゃない。刺したら刺したで、すぐ止血しちゃう人だもん……」

膝が笑う。武田はがくりと座り込んだ。絵里香がやってきて、近くにあったナイフをさらに遠くへ蹴り、跪いて頭を胸に抱き寄せてくれた。亡き母のように。遠くで絵里香の心音が聞こえる。情けなくて、でも胸の中は温かくて、閉じた瞳から涙が伝った。

「信じてたよ」

えっ、と顔を上げると、涙でにじむ眼前に城崎が立っていた。ダークグレーの瞳に、驚くほど優しげな光を湛えて、こちらを見下ろしている。

「武田君は、いい人だからね」

くすりと明るく、彼は微笑んだ。

その時出し抜けに、携帯電話のベルが鳴った。

自分の携帯か、と思わず振り返ったが、違った。絵里香の携帯電話だ。

絵里香がゆらりと立ち上がって、電話を取りに行く。着信画面を見て、顔をしかめた。

「芦屋警察からです」

絵里香が突き落とされた、第三の事件についてか？

三人で顔を見合わせ、絵里香は電話に出ることにしたようだった。絵里香がスピーカーホンにして、リビングテーブルの真ん中に置く。

「芦屋署の八代《やしろ》です。武田絵里香さんの携帯で間違いないですか？　遅い時間ですが、今大丈夫です?」

「武田絵里香と、夫の航です。どうかされたんですか」

「実は、絵里香さんを突き落とした犯人が出頭してきまして。警察が真剣に動くようだ、と聞いて不安になったんでしょうな。バックル外しなんかの余罪についても認めました。で、聴取してまして、絵里香さんと、武田航さん、あなたの名前を出したら、犯人が血相変えて、すぐ連絡を取ってくれ、って言うんでね。遅い時間ですが一度コールはしてみます、と請け合ったんです」

「連絡を取ってくれ？　僕らの知り合い、ってことですか？」

「向こうはそう言ってますね」

心拍数があがる。

「名前を教えていただけますか」

「金山綾乃。看護師だそうです」

生島リプロクリニックのあいつだ。そういえば、芦屋に住んでいると言っていたっけ。

思わず絵里香の顔を見たが、訝《いぶか》しげな表情は動かなかった。絵里香に面識がないなら、向こうは俺を頼ろうとしている、ということか？　人の嫁を突き落としておいて？　なんて図々しい。

「その金山がね、妙なことを言って航さんに連絡を取ってほしい、とわめくんですよ」

「なんですか、妙なこと、って」

「わたしは世直しと人助けをしていただけなんだ。奥さんを助けたのはわたしだ。感謝してほしいくらいだ、って」

助けた？　絵里香は虚をつかれたような顔をしていた。

「世直し？　バックルを外したり、妊婦を突き落とす世直しがあるわけないでしょう」

「それがですね、金山は、『バックルは最初から外れていた』と、こう言っているんですよ」

金山の言い分はこうだ。

そもそもの始まりは、抱っこ紐のバックルがほぼ外れた状態で、携帯を触りながら階段を歩いているママインフルエンサーを見たことだった。

毎日通勤の度に嫌でも顔を合わせる。バックルは、たまにきちんとはまっていることもあったが、甘かったり、外れかけていることも多かった。危ないな、と金山は思った。検索すると、女の顔はすぐ出てきて、有名なママだ、ということを知った。

そうなってくると、徐々に不快感と怒りが湧いてきた、と金山は言う。

——携帯ばっかりいじって、子供を危ない目にあわせるなんて。

それで、階段を降り切ったタイミングで、ある日、外れかけていたバックルを完全に外してやったのだ、と金山は誇らしげに語ったそうだ。

彼女は流石に携帯を取り落として赤ちゃんを本能的に支え、金切り声を上げた。

——やだぁ、画面割れてたらどうしよう。

それを聞いて、金山は自分のしたことは世直しなんだ、悪くないと確信を得るに至ったという。

「歪みすぎでしょ、それは流石に。バックルが外れかけてる、ってただ言えばよかっただけじゃないですか」

「僕もそう思ったんで、金山に同じことを言いました。そしたらね、彼女、こう自信ありげに言うんです。

『ただ注意しただけなら、拡散力も、話題性もないじゃないですか。わたしは、拡散させることで、全国の母親に注意喚起したんですよ』ってね」

「妊婦を階段で押したのはどうなんです？」

「それも、同じだ、って言ってます。携帯に気を取られた見るからに危ない妊婦を、二段くらいのところを選んで押した、って。拡散されたおかげで、全国的にみんな注意して歩くようになったでしょ、ってね」

思わず唸《うな》った。一見理屈は通っているようにもみえるが、詭弁《きべん》だ、と思う。自分の『正義感』に酔っているのだ。自分の『正義』のためには多少の犠牲は仕方なし、大義のためなのだから、とする姿勢はあまりにも危険で独善的だ。

「なら、絵里香を落としたのはどうなんですか」

「それがですね、金山はこれを確かめてくれ、と何度も言ってたんですがね。金山はこう言うんです。『彼女は、電車に飛び込もうとしているように見えた。それを止めるために、わざと、電車が来るよりも早いタイミングで線路に突き落としたんだ』って」

衝撃が全身を打った。暖色光に照らされた絵里香の顔には、影が差している。

「……いや、それにしたって危ないじゃないですか。普通は突き落とすんじゃなくて、止めますよね。その意図なら」

「僕もそう思うんですがね。とにかく確かめてくれ、ってうるさいんで」

一度絵里香さんと話し合ってください、と八代は言い、今日は遅いから、と電話を切った。

ツーツーと断続音だけが後に残される。

金山の行為はどう考えてもおかしい。でも、歪んだ正義感に基づく、他罰的な行為が身に染みついている人間ならやりかねないだろうし、行動原理は彼女なりに一貫している。

「今の話は、ほんまか？　金山が言ってることは合ってるんか？　絵里香」

武田は既に、その答えを知っているような気がした。

絵里香が気まずそうに小さく頷く。ほっとするあまり手が震えた。あと一歩で絵里香とお腹の子供、二人とも失っていたのかもしれない、と思うと寒気がする。

「城崎、お前は……どこまでわかってたんや？　一芝居打つのに絵里香が乗る、と予想してたのは、これを知ってたからなんか？」

じっと切れた携帯電話を見つめていた城崎が、こちらに顔を向けた。

「金山が関わっていることまでは予想できなかった。だけど、本質的には、絵里香さんをホームから落としたのは僕だ、と思ってはいた」

息を飲んだ。「なんやて！」

「僕は君から電話を受けたあと、直接絵里香さんに連絡を取ってしまったんだ。推理を強固にしたい、なんてくだらない誘惑に負けてね」

「お前……何を言ったんや？」

――生島京子先生に、お会いになったことがありますね？

――……ありませんが、何か？

一瞬口ごもったものの、絵里香は落ち着いて答え、そのまま会話は終了したという。

「僕はとんでもない馬鹿で、軽率だった。鎌をかけるくらいのつもりだった。僕の言葉を聞いた絵里香さんがどんな行動を取りうるか、想像できていなかったんだ」

「行動って」

「電話をかけたんですよね、絵里香さん。生島京子先生に。そうじゃないんですか？」

そうか。何度電話しても、答えは同じだ。生島京子の携帯電話は、既に解約されている。

《おかけになった電話番号は、現在使用されておりません》

カルテを手に入れて安心していた絵里香は、生島京子がまさか会った直後に自殺したなんて、想像もしていなかっただろう。京子の訃報《ふほう》は、地方紙に小さく掲載されていた。驚いて検索し、初めて、絵里香は生島京子が死んだことを知ったのか。

「……もう無理だ、って思った」

「絵里香」

「……もう、疲れたな、って。怖かった。京子先生も死んでしまったら、全てを知っているのは世界でわたしだけになる。逃げたかった。どこかに消えたかった。この世界から」

「絵里香！」

さっき絵里香がしてくれたように、細く白い腕を摑まえて引き寄せ、絵里香の頭を胸に抱いた。

「生きててくれてよかった。もう大丈夫や。俺もいる。ずっと支えるから」

じっと固まっていた肩が震え始め、しまいには声を上げて絵里香は泣き始めた。凍り付いていた感情が溶けだしたように。彼女の涙が滴《したた》り落ちて、胸元を濡らすに任せる。雪解けは、ぱちぱちと爆《は》ぜるような音がするそうだ。微かな音が聞こえる。大丈夫だ。きっと……。かつて、緑川に自分が言った言葉が思い出された。——生きてさえいれば。

「危ないところだったけど、間に合ってよかった」

上から温かい声が降ってきて、絵里香のつむじから思わず顔を上げた。「えっ」

友人は目の前で、驚くほど柔らかい表情を浮かべている。

「僕は、絵里香さんに生きていて欲しいから、今日ここに来たんだ」

「……どういう意味や？」

絵里香も涙に濡れたまま、ゆっくりと顔を上げる。

「少し昔の話をしてもいいですか」

先ほどと同じように、三人がソファに腰かけたところで、城崎が口を開いた。

「僕が中学生の頃、懇意にしていた少女は、十九年前の七月十二日、登校途中にトラックに轢《ひ》かれて亡くなりました」

水島のことだ。息を飲んだ絵里香に構わず、城崎は続けた。

「亡くなる三日前に、僕は彼女の家に行っているんです」

あの日のことか。

「何かあったんか」

「別に、表立っては何も。ただ、悩んでいた水島さんは僕に助けを求めてきた」

――お母さん、再婚するんだ。来週から、新しいお父さんが来る。

――わたし、怖い。新しいお父さん、たまにうちに来るの。でもね、わたしがシャワーを浴びたり、着替えたりしていると、気付いたら必ず、新しいお父さんが傍にいる。

――響くん、お願い。わたしをこの家から助け出して……。

絵里香と思わず顔を見合わせる。

「それで、お前は……どう答えたんや」

ふう、と友人は息を吐いた。

「申し訳ないけど、無理だ、って答えた。何も起こっていないのに、現時点で再婚をひっくり返すことも、君を家から連れ出すことも、中学生には難しい、僕以外の大人に相談した方がいい、ってね。水島さんは泣いてたけど、最後には納得してくれた。でも三日後に彼女は死んでしまった」

言葉が出なかった。絵里香が唾を飲みこむ音が、静かなリビングに響いた。

「たしかに事故として処理されたんだけど、僕には、彼女の不安と事故が無関係だとはどうしても思えなかった。その時、初めて僕は知ったんだ。論理では割り切れない、感情の残滓《ざんし》と言うものがこの世にあって、それが時に人を死に引き寄せるものだ、ということを」

暖色光に照らされた友人の横顔は少し翳《かげ》っていて、初めて彼が棲《す》む世界の孤独を覗き見たような気がした。――この事件の根底にある感情のうねりを、僕は知りたい。

彼を謎に向かわせる欲求は、人ならざる感情を持つ彼が、人間に近づこうとする行為そのものなんじゃないか？

　まじまじと見つめる視線の先で、城崎は絵里香に向き直った。

「昔は非配偶者間体外受精で産まれた子供に、そのことを伝えるのはタブーでした。でも、今は違う。それは、秘密を共有して、変えられない現実であっても、お互い手を取り合って正対するほうが、心理的負荷が小さいからです。

　二人の前で全ての真実を明らかにする。これが、絵里香さんの事故を聞かされた時、人の感情の動きを変数に入れたうえで、論理的に導き出した僕の最適解でした」

　絵里香が口元を押さえる。「警察は」と、彼は続けた。

「犯人を捕まえるのが仕事でしょう。でも、僕は医者なんです。合併症を起こすこともある。決断の結果として、命を奪ってしまうこともある。死に瀕《ひん》した人と、家族と、話し合いながら、正解のない問題を考えてベターを探るしかない仕事だ」

　彼の話の結論が、どこへ向かっていくのかを察して、徐々に心拍数があがる。

「この事件をきちんと裁くとどうなるだろう？　絵里香さんの有罪は免《まぬが》れないだろう。見ていた人がいないのだから、過剰防衛すら認められないかもしれない。子供はすぐに引き離されて、絵里香さんを見ずに育つことになるだろうし、三人の関係も、産まれてくる子供も、マスコミの餌《え》食《じき》だ。子供は、生まれた瞬間から、とんでもない逆風と業《ごう》を背負うことになる。それは、中川信也の悲劇の再生産であるような気がしてならないんだ」

「……城崎。城崎、お前……」

「だから僕は、君たちに提案がある。産まれてくる子供が、どんな子に育っていくのかはわからない。障碍《しょうがい》があるのかもしれない。でも、その子がどんな子であろうとも、大事に愛情を注いで育てていくこと。一人で抱え込んで追い込まれ、死のうとなんて、絶対にしないこと。子供の幸せな未来が担保される限り、僕は何も言わない。今日の話は胸の中だけにしまっておく。君たちの贖罪《しょくざい》は、命を懸けて守ろうとした子を、そして、中川信也の命と引きかえに産まれてくる子を、人生をかけて幸せにすることなんじゃないかな」

後悔をにじませる中川敬子の姿が、脳裏に蘇った。

——幸せにしてあげてくださいね。信也の分まで……。

涙がぽろぽろと絵里香の頬を伝う。

「約束します。わたし、絶対に」

信じてます、と言って城崎は笑った。絵里香が何度も頷く。

「生きてください」

そう、城崎は最後に言った。

絵里香を玄関に残し、武田は城崎をビルトインガレージの中まで見送りに出た。

「さっきは悪かった。俺もどうかしてた……どう謝ればいいのか……」

本気で殺すしかない、と思い詰めていた先ほどまでの自分を心底恥じていた。頭を下げると、城崎がひらひらと手を振る。

「それにしてもなんで、あんな俺たちを追い詰めるような真似をしたんや。自分も危険になるかも、ってわかってたんやろ？　絵里香を助けたかっただけなら、あんなことせんでも良かったやないか」

「すまない。僕自身でも度《ど》し難《がた》いと思っているんだけどね」

ダークグレーの瞳が不意に翳《かげ》った。

「人が本気で殺意を抱く瞬間、っていうのを、どうしてもこの目で見てみたくなったんだ。なかなか体験できない貴重な機会だから、関心に抗えなかった」

狂ってる。

でも、城崎らしいな、と納得する自分もいた。

BMWのドアを開けながら、はいこれ、と城崎が何かを手の中に押し込んでくる。

「これって」

ペン形のボイスレコーダー。

「少し早いけど、出産祝い」

「冗談きついわ」

「悪い悪い。ちゃんとしたのを、また今度渡すよ。これは、まぁ、中身を消したかったら消して、気が済んだら僕に返してほしい。君にまた殺されそうになりたくないし、それに、もう、君たちには必要のないものだと思うから。絵里香さんも、もう大丈夫だ。ちゃんと前を向いてるように見える」

友人が運転席に座り、シートベルトを締める。最後に一つだけ聞きたいことがあった。

「何で、わざわざ手の込んだやり方で、絵里香を最初家から遠ざけたんや」

ああ、それか、と城崎は頷いた。

「あの悪趣味な検証実験を、彼女に見せたくなかったんだ」

息を飲む。城崎は確かに、絵里香を守ろうとしているのだ。彼なりのやり方で。城崎はあの夏の日、コカ・コーラを飲み干しながら何を考えていたのだろう。その時彼の中に残された何かが、今、絵里香と俺を救おうとしているんじゃないか……。

「城崎、お前って……」

「何？」

「優しいんやな、意外と」

「僕は優しいんじゃなくて、優しいふりをしてるだけだよ」

くすりと笑ってそう言い残し、城崎がエンジンをかける。

そのまま黒いＢＭＷは、溶けるように夜の闇へ吸い込まれていった。

終章　蜻蛉《かげろう》

城崎が帰った後、夜が明けるまで絵里香と話した。お互いの、二か月の空白を埋めるかのように。恐怖の一夜の中、殺してしまった相手の人生を知ることが、彼女にとってプラスかどうかはわからなかったが、絵里香は知ることを望んだ。中川信也の生家に行ってきたことを伝えると、絵里香は衝撃を受けた様子だったが、中川敬子の語った話を聞き終わると、祈るように手を組んで目を閉じた。

長い黒髪を耳にかけ、俯《うつむ》く絵里香の横顔ははっとするほど綺麗だった。出会って、一目惚れしたときと同じように。

そうと気付いた瞬間、眩暈《めまい》がした。まさか。中川信也が、俺に憎しみをぶつけ、絵里香を襲った最大の原因は、もしかしたら。彼もまた……。

「どうしたの」

「なんでもないんや」

全ては想像に過ぎなかった。ごまかすと、絵里香はほんの少しだけ微笑《ほほえ》んだ。

五〇パーセントの確率で、中川信也と同じ生い立ちを負った時、自分がどのような人間になっていたのか。果たして、もう一人を憎まずにいられたのだろうか？　想像もできない。

「気持ちの整理ができたら、お墓参りに行こうか」

そう言うと、絵里香は黙って頷《うなず》いた。

以前、どこかで読んだことがある。菩提《ぼだい》を弔《とむら》う、というのは、生者のためにあるのだ、と。気持ちの整理をつけ、懺悔《ざんげ》するためにある行為なのだと。

中川信也は俺たちがお参りに来ても、きっと喜ばないだろう。だが、一生彼を弔い、罪を贖《あがな》って生きていくしかない。彼と、中川敬子、そして生島京子のために。約束を果たすために。

絵里香も、生島京子と話した内容について教えてくれた。生きている京子に最後に会ったのが、絵里香なのだった。

概《おおむ》ね、城崎の推論通りだった。生島京子は、中川信也に名前を伝えたことを話し、絵里香に詫《わ》びたという。

「航さんと、お幸せに」

それが生島京子の最期の言葉だった。

部屋を出ていこうとする絵里香に、生島京子はそう、声をかけると、微笑んで手を振った。ぱたん、と扉が閉まる。その時、彼女は現世の人間に別れを告げたのだ。

「わたしたちだけの、秘密ができたね」

話が一段落し、ぽつりと絵里香が漏らす。「城崎も知ってるけどな」

答えながら思う。重すぎる秘密だ。でもこの秘密を守ることも、贖罪《しょくざい》の一部に違いない。産まれてくる子の幸せな未来を守るために。子供には俺たちの関係を明かすべきなのだろうか？　わからなかった。誠実に考え続けて、答えを出していくしかないのだろう。

「ごめんな」

耐え切れずに、武田は沈黙のあと、小さな声で謝った。

「何が」

「その……俺が、兄で」

言いながら胸が苦しくなる。絵里香は涙を目にいっぱいにためたまま微笑んだ。

「航くんがあの時、当直明けに帰ってきたでしょう。帰るなり、ちょっと思いつめた感じでキスしてきて」

「ああ」

幸せな夜だった。そういえば、あの日、なぜ絵里香は俺を受け入れたのだろう?

「……怖くなかったんか?」

本当のこと言うと、そりゃ、一瞬、叫び出したいくらい怖かったわよ、と絵里香は冗談めかして言う。

「でもね、『大丈夫かな?』って聞いたのよ、航くん。そのときね、思ったの。ああ、これが、わたしの好きな航くんだ。兄だとか、夫だとか、もう、なんでもいい。わたし、この人と一緒にいたいって、そう思ったの」

絵里香……絵里香。たまらず、彼女の背に手を伸ばして抱き寄せた。白いうなじが見える。膨《ふく》らんだ胸の鼓動が伝わる。せり出した腹が触れ、感じる体温が温かい。

「ありがとう」

絵里香が、腰に回した手をぎゅっと絞った。顔を上げ、二人は束の間見つめ合って、絵里香が目を閉じる。

俺は、絵里香を愛している、と思った。俺の妹。秘密を共有する、最愛の妻。彼女は子供を、俺を守るために、罪を犯さざるを得なかった。乗り越えるしかない。答えのない問いに、二人で向き合って生きていくしかない。遺伝子に仕組まれたことなのかもしれない。禁忌なのかもしれない。それでも。今ここにある気持ちだけは確かだ……。

そして、二人は唇を重ねた。


春は瞬《また》く間に過ぎ、夏が訪れた。

城崎は福島警察に見たものをあるがままに証言に行き、証言は採用されて、生島京子の事件は静かに自殺として幕を閉じた。

金山は不起訴になり、拘置所から解放された。解放された金山は生島リプロクリニックを辞め……その後どうなったのかは杳《よう》として分からない。

緑川愛は離婚することになったらしい。

その旨を告げる知らせが、ひそやかにラインに届いていた。黒田とどうするかはともかく、少なくとも一歩、前に進む決意をしたようだ。

いろいろなことが一段落した頃、武田は蒼平に会いに行った。そうすべきだと思ったからだ。

城崎の推理を改めて蒼平に伝える。

蒼平、武田、絵里香、中川信也。遺伝子を共有する四者の関係については知らせない。それが、出した結論だった。

診察室で話を聞き終えて蒼平は深々と息をつき、礼を言った。賢い男だから、こちらが何かを隠していることにもしかしたら気付いていたのかもしれない。でも、彼はあえて聞こうとはしなかった。

帰り際、蒼平は何かを決意するかのように、口を開いた。

「あの後、母が三月から四月にかけて、何をしようとしていたのかを調べていたんです」

様子がおかしくなった、という生島京子が最後にしていたことか。鼓動が速くなった。

これを見てください、と蒼平は一冊の本をデスクの引き出しから取り出した。

タイトルを見て、より胸が苦しくなる。示されたのは、非配偶者間人工授精で産まれた子供を追ったルポルタージュだった。

「母は亡くなる前、熱心にこういった本を読んでいたようなんです」

蒼平が開いたページに、黄色の蛍光ペンでマーカーが引かれていた。


我々は、子供を持ちたいという夫婦の願いを叶えることばかりに気をとられていて、産まれてくる子供たちの権利を、人権を、あまりにも蔑ろにしてきたのではないか。


強調された活字を見たまま声も出せずに、束の間、押し黙る。

「昔は、ドナーの情報を伏せるのが当たり前でしたし、私もそれが当然だと考えていました。子供の知る権利が取り沙汰されてからドナーが激減したと聞いて、私はそれみろ、ややこしいことを言いだしたからだ、残念なことだ、なんて——恥ずかしい話ですが——思ってしまってさえいたんです」

そうですか、とようやく相槌《あいづち》を打ったが、自分がどういう顔をしているのかは分からなかった。

「本には、非配偶者間人工授精で産まれた子供の悩みや苦しみが克明《こくめい》に書かれていました。親と血が繋がっていないことを知った時のショック。生物学的ルーツがわからないことがどれだけ不安にさせるのか。それに……知らぬ間に兄妹を愛していないかを恐れるさまが。実際に、兄妹で結婚し、子供ができた後に事態が発覚した事例の報告すらありました」

俺たちだけではなかった。その兄妹はどうしたのだろう。そのまま一緒に生きていくことを選んだのだろうか。俺たちのように。

「だから母は、昔のカルテやドナー情報をデータベースに整理していたんです。いつか子供が訪れたとき、思いに応えてあげられるように。それが、母にできるけじめだと、そう考えていたみたいですね」

蒼平が一度息を入れる。横顔はどこまでも日本人離れしていたが……微かに、生島京子の面影を見た。中川信也の来訪は、生島京子にとってショックであった一方で……彼女が過去の自分と、信じてきた倫理と向き合うきっかけにもなったのだ。

「子供たちは多くのことを望んでいるわけではありません。ドナーはイニシャルや、遺伝的疾患の有無、子供へのメッセージを伝えるだけでもいい。でも日本では、全くと言っていいほどドナーや子供を守るための法整備は進んでいません。だから結局、安全性の高かった精子バンクは休止に追い込まれ、SNSで精子のやり取りをしたり、卵や胚《はい》を買いに海外に行くことが横行してしまっている。

SNSでの精子取引は極めて危険です。レイプのリスクもあるし、ドナーが何人に精子を渡したかもわからない。遺伝病や感染症の有無もわからない。もちろん、子供がルーツを知りたくてもわからないし、兄妹と万が一出会っても、それすらわからない。海外での卵子移植だってそうだ。海外で買った卵子が誰由来のものかを調べるなんて、極めて困難になる。子供のために今の状況がいいとは、私は到底思えない」

胸を抉《えぐ》られるような心地がしたが、武田は静かに同意した。

「私はね、思ったんです。生殖医療は、何よりも、産まれてくる子供のためにあるんじゃないかと。実際に今起こっている問題から目を逸《そ》らしちゃいけない。私は一介の産婦人科医に過ぎないけれど……母のように論文を出し、業績を重ねて、いつかルールを作る側に回ってみたい。難しい話だし、正解はないことなのかもしれない。それでも、少しでも現実に則したものになるように。それが、母の遺志を継ぐことなんじゃないかな、って……そう思ったんですよ」

蒼平の瞳には力があった。もう、彼も前に進もうとしているのだ。

また生島京子の墓前に参りたい旨を伝えると、蒼平は怪訝《けげん》な顔をしたが、感謝と共に京子夫妻の眠る墓の場所を教えてくれた。

子供が産まれたら、絵里香も連れて三人で行こう。祖父母に顔を見せるために。

城崎との関係は、元通りに戻った。つまり、病院ではごく稀《まれ》に顔を合わせ、挨拶《あいさつ》してすれ違う関係、ということだ。違うのは事件前は存在にも気付いていなかったし、会釈もしていなかった、ということくらいだろう。

どうしても行かなくてはいけない気がして、七月十二日、絵里香を伴ってタクシーに乗った。臨月が近づいてきた絵里香の腹はますます大きく、最初は一人で行くつもりだったのだが、絵里香もついていくと言って聞かなかったのだ。通っていた中学は、外から覗くと改装されていて綺麗になっていた。十九年前に一度だけクラスで献花に訪れた、その道程を思い出しながら、絵里香の体調を気遣って手を貸し、休み休み歩く。

頭上の街路樹から降るように蟬が鳴き、風のない道はうだるように暑い。ぎらぎらと照り付ける夏日に、あの日の記憶が徐々に鮮明になるのを感じた。

十九年前に献花台が作られていた交差点に着くと、角にあった民家はなくなり、時間制の駐車場に変わっていて、献花台は撤去されていた。

「あ、これ……」

絵里香がそっと道端を指す。示した先には、アスファルトの上に二つ、花束が供えられていた。

一つはきっと、母親が供えたものなのだろう。

あともう一つ。白いカーネーションの、ささやかな花束を供えた人物が誰なのか、武田は知っている気がした。絵里香も同じだったらしい。

二人は頷きかわすと、かつてここで亡くなった少女のために、手を合わせ祈りを捧げた。


「分娩室の準備ができるまで、少しお待ちくださいね」

今、武田は阪神中央病院の産科病棟にいる。苦悶《くもん》の表情で絵里香が車椅子に乗り、陣痛室から分娩室に運ばれていくのを手を握って見送ったところだ。コロナが五類になってようやく、立ち合い出産が許可されたと聞いた。

もう、陣痛が始まってから十時間が経過していた。午前五時。窓の外はまだ暗いが、東の空はうっすらと白み始め、日の出が近いことを示していた。

三十六週三日。

夕食中に絵里香が突然破水し、心の準備ができていなかった武田は大いに狼狽《うろた》えたが、流石《さすが》に彼女は落ち着いていた。といっても、絵里香に余裕があったのは病院に着くまでだった。病院に到着してからはあっという間に陣痛間隔が短くなり、絵里香はずっとうずくまって痛みをこらえていた。

「どや、なんか飲むか」「いらない」「アイス食うか」「食べれるわけないでしょ！」

ううううう、痛い、痛い、痛い、痛い……。

口を開いても痛いしか言わなくなった絵里香を見て、おろおろするばかりだ。

とりあえず絵里香の腹部に取り付けられたＣＴＧモニター（胎児心拍数図）の画面を見て、よくわからないながら、赤ちゃんは生きているらしいことだけを励みに、背中を擦《さす》ったりしてみる。

尻を圧迫するといいらしい、と聞いて試してみたが、そこじゃない、と怒られたので手を引っ込めた。普段と全然違う。傷ついた野生動物のようだ。

一晩中、気を遣いながらおっかなびっくり擦ったり、励ましたりしているうちにいつの間にか五時になっていた。出産とはこんなに辛いものなのか。畏怖の念を覚えるしかない。

分娩室のドアが開いた。

「お待たせしました。どうぞ」

中に入ると、分娩台の上に絵里香が座っていた。斜め四十五度に傾けた台には、力を籠《こ》めやすいように、握るレバーと踏みしめる足置きがついている。

はだけた分娩着から、はち切れそうな腹と、せりあがる雪のように白い肌が見える。

瞬間、走馬灯のように長良川で見たカゲロウの記憶が脳内で繋がった。

あれは確か、高校の教科書に載っていた詩だ。

吉野弘作、「I was born」。

英語を覚えたての少年が、道を行く妊婦を見て思いを馳《は》せる。

《人間は生まれさせられるんだ。自分の意志ではないんだね》

少年の言葉を聞いた父は、彼に語るのだ。羽化してすぐ死んでしまうカゲロウのことを。その腹の中に、卵がぎっしりと充満していることを。

《せつなげだね》

あぁ、この詩のフレーズだったのか。カゲロウを見て思い出したのは。

そうだった。詩に出てくる少年の母は、彼を産み落としてすぐ亡くなったのだ――。

「二回吸って、ふーっ、と息を吐きながらいきんで下さいねぇ」

助産師が言う。絵里香が涙ぐみながら、指示に従った。

「もう一息や」

レバーを握る絵里香の手に、両手を添える。頑張れ、頑張れ。

「痛い、痛い、痛い……」

「痛いよね、でもお母さん、あとちょっとだから。ほら、もう髪の毛見えてるよ！　落ち着いたら、もう一回。陣痛に合わせて。次のタイミングでいこうか」

助産師の言葉に勇気を得たのか、絵里香がもう一度息を吸い込んだ。思いっきりいきむ。

「上手上手。ほら、もっと頭出てきたよ」

二回、三回、四回、五回。

いつの間にか、涙が頰を伝っていた。

産まれる、というのはなんてすごいことなんだろう。

赤子は胎内でぐるぐると回り、本能で出口を探り当てて安全な子宮から最後の旅に出る。外界へと。自分の人生を歩き始めるのだ。

安全なお産、なんてこの世にないのだった。生島京子が、中川敬子が、運命のいたずらに身を焼いたように。綿々と紡がれる命のバトンは、奇跡のバランスで成り立っている。

いつか君は知るんだろうか？　俺と絵里香との関係を。君がいわば禁忌の子だということを。それが何の罪もない君を苦しめてしまうかもしれない。だけど、虫がいい話なのかもしれないけれど、俺たちのもとに生まれついてよかったと、君が思える未来になってほしい。

血の繋がりのない両親を俺が今も愛しているように。真実を知っても絵里香への想いが揺らがなかったように。ごめんな。でも、精一杯守るから、こっちへおいで。

「ようし、頭、出たぁ！」という助産師の歓声が響いた。

全部出すよ、という一言と共に、ずるずるずる、と赤子が引っ張り出されてくる。

真っ赤な塊《かたまり》だった。つながった臍帯《さいたい》を切って、助産師が抱き上げると、ふえええ、ふえええ、と最初は少し控えめな、そしてだんだんと遠慮のない大きな声で赤子は泣き始めた。

「可愛い女の子ですよぉ。ほら、お母さん。お疲れ様」

助産師がバスタオルで赤子をくるみ、絵里香に見せた。

「……この子が。可愛い……」

絵里香は慈母のように微笑んだ。先ほどまでの苦悶が嘘のような柔らかい表情で。涙が静かに頬を伝う。

「お父さんも。お疲れさまでした。抱いてみますか」

ビデオで予習した通り、おっかなびっくり、首と尻を支えて、武田は自分の子を抱いた。

驚くほど軽かった。壊れ物のような儚《はかな》さがあった。

赤い顔に、きゅっと閉じられた瞳。もういっぱしに髪の毛も生えている。面立ちは……どちらかと言うと、俺に似ているだろうか？

よろしくな、と言って手に触れると、きゅっと握り返してきた。

助産師がもう一度受け取り、赤子を清拭《せいしき》し、身長体重などをてきぱきと計測していく。その間に産婦人科医が娩出《べんしゅつ》された胎盤の処理と、裂創《れっそう》の縫合を済ませていた。

全てが済むと、部屋を薄暗くして、助産師は赤子を絵里香の胸に乗せた。

「初乳を吸わせてあげてください」

目も見えない赤子の鼻腔《びくう》がひくりと動き、もぞもぞと口を乳首に向ける。そのままちゅくちゅくと乳を飲み始めた。

絵里香と顔を見合わせる。

命のバトンは、確かに受け渡されたのだ。


武田玲菜《れな》　性別　女。

妊娠期間、妊娠三十六週三日。

分娩経過、頭位。分娩方法、経腟分娩《けいちつぶんべん》。

分娩所要時間、十二時間二十分。出血量、三〇五ミリリットル。輸血、無し。

二〇二三年八月三十日、午前六時十分。

禁忌の子が、家族になった。

引用・参考文献

医療情報科学研究所 編《病気がみえる vol. 9》メディックメディア、二〇一八年
鈴木秋悦・久保春海 編『新不妊ケアABC Q&A50付』医歯薬出版、二〇一九年
大野和基『私の半分はどこから来たのか AID［非配偶者間人工授精］で生まれた子の苦悩』朝日新聞出版、二〇二二年
サラ・ディングル 著、渡邊真里 訳『ドナーで生まれた子どもたち「精子・卵子・受精卵」売買の汚れた真実』日経ナショナルジオグラフィック、二〇二二年
宮下洋一『卵子探しています 世界の不妊・生殖医療現場を訪ねて』小学館、二〇一五年
上野正彦『自殺の9割は他殺である』カンゼン、二〇一二年
宮田雄吾『「生存者《サバイバー》」と呼ばれる子どもたち 児童虐待を生き抜いて』角川書店、二〇一〇年
あらいぴろよ『虐待父がようやく死んだ』竹書房、二〇一九年
石井光太『虐待された少年はなぜ、事件を起こしたのか』平凡社、二〇一九年
古野まほろ『警察官白書』新潮社、二〇一八年
山崎昭 監修『図解 科学捜査 証拠は語る! 〝真実〟へ導く!』日本文芸社、二〇一九年
吉野弘 著、小池昌代 編『吉野弘詩集』岩波書店、二〇一九年
サン＝テグジュペリ 著、内藤濯 訳『星の王子さま』岩波書店、二〇〇〇年
コナン・ドイル 著、鮎川信夫 訳『四つの署名』講談社、一九七九年

その他、多数のホームページや公開されている論文を参考にしました。

小林梨沙さん、中尾真大さん、松本亜侑美さん、松本真弥さん（五十音順）には、産婦人科監修並びに図案作成にご協力いただきました。また、創作塾でご指導いただいた有栖川有栖先生にも、この場を借りて感謝申し上げます。ありがとうございました。

第三十四回鮎川哲也賞選考経過

小社では一九八九年、「《鮎川哲也と十三の謎》十三番目の椅子」という公募企画を実施し、今邑彩氏の『卍の殺人』が受賞作となった。翌年鮎川哲也賞としてスタートを切り、以来、芦辺拓、石川真介、加納朋子、近藤史恵、愛川晶、北森鴻、満坂太郎、谺健二、飛鳥部勝則、門前典之、後藤均、森谷明子、神津慶次朗、岸田るり子、麻見和史、山口芳宏、七河迦南、相沢沙呼、安萬純一、月原渉、山田彩人、青崎有吾、市川哲也、内山純、市川憂人、今村昌弘、川澄浩平、方丈貴恵、千田理緒、岡本好貴各氏と、斯界に新鮮な人材を提供してきた。

第三十四回は二〇二三年十月三十一日の締切までに二百十六編の応募があり、二回の予備選考の結果、以下の四編を最終候補作と決定した。

佐渡翔　　阿弥陀堂の殺人
夜来風音　　琥珀色の告白
山口未桜　　禁忌の子
綺馬優月　　深刻な幽霊不足

最終選考は、青崎有吾、東川篤哉、麻耶雄嵩の選考委員三氏により、二〇二四年四月二日に行われ、次の作品を受賞作と決定した。

山口未桜　　禁忌の子

＊

受賞者プロフィール
山口未桜（やまぐち・みお）氏は一九八七年兵庫県生まれ。大阪府在住。神戸大学卒業。現在は医師。

第三十四回鮎川哲也賞選評

青崎有吾

　四作すべてが謎・解決・ロジックを備えており、本格を書きたいという意志を強く感じた。総じてその点が嬉しかった。

　佐渡翔『阿弥陀堂の殺人』は、アイデアとしては圧倒的だった。アミダくじの形をした館。よく考えついたものである。冒頭の見取図から期待が膨らんだ。ところが本編は粗削りで、ミステリ的な瑕疵《かし》が目立った。「百キロ以上」と明記されている仏像をあのトリックで転ばせるとは思えないし、密室の真相が隠し扉というのもいただけない。童謡と見立て殺人も類型からの借り物感が拭えなかった。個人的に最も気になったのは、遺産相続を巡る〈宝探し〉の過程である。宝が管理人室のあんな場所にあるなら、すぐに誰かが発見するのではないか。人生をかけた大勝負、主人公以外の登場人物も必死に考え行動するはずである。そうした物語の裏側にまで気を配れば、より厚みのある作品にできたと思う。

　綺馬優月『深刻な幽霊不足』は特殊設定もの。廃墟探索に来た若者達と、それを驚かそうとする派遣幽霊達。ところが殺人が起こり、幽霊が増えていく……。複雑な人の行き来を丁寧に処理しているし、議論パートの細かいロジックもいい。最も本格愛が伝わる作品だった。

　ただ、大きな問題が二つ。核となる「衆人環視下の殺人」「髪の切断」の真相が肩透かしなこと。髪については想定される状況が限定的すぎ、このためにわざわざ切ったというのは納得できない。もう一つは、設定が多すぎること。霊力と物理干渉、悪霊と《ヤミ》、霊能者の回復時間、残留思念の色分け……主要なものを書き出しただけでも二十個以上。複雑すぎるし、これらの説明に筆を取られるため、コメディとしての魅力も損なわれてしまっている。お好きな特殊設定ものを読み返してみてください、大抵は最小限のルールで謎解きを成立させているはずです。

　幽霊視点で捉える世界が生前と大差ないのも、もったいなく感じた。暗所での見え方や声の伝わり方、移動時の浮遊感など、適宜描写することで作品の個性を伸ばせたと思う。

　結果として、閉鎖環境を扱った『阿弥陀堂』『幽霊不足』の二作に辛い点をつけることとなった。クローズドサークルは群雄割拠《ぐんゆうかっきょ》の人気ジャンルである。近年の話題作との比較がどうしても生じてしまう。奇抜な設定を作っただけでは満足せず、「この話にはこれしかない」と思えるような理想形を追求してほしい。ピースが綺麗に嵌《は》まれば、大傑作をものにできるのだから。

　夜来風音『琥珀色の告白』は、小説としての完成度が頭一つ抜けていた。とにかく文章がいい。表現が豊かでリズムがあり、文体が確立している。登場人物の言動など人によっては鼻につくかもしれないが、僕の波長とはぴたりと合った。小説は気取ってナンボである。変則的な交換殺人と震災を絡め、複雑な構造に挑んでいる点も好感を持った。読んでいて退屈に感じる時間がなかった。

　僕の中では『禁忌の子』と競っていたのだが、しかしこの作品には、看過しかねる難点もあった。主人公はなぜ謎の男に従順なのか、という根本の部分。中盤以降の情報のさばき方。琥珀というモチーフや最後の叙述トリックも物語全体への寄与が少なく、必然性が薄い。

　他二名の選考委員からはこうした点が指摘され、評価が芳しくなかった。そこを突かれると、こちらも弱い。引き下がらざるをえなかった。推理と小説の両立はかくも難しい。それでも、僕はこの方のセンスが好きです。また送ってください。

　そして、山口未桜『禁忌の子』である。

　スロースターターな作品だった。探偵役に既視感があるし、テーマも医療ものとしては珍しい類《たぐい》ではない。よほどうまくやらなきゃ面白くならないぞ、と思いながら読み進めた。

　ところがこの方は、よほどうまかったのである。

　最も感心したのは、展開の作り方と演出力。徐々に深まる謎が興味を持続し、各所に印象的な場面が挟《はさ》まる。事件に遭遇した医師達が蘇生に挑む一幕などは、投稿作であることも忘れ手に汗握った。尖った作風ではないが、読者を没入させるストーリーテリングができる方だ。間違いなく、商業作家の才能がある。解決編でもその演出が爆発しており、犯人の正体と背理法推理に唸らされた。探偵役の魅力も章を追うごとに強まり、読み終えるころにはすっかり満足顔だった。

選考委員全員からの評価が高く、いくつかの傷も修正可能だろうということで、ほぼ無風状態で賞を射止めた。ある事柄について倫理面の議論も生じたが、フィクションとして発表する分には問題ないと思うし、センシティブな題材に光をあててきたのがミステリの歴史でもある。賞の特性も鑑みた上で、そのまま世に出したいというのが個人的な希望だ。

選考後に著者のプロフィールが明かされ、医療器具等の描写の細かさに納得がいった。山口さん、おめでとうございます。

落選三作については偉そうなことを書き連ねましたが、選考委員とはそういう損な役回りなので、ご容赦を。お互いがんばりましょう。

東川篤哉

今回、鮎川賞の候補作は四作で例年より少ない。「そういや過去にも四作しかない年があったっけ。確かその年は受賞作ナシだったから、じゃあ今年もたぶん――」などと悪い予感を覚えながら候補作を読んでいきましたが、果たしてどうだったかというと……

『阿弥陀堂の殺人』

アミダくじの形をした阿弥陀堂に資産家の関係者が集められ、相続権を賭けた宝探しが繰り広げられる。やがて連続殺人が起こり、しかもそれが見立て殺人で――と、話はスピーディーに進行する。舞台設定に魅力があり、建物の図面を見ただけで本格好きならワクワクを禁じ得ないところだろう。だが残念ながら、この優れた舞台が活かされていないと感じた。凝った形状の建物は謎を複雑にするのだが、それが話の判りにくさに繋がるばかりで、面白さにはあまり繋がらない。中盤、鞠を用いて仏像を倒すという大トリックが出てくるのだが、鞠で仏像は倒れないだろう。童謡に見立てたいがための無理やりな道具立てでは読者はシラけるばかりだ。解決編で犯人が示された後、過去のメロドラマ的な因縁話が延々と続く構成に、私は良くも悪くもホームズの長編を連想してしまった。

『琥珀色の告白』

舞台は岩手県の山間部。親戚の家に居候中の主人公は、対立する旧家の息子と親しくなるが、やがて彼は山中で遺体となって発見される。その事件を解くカギが琥珀のペンダント——というわけで、この題名なのだろう。だが肝心の琥珀にさほどの意味が感じられず、そのため鉱石マニアの探偵のキャラも活きない結果となっている。本格の読者を引きつけるような魅力的な謎が提示されないまま、物語は淡々と進む印象。解決編でこれがある種の殺人トリックを扱った事件だと明かされて、ようやく私は作者の狙いを知った。このアイデア自体は優れている。だが、そうだとするならばこれは容疑者の鉄壁のアリバイを崩すタイプの本格となるべきで、そこをもっと強調して話を展開してほしかった。物語の最後に明かされる叙述トリックは、確かに驚きはあったものの、物語の印象を一変させるものではなかった。

『禁忌の子』

救急搬送されてきた男の顔が医師として立ち会った主人公になぜか瓜二つ、という冒頭の謎が読み手の心を鷲摑みにする。さらに謎を解くカギを握るであろう医院を主人公が訪ねると、密室の中で女性の理事長が死んでいるという展開。殺人事件と主人公の出生の秘密が絡み合う医療ミステリであり、物語は非常にスリリングに展開する。作者は医学的な知識が豊富な人らしく、生殖医療に関する蘊蓄《うんちく》がたびたび語られるのだが、専門的な内容でありながら素人である私にも興味深く判りやすかった。とにかく書きっぷりが達者で、私は作品の半ばまで読んで「これが今年の鮎川賞だな」と確信したほど。だが主人公が岐阜を訪れたあたりから、少し物語のトーンが変わって話が重くなる。そして最後に明かされる真相は、さらに重い。この結末は読者を選ぶのではないか。かといって違う結末も考えにくい。他の三作に比べれば抜きん出た作品であることは間違いなく、なおかつ選考会では他の二人の選考委員が強く推したので、私もこれを鮎川賞とすることに同意した。

『深刻な幽霊不足』

廃ホテルに派遣されてきた六人の幽霊。そこに五人の若者たちが心霊スポット巡りにやってくる。やがて人間たちの間で次々と殺人が起こり、殺された人間が新たに幽霊となって——という具合に話が進む特殊設定ミステリ。力作である。この設定を考えるのは、さぞかし大変だったろう。しかし読む側も大変だ。正直、幽霊にまつわる設定を理解するのが精一杯。殺人事件の謎を推理するところまで頭が回らない。要するに情報量が多すぎるのだ。バタバタと人が死んでいく前半はスピード感があって良い。中でも冒頭で示される不可能現象には、大いに興味を引かれた。だが残念ながら解決編で示された真相は古典的なもので、期待しただけに落胆も大きかった。ユーモラスな幽霊ミステリになりそうな舞台を作り上げながら、そういう話にならなかったのは、個人的にもったいなく思った。

今年は受賞作と他の作品の間に、少し差があった印象。でも受賞作のレベルが高かっただけで、他の三作も例年の候補作と同様の水準にはあったと思います。そこからさらに受賞に至るまでには、その作者だけが持つ何かしらの『武器』が必要なのでしょうね。

麻耶雄嵩

今年の鮎川賞はすんなり決まりました。どの候補作もレベルが高かったのですが、『禁忌の子』はその中でも突出していました。全員一致の文句なしの受賞です。おめでとうございます。

その『禁忌の子』ですが、冒頭の奇想という有名なフレーズがありますが、まさに導入部から心を鷲摑みにされそのまま一気《いっき》呵成《かせい》に終幕まで雪崩こんでいきます。良質なサスペンスドラマのように、主人公が歩みを進めるたびに謎のヴェールが一枚ずつはがれて真相に近づいていく展開は見事のひと言です。また犯人の正体も、犯人の行動を軸とした謎の組み立ても、探偵による犯人の明かし方もみな鮮やかなものでした。

唯一不満があるとすれば、密室殺人の解明が少し物足りなかったことでしょうか。ストーリー上やむを得ないとはいえ、もう一要素ほしかったなと望蜀《ぼうしょく》してしまいます。

『阿弥陀堂の殺人』は大富豪の遺言に従って奇妙な構造の館（阿弥陀堂）に遺産の相続人たちが集められるという、旧《ふる》き良き新本格ミステリを想起させる設定に興味をそそられました。

外部から遮断された阿弥陀堂で不可能に近い殺人事件が起こるのですが、メイントリックにはもちろん館の特殊性が織り込まれています。特に犯人の侵入経路のトリックが軽やかで、トリックだけなら候補作の中で一番好みでした。

ただ全体的に雑な部分が多いのが残念なところで、たとえば第二の殺人のトリックですが、スケールの大きなトリックならまだしも、小ぢんまりとした物理トリックで粗さが目立つと一気に醒めてしまいます。また〝阿弥陀堂〟というだけあって阿弥陀にちなんだ装飾が盛り込まれているのですが、それが薄味な上にあやふやでした。

今時はネットで簡単に情報が収集できるので、館の主の狂気を演出するためにも〝阿弥陀〟に関する蘊蓄《うんちく》をこれでもかと詰め込んでもよかったと思います。また量だけでなく知識が不確かなのも問題で、ミステリの雰囲気作りだけなら多少あやふやでもいいですが、物語の縦糸が遺産に絡む相続人たちの宝探し合戦なため、情報の正確性に欠けると出来損ないの脱出ゲームみたいに白けてしまいます。肝腎の宝探しの結末も中途半端でサプライズに欠けたため、話自体が失速していました。トリックの発想はすばらしいので、全体的に脇をしっかりと固めてほしかったです。

『琥珀色の告白』はメイントリックのコンセプトはとても面白いのですが、物語として具体的に落とし込むことに失敗した印象です。

そのため犯人や関係者の行動が、トリックを成立させるための不自然で強引なものになりがちでした。特に不可解なのが主人公で、冒頭、命を狙い脅迫してきた謎の人物の要求になぜか警察へ訴えることもせずあっさり従い、これから世話になる身内をスパイし始めます。『禁忌の子』と対照的に、導入部で失敗したため物語世界にすんなり入り込むことができませんでした。

また本作ではメイントリックとは別に間違い殺人が絡んできます。一捻《ひとひね》りした構成は歓迎するところですが、それも成功すればこそ。間違い殺人は本来の被害者と実際の被害者が違うことで犯人が容疑者のグループから外れるのがキモですが、本作ではどちらが殺されても容疑者が変わらないので肩すかしを食らった気分でした。

とはいえ岩手の寒村の雰囲気はよく出ていますし、登場人物たちもトリックやプロットに絡まない部分では生き生きと行動しているので、なおさらもったいなく感じられました。ミステリ部分とストーリーの親和性をもう少し密にしていけば面白いものが書ける人だと思います。

『深刻な幽霊不足』は廃墟となった幽霊ホテルへ肝試しにきた若者たちをビビらせて霊的なパワーを蓄えようとした幽霊たちが連続殺人事件に遭遇する設定がとにかく面白かったです。しかも主人公たち幽霊も当初は殺人の傍観者だったのが、霊能力によって自分たちも消滅させられる危機に直面し慌て始めるという展開も盛り上がりました。印象的で巧みな伏線も多く物語の後半を占める多重推理も、かゆいところに手が届く感じでよくできています。なにより、立て続けに人が死ぬのですが、そのくせ終始のんびりした雰囲気が漂っているのがとても楽しかったです。

ただ事件それぞれの犯人が異なるため、真相を提示されても驚きは少ないです。個々の推理に

「どうやって犯人は連続殺人を行ったのか？」という不可能犯罪性を上回る面白さがありませんでした。特殊設定ならではのロジックを詰め込んだ意欲はとても評価できますが、結果として煩雑さが勝ってしまいました。派手なトリックや鮮やかな手がかりがちりばめられていたら完成度も大きく変わっていたと思います。

禁忌《きんき》の子《こ》

2024年10月11日　初　版
2025年 5 月30日　11　版

著者
山口《やまぐち》未桜《みお》

装画
Q-TA

装幀
大岡喜直（next door design）

発行者
渋谷健太郎

発行所
株式会社東京創元社
〒162-0814 東京都新宿区新小川町1-5
03-3268-8231（代）
https://www.tsogen.co.jp

印刷
萩原印刷

製本
加藤製本

 ISBN978-4-488-02569-4　C0093